名家散文典藏

彩插版

爱默生散文精选

（美）爱默生 著
程悦 译

长江出版传媒 | 长江文艺出版社

图书在版编目（CIP）数据

爱默生散文精选 /（美）爱默生著；程悦译. -- 武汉：长江文艺出版社，2017.12
（名家散文典藏：彩插版）
ISBN 978-7-5354-9890-8

Ⅰ. ①爱… Ⅱ. ①爱… ②程… Ⅲ. ①散文集－美国－近代 Ⅳ. ①I712.64

中国版本图书馆 CIP 数据核字(2017)第 191582 号

责任编辑：程华清　李金龙	责任校对：陈　琪
封面设计：龙　梅	责任印制：邱　莉　胡丽平

出版：
地址：武汉市雄楚大街 268 号　　邮编：430070
发行：长江文艺出版社
电话：027—87679360
http://www.cjlap.com
印刷：湖北鄂南新华印刷包装有限公司

开本：640 毫米×970 毫米	1/16	印张：13.75	插页：8 页
版次：2017 年 12 月第 1 版		2017 年 12 月第 1 次印刷	
字数：170 千字			

定价：27.00 元

版权所有，盗版必究（举报电话：027—87679308　87679310）
（图书出现印装问题，本社负责调换）

目录

爱默生散文精选
名家散文典藏

◆ 生命即自由 ◆

命运 / 003

灵魂 / 010

生命 / 016

信仰 / 020

生活 / 026

美 / 032

孤独 / 040

苦难 / 044

伟大 / 049

财富 / 053

成功 / 062

爱情 / 067

幸福 / 073

友谊 / 077

爱默生散文精选

◆ 成为自己的上帝 ◆

性格 / 087
美德 / 092
自助 / 100
勇气 / 108
力量 / 113
谨慎 / 120
修养 / 128
风度 / 135
礼貌 / 142
谈话 / 148
举止 / 152
经验 / 157
灵感 / 163

◆ 有灵感就有孤独 ◆

读书　/　173

自然　/　182

历史　/　188

艺术　/　196

政治　/　202

旅行　/　208

礼物　/　211

生命即自由

命运

一

　　这个世界存在着所谓的命运，或者说，世界有其赖以发展的法则。但是，假如真的存在着某种不可抵御的意志，假如我们必须要去接受命运，那么我们就同样必须要肯定自由，肯定人的意义，肯定责任的崇高，肯定性格的力量。

　　乔叟在《武士的故事》中写道："命运之神，人世间的主教，掌管着上帝所预示的一切祸福，他是那般的威严。世人虽然发誓要违抗他的意旨，然而，不论或是或非，无论经过了多长的年月，却依然显应。确实，我们在人世间的所有嗜欲，是战是和，是爱是憎，没有一件不受这上天的安排。"希腊的悲剧也表达了相同的含义："凡命定者必将发生，没有人可以逾越主神宙斯那浩瀚无边的心灵。"

　　大自然并不多愁善感，她不会宠养或娇惯我们。我们必须要看到这个世界的凶险和残酷，它不会在乎溺毙一个男人或女人，相反，它会像吞下一粒灰尘那样吞噬掉你的船只。寒冷并不会体谅人类，它刺痛你的血液，麻木你的双脚，一直到将你冻僵为止。疾病、风暴、闪电绝不会尊重任何一个人。老虎以及其他嗜血如命的动物的猛咬，在蟒蛇死命地缠绕之下那骨头噼啪裂开的猎物——都存在于这个世界的系统之中。各个种类必须要以牺牲其他种类的性命来求得自己的生存。

爱默生
散文精选

我们所寄生于其中的这个星球，极易受到源自彗星的震荡以及其他星球的摇撼；地震、火山、气候的变化，都能够将它劈开撕碎。森林的开发带来江河的干涸，河床的变化导致城镇的崩塌。里斯本的一场地震，令无数人在短短的几分钟之内就被压成了碎泥；西非严酷的气候，犹如钢刀一般大肆屠戮着人类；霍乱、天花对于某些原始部落而言，就有如霜冻之于蟋蟀一般。天道和神意，自有一条野蛮的、崎岖的、无法预测的道路，通达它的目的。

你也许会说，威胁人类的灾难不过是些例外，我们没有必要每天都去担忧这天翻地覆的灾变。话虽如此，但是，一旦发生过一次，就有再次发生的可能。而且，只要我们无法躲避这些打击，我们就会对它们心生畏惧。

然而，这些打击和破坏对于我们的危害，同那些每时每刻都在悄悄作用于我们身上的法则的威力相比，要逊色许多。动物园里供展览的动物，或者其椎骨的形状与力量，就是一部命运之书：鸟的喙、蛇的颅骨，便决定了它们各自的局限性。世界上的所有事物都会受到各种条件的限制，没有一样是尽善尽美的。

人们曾经试图举起这座命运之山，试图将这种源于种类局限性的特性同自由的意志加以调和。印度人说："命运无非是前世的所作所为。"在谢林的一句大胆的陈述里，我们发现了差异性巨大的东西方思维中的某种巧合之处："每一个人的身上都有着某种感觉，他之所以如此，是因为他永生永世皆如此，而绝非仅仅是现世如此而已。"

二

凡是限制我们的事物，我们都将其称之为"命运"。假如我们野蛮残暴，命运就会呈现出残忍恐怖的状态；而当我们变得文雅高尚起来的时候，那些限制我们的事物也就会变得柔和温驯一些。如果我们上升到了精神文化的高度，那么敌对的势力也会以一种超凡脱俗的形态出现。

古代斯堪的纳维亚的天神无法用钢铁或大山的重量制服芬里斯魔

狼——它猛扑这一位天神，又踢走那一位天神。于是天神们就在芬里斯魔狼的脚跟处绑上了一条比蚕丝还要柔软的带子，这样就将它给降服了，它越是踢蹬，带子就缠得越紧。命运之环也是这般的柔软，却又这般的牢固。无论是白兰地还是花蜜，无论是硫酸还是地狱的火焰或者毒液，无论是诗情还是天才，都无法挣脱这条柔软的带子。因为，如果我们赋予命运以诗人在论及它的时候所使用的那种崇高的意义，那么甚至连思想也不能凌驾于命运之上。

在道德的世界里，命运犹如一位复仇的使者，它惩恶扬善，召唤正义。当正义得不到伸张的时候，它迟早都会给予一击。有益的终会延续，有害的终会衰落。诗歌里吟唱道："上帝本身不会对邪恶者实施善举。"

我们就是这样追随着命运：在物质中，在心灵中，在道德中，在性格中。无论在哪里，命运都是束缚与局限。然而命运也有它的统治者，也有着限制它的极限。这是因为，尽管命运无涯，但力量——这个二元对立的世界中的另一面事实——也是永无穷尽的。假如说命运紧紧逼迫着力量、限制着力量，那么力量也伴随着命运、反抗着命运，并且迟早会推翻命运的安排。

人也不能够忽视自由意志。不妨冒昧地下一个自相矛盾的定义吧：自由就是必然。如果你愿意，你可以站在命运的一边，声称命运就是一切。那么我们就要说：人的自由即是命运的一部分。在人的心灵中，永远迸发着选择与行动的力量。才智抵消命运。只要一个人在思考，那么他就是自由的。

人不要只盯着命运，而要注重现实，这才是一件有益身心健康的事情。人与那些现实事物的合理关系，应当是使用和支配它们，而不是在它们面前卑躬屈膝、畏首畏尾。先哲有言："切莫注视自然，因为她的名字叫宿命。"过多地考虑那些局限性将导致卑琐。那些奢谈定数、命星的人，处在一个更为低下和危险的境地，而且是在招惹自己所惧怕的厄运。

我曾经谈到过那些富有英雄主义的民族，将他们视为自豪的命运的信仰者。他们与命运一起同心协力，每当遭遇变故的时候，都能够忠实地听从天命。然而，当这一信条为弱者和懒惰之人所持有的时候，它便会给人以另一种不同的印象。只有那些懦弱和恶毒的人们，才会把过错归咎于命运。如果要正确地利用命运，就应该将我们的行为提升到崇高的自然状态。让他意志坚定，就仿佛他的意志是用地球引力的绳索加以固定的。没有任何力量，没有任何劝说，没有任何贿赂，能够令他放弃自己的目的。

对命运的最佳利用方式，就是要向人们倡导一种不惧生死的勇气。一旦你明白自己是在命运天使的指引之下，你就会勇敢地直面大海上的烈火，友人家中爆发的霍乱，自己家里出现的夜贼，或者是你职责道路上的一切危险。如果你认为命运于你有害，那么至少为了你自身的利益，去相信它吧。

因为，倘若命运是如此盛行，那么人也就是它的一部分，因而能够以命运来抵御命运。如果宇宙中存在着这样一些凶残的不测，那我们体内的原子在抵抗命运的时候也会同样的野蛮。一支用玻璃薄片制成的玻璃管，若是同样装满了海水，它就能够抵抗海洋的震荡与冲击。假如冲撞的威力是无限的，那么反冲力也会同样具有无限的威力。

假如光到达了我们的眼睛，我们便能看见，否则我们的眼前就将是漆黑一片。假如真理浮现在了我们的脑海里，我们的内心就会豁然开朗。所以，我们便是立法者，我们便是自然的代言人，我们便是预言家和占卜师。

对于人类而言，即使处于命运的支配之下，自由也是必需的。为了获得自由，哪怕是抛却生命也在所不惜。然而，假如想要获得自由，那首先就必须要拥有道德。

三

如果我们知道局限性是人们发展成长的测量仪，那么我们就不妨容忍它的存在。我们面对着命运，就像孩子们在父亲的房子里面对着那堵墙壁，一年又一年地刻下了他们的身高。然而，当小男孩长大成人之后，他便会推翻那面墙壁，建筑起一面新的更大的墙。这只是一

个时间问题。每一位勇敢的青年都正在接受训练，试图要骑上和驾驭命运这条飞龙。他的技巧是要将这些热望和障碍力变成武器与翅膀。现在，面对命运与力量这二者，是否能够允许我们去相信它们的统一性呢？

每一股喷涌而出、并且威胁着要扑灭我们的混乱的浊流，都可以被智慧转化为有益的力量。命运是尚未被人认识的原理。海水淹没船只和水手，就如同淹没一粒尘埃。可是，只要学会了游泳，学会了调整你的航向，那么，曾经淹没人船的波涛就会为你的船只让路，载着它扬帆前进。寒冷对人是无情的，它使你血流麻木，将你冻得像一滴瑟瑟抖动的露珠。可是，只要学会了滑冰，冰雪就会给予你一种优美、舒展、富有诗意的运动。

每年死于斑疹伤寒的人数要远远超过死在战争屠刀下的人数，然而，正确的引流方法就能够消灭斑疹伤寒。航海时所遭遇的坏血病的灾难，可以用柠檬汁以及其他便于携带且可以获得的食物来加以治疗。引流术和疫苗接种的实施，结束了因霍乱和天花所导致的人口减少。而其他任何一种疫病也无一不具有其因果链条，都可以被人类击退。

人类以各种各样的方式运动着，以马的腿、以风的翅、以蒸汽、以电流。他发誓要用自己的本领来猎获那只雄鹰，他要让万物都成为自己的仆役。

四

我承认，有关命运的课题非常令人生厌。有谁会喜欢让一位面相学家来断言自己的命运呢？又有谁愿意相信，在他的身体里早已埋下了撒克逊或凯尔特民族的所有恶行呢？

一个人必须要感谢他的缺陷，而对他的才能却多少心存畏怯。一项出类拔萃的才能会汲取他过多的力量，令他残废；而一种缺陷却会在另一方面给他带来收益。忍耐是犹太人的标记，而现在这一特征已经使得犹太人成为了一个屹立在世界之上的伟大民族。假如命运是矿石和采石场，假如邪恶可以演变为良善，假如局限性就是应有的力量，

爱默生
散文精选

假如灾难、敌对势力、重负可以是翅膀和方法——那么，我们就妥协吧。

命运包含着改善。人类进化到现在，他的每一种慷慨的行为，每一种崭新的感知，每一种他从自己的同伴那里索取来的爱与称赞，都证明他已经走出了命运，迈向了自由。意志的发展已经从不适应它生长的组织的枷锁与桎梏中解放了出来。这一解放正是世界的目的与方向。每一次灾难都是一次鞭策与宝贵的启示。人类的努力即使没有百分之百地奏效，但也能够表明一种趋向。

眼睛适于光亮，耳朵适于刺激听觉的空气，双脚适于大地，翅膀适于天空，每一种创造物都适于造物主在创造它们的时候意欲让它们所生存的环境，它们之间的关系是融洽的。每一个地区都有它自己的动物群。每一个动物与它的食物、它的天敌之间，都有着一种互为协调的关系。我们需要保持这种平衡，不容许在数量上有所减少或者超额。这种协调关系对于人也同样存在。

大自然迫使每一种创造物都自己劳作、自己生存——无论它是一个星球、一只动物，还是一株树木。星球自造其身，动物自造它的巢穴。一旦有了生命，也就有了自我导向，有了对物质的吸收与利用。生命即自由，生命的限度与自由的限度成正比。

这个世界的奥秘，便在于人与事件之间的联系。个人创造了事件，事件也创造了个人。所谓"时期"和"时代"，不就是那些成了某一时代的缩影、有着非凡造诣的人吗？——诸如歌德、黑格尔、梅特涅、亚当斯、卡尔霍恩、基佐、皮尔、科布顿以及其他一些人。个人与时代和事件之间的关系，就像某种动物与它的食物以及它所利用的较为低等的动物种类之间的关系一样，保持着一种和谐与适度。他以为自己的命运是一种异己的力量，那是因为二者的结合点是隐藏的。每一个人所做的事情与他自己都是相称的，事件就是他的灵与肉之子。我们知道，命运的灵魂就是我们自己的灵魂，正如哈菲兹所吟诵的那样：

　　唉！直到现在我才知道，
　　我的向导与命运的向导竟是一体。

五

　　命运是一个人的性格所结出的果实，自然神奇地将人与他的命运匹配在了一起。就如同鸭子喜欢戏水，雄鹰热爱蓝天，涉水禽鸟流连于海边，猎人醉心于山林，士兵崇尚沙场。事件与人也是这样同根而生的。

　　一个人的命运便是他的性格所结出的果实。一个人的朋友即是他的魅力之所在。我们向希罗多德与普鲁塔克寻求命运的例证，殊不知，其实我们自己就是明证。每个人都会表现出其天性里所具有的素质，这种倾向在古老的信念当中早已有了表达：我们为了逃避自己的命运所做的种种努力，结果只会将我们引向自己的命运。

　　关于人类状况的奥秘，关于命运、自由以及先知这类古老的困惑，存在着一种释疑解惑的方法：那就是树立一种双重意识。一个人必须要交替地骑在两匹马的身上，一匹是他的个体属性，另一匹则是他的公有属性。就像是马戏场里的骑手那样，身手敏捷地从一匹马跳到另一匹马的身上，或是一只脚踏在这匹马的背上，另一只脚踏在那匹马的背上。

　　请你谨记这样一条训示：在整个大自然当中，都有两种元素同时巧妙地存在着。无论你患有怎样的残障，都会有某种形式的神力相随而来以作为补偿。善良的意图能够让一个人骤然间平添出无比的力量。当一位天神意欲骑乘的时候，任何碎石或沙砾都会绽蕾萌芽，长出有翼的脚，供他当坐骑。

灵魂

一

　　尽管人类的哲学已经有悠悠六千年的历史，但却仍然没有摸清灵魂的面貌与奥秘。人就犹如一条源头不明的溪流，我们的精神存在不知道是从何处降临到我们身上来的。即使是神机妙算之士，也无法预见到某些难以预测的事物。每时每刻我都在被迫承认着：事物有一种比我称之为"意志"的事物更为高级的起源。

　　事物是如此，思想也亦然。我凝视着那条奔腾不息的精神河流，它从我所未知的地方流淌而来，然后将它的一股股流水注入我的心中。这时候，我发现自己并不是一个起因，而是一个对这股缥缈的流水惊异万分的观望者。

　　古往今来，对所有错误的最高批评家，对必然出现的事物的唯一预言者，便是大自然。我们在大自然中休憩，就如同大地躺在空气那柔软的怀抱中一样。而灵魂，即每一个人那独特的存在便包含在其中，并且与其他人的化为了一体。

二

　　一切的一切都表明，人的灵魂并非是一个器官，而是在激励、锻

炼所有的器官；并非是一种如记忆能力、计算能力、比较能力一样的功能，而是把这些能力当作手和脚来使用；并非是智能或意志，而是智能与意志的主宰，是我们存在的背景，智能与意志就在其中——一种不被占用而且也无法被占用的无限。一束光芒从里面穿透我们的身体，照到事物上面，使我们意识到，我们什么都不是，而那束光芒才是一切。一个人犹如一座寺庙的外观，所有的智慧与善都居住在那里面。我们通常称之为"人"的事物，也就是那个吃吃喝喝、斤斤计较的物种，并非如我们所认为的那样是在正确地代表着他自己，而是在错误地表达着他自己。我们所尊敬的，并不是他，而是灵魂，他只不过是其灵魂的器官而已。当灵魂通过他的智能呼吸时，那便是天才；当灵魂通过他的意志呼吸时，那便是美德；当灵魂通过他的情感流动时，那便是爱。从某种意义上来说，一切变革的目的，都是要让灵魂穿透我们，换句话说，就是要让我们向灵魂臣服。

有时候，一个人是可以觉察到这一纯洁的天性的。我们无法用语言来描绘它，因为它太微妙了。它难以确定，也无法测量，然而我们知道，它渗透了我们的全身，它将我们包容于其中。我们知道，所有的精神都存在于人的身上。古语说得好："上帝不敲钟就会来看望我们。"也就是说，在我们的头顶与那片无垠的天地之间，并没有任何的屏障。同样，灵魂也没有栅栏，没有墙壁。在灵魂那里，人这个果停止了，而上帝这个因则开始了。于是，墙壁便被拆除了。

三

灵魂不仅制约着万物，而且也废除了时间与空间。在大多数人那里，感官的影响在很大程度上战胜了头脑，因此，时空的墙壁开始显得实在而不可逾越。然而，时空只不过是灵魂力量的一种反映而已。精神可以将时间把玩——

能够把永恒挤进一个小时之中，

也可以将一个小时延展为永恒。①

我们往往会感觉到：除了从我们自然出生的那一年开始计算的年龄以外，还存在着另外一种年华。某种思想会令我们感到年轻，并使我们青春常驻。而那种思想便是对普遍、永恒之美的热爱。从某种程度上来说，智能的最微小的活动，将我们从时间的不利情势中解救了出来。在我们的思想中，事与人的重要性同时间毫无关系。因此，灵魂的尺度是一个，而感觉和理解的尺度则是另一个。在灵魂显露的时候，时间、空间都会退缩开来。我们所观照的事物是外在的、短暂的，而灵魂则是内在的、永恒的。

灵魂需要纯洁，但纯洁并不是灵魂；灵魂需要正义，但正义并不是灵魂；灵魂需要慈善，但它是某种比慈善更为美好的事物。对于一个出身高贵的孩子来说，所有美德都是与生俱来的，而无须辛辛苦苦地学来。向一个人的心灵说话，那么他就会立刻变成一个有德行的人。

智慧的萌芽也遵从同一个法则。那些能够谦恭待人、能够伸张正义、怀有爱心、拥有抱负的人，已经站在了一个俯视科学与艺术、演说与诗歌、行为与风度的高台之上。

四

灵魂在所有人的身上都会显现，而且也存在于人生的每一个阶段。实际上，它在幼儿的身上便已经成熟了。当我与自己的孩子打交道的时候，我所掌握的拉丁语、希腊语，我所获得的成就和金钱，对我都将毫无用处；然而，我所具有的灵魂却能大有益处。假如我让灵魂成为我们俩之间的裁判，那么，同样的灵魂便会从他那年轻的眼睛里面流露出来，他便会对我生出爱戴之情。

灵魂发现并揭示真理。我们看见了真理，于是也就认识了真理，让那些怀疑论者以及喜欢冷嘲热讽的人们信口开河去吧。如果你对愚

---

① 参见拜伦的《该隐》第一幕第一场，第536—537行。

蠢之徒说了一些他们不愿意听到的话，那么他们就会问你说："你怎么知道它就是真理，而不是你自己的一个谬误呢？"我们从观点上看到了真理，于是也就认识了真理，就如同当我们醒着的时候，我们便知道自己是在醒着一样。埃曼努尔·斯维登堡有一句名言，一语道破了人类知觉的伟大："能够证实一个人喜闻乐见的任何事物，并不是他所具有的理解力的证明；然而，能够辨明真伪，才是知性的标志与特点。"在我所阅读的书籍里，好的思想会将整个灵魂的形象归还于我，就如每一个真理所做的那样。而对于我在书籍里所发现的坏的思想，同一个灵魂则会变成一柄明察秋毫、斩断一切的利剑，将其一剑砍掉。假若我们不去干预我们的思想，而愿意去完全彻底地行动，或者愿意去看看事物是怎样存在于上帝的身上，那么我们就会知道每一件事物、每一个人。因为，万物的创造者就站在我们的身后，将他那令人敬畏的全知全能通过我们投射到事物上面。

五

我们将灵魂的宣告称作"启示"，而这种启示总是伴随着崇高的情感，因为，这种交流是神圣的精神注入到了我的心灵之中。它是个人的涓涓细流在汹涌澎湃的人生海洋面前所表现出来的一种敬畏与喜悦之情。在接受新的真理时，在展开一次伟大的行动时，所有的人都会感到一阵心灵的战栗。

其实，世界上的许多智慧，并非是一种真正的智慧。最明达的人，不会为文名所囿。在那些不计其数的学者和作家身上，我们并没有感到任何神圣的存在；我们觉察到的，只是一种技艺，而非灵感；他们所具有的才能，只是某种被夸大了的官能；因此，他们的力量反而成了一种疾病。在这些例证当中，智能上的天赋所造成的，并不是善的印象，而几乎全都是恶的印象。这使得我们意识到，一个人的才能，反倒会成为他前往真理的途中的拦路虎。

在一切伟大的诗人的身上，都有一种人性的智慧，这种智慧要比他们所运用的任何才能都更为优越。人性之光在荷马、乔叟、斯宾塞、莎士比亚、弥尔顿的心中闪烁着耀眼的光辉。他们将获得真理视为人生最大的满足，他们不事雕琢。灵魂通过他们的眼睛，再一次看到了它所创造的事物，并且予以庇佑。由于他们允许这样的灵魂在自己的身心里自由地通行，于是他们便成了伟大的诗人。灵魂比它的任何知识都要优越，比它的任何作品都要聪慧。

　　灵魂会到谦卑、单纯的人那里去；谁愿意去除骄傲，它便会到谁的这儿来。它是以洞见的身份而来的，它是以宁静和庄严的身份而来的。当我们看见它所托身的人时，我们便会明白何谓伟大。灵魂要求我们坦诚。虚荣的游客想引用贵族老爷、王侯贵妇的话语来点缀他们的生活；喜欢炫耀的庸俗之辈向你展示着他们的汤匙和首饰；上流社会的人们在讲述自己的经历时会专挑那些富有诗意的事情，以给自己的生活增添一份浪漫色彩。然而，那些崇拜上帝的伟大的灵魂却是朴素真诚的；没有丝毫的玫瑰色彩，没有漂亮的朋友，没有绅士派头，没有冒险经历；不需要被人赞美；而是置身于平凡的岁月、真诚的经历之中。

六

　　在灵魂的每一个行为中都有人与上帝的统一，这是不言而喻的。当最单纯的人在真心诚意地崇拜上帝的时候，他就变成了上帝。然而，这种更为美好的、普遍的精神交流却是万古常新、无法探究的。上帝的观念出现了，抹去了我们的错误与失望的疤痕，这对人来说是多么珍贵的安慰啊！人并不是相信，而是看见：至善就是真。它可以轻而易举地打消一切的游移与恐惧，静待时间明确的启示。

　　就让人将一切有关天性、有关思想的启示都铭记于心吧。这也就是说：上帝与他生活在一起，自然的源泉就在他自己的心灵里。然而，假如他想知道伟大的上帝在说些什么，那么他就必须要像耶稣说过的那样，"进入他的内室，关上门"。上帝不愿意向懦夫显灵。他必须要聆听自己的声音，躲开其他人虔诚的声音，甚至他们的祈祷也对他有害，除非他已经做了自己的祈祷。我们的宗教往往依赖于信徒的人数，

这真是庸俗之至。一旦要求人数——不论怎样拐弯抹角——宗教便会荡然无存了。谁发现上帝于他而言是一种甜蜜的、包罗万象的思想，谁就绝对不会去数他有多少伙伴的。

不论是求助于多人，还是仅仅求助于一人，都没有太大的区别。仰仗权威的信仰不是信仰。依赖权威，意味着宗教的衰微，灵魂的退隐。灵魂伟大而坦白。它不阿谀奉承，它不步人后尘，它不抛开自己去求助于他人。它相信它自己。

一旦一个人学会了去敬畏灵魂，明白了古人所说的"它的美是无瑕的"，① 那么他将会看到，世界是灵魂所创造出来的一个永久的奇迹；他将会知道，不存在渎神的历史，因为所有的历史都是神圣的；他将会懂得，整个宇宙蕴含在每一个原子之中，蕴含在每一分、每一秒之中。于是他便不再愿意去过那种污迹斑斑的生活，而渴望去过一种神圣的生活。他会与自己生活中那些低贱、轻浮的事物决裂，然后随遇而安。他会平静地面对明天，而他的内心深处，早已经拥有了整个的未来。

---

① 引自普罗提诺的《论美》。

生命

尽管我们生来就喜欢喋喋不休地给他人以忠告，然而，生活，与其说是说教的对象，不如说是惊异的对象。生活中吉凶难料，天意莫测，本性难违，种种命数不可抗拒。因此，我们不得不怀疑，我们基于自身经验的说教，又怎么能够对彼此有所帮助呢？

所有的信仰告白，其实都只是一种心虚的表现。假如牧师的祷告或者布道正好说中了某个灵魂的情形，他就会感到喜出望外；假如能够说中两个甚至十个，那可就是一次了不起的成功了。然而，当他向着教堂走去的时候，他其实是毫无把握的，他不知道人们症结的所在，也不知道自己是否能够将其治愈。面对一个陌生的和特殊的体质，医生会毫不犹豫地从他所掌握的几种药物中开出处方，然而，他所开出的只不过是他过去在上百个不同的病人身上成功使用过的补药和镇静剂罢了。假如这位病人得以康复，那么医生便会有兴奋和惊奇之感。律师为委托人提出建议，把他的经历转告给陪审团，然后留待他们去裁决。倘若结果证明他获得了胜诉，那么他的喜悦和宽慰不会亚于他的委托人。法官对双方的证词进行着权衡，在这件案子上装出一副果敢的派头。由于必须要得出一个结论，于是他只好尽其所能地拍板定案，同时又希望自己维护了公正以及满足了社会的利益。然而，他毕竟只是一个公正的鼓吹者而已。

人的一生也是如此，无非是一个提心吊胆、粗手笨脚的旁观者而

已。我们的所作所为乃是迫不得已，可是我们却用最漂亮的字眼来为这些行为命名。我们非常喜欢自己的行为获得别人的赞美，然而我们的良心却在说："赞美不应该归于我们。"我们能够为彼此所做的事情实在是太少了。我们满怀同情地陪伴着一位年轻人来到了竞技场的入口处，嘴里不断地向他重复着圣贤的古老格言。但是，无论他是取胜抑或战死，他显然都不能够依赖于我们的力量或是古老格言的力量，他只能去依靠那种无论我们还是别人都无法得知的、仅仅属于他自己的力量。一个人赖以在任何搏斗中征服对手的力量，对于世界上的每一个他人来说，都是一个深奥的秘密。因此，我们关于生活的说教，充其量不过是描述而已。或者，假如你愿意这样说的话，它不过是一种仪式，而绝非可资利用的法则。

然而，只要我们的思想和感情充满了活力，那么我们就会富有力量，就可以扩大我们的行动范围。我们受惠于每一颗伟大的心灵，每一位超凡的天才；我们受惠于那些用正义之举来铸造生命及命运的人们；我们受惠于那些创造了新的科学、那些以高尚的追求美化了生活的人们。给我们提供服务的，是那些高尚的灵魂，而不是所谓的华美的社会。华而不实的社会只不过是一种自我保护，用来抵御大街上和小酒馆里的粗鄙。华而不实的社会，既没有思想，也没有目标。它的贡献，有如一家香料店或者一家洗衣店，而不是一座农场或者一家工厂。世人皆企盼享乐，而我却不愿意享乐。我愿生命高贵而圣洁。我愿一日犹如百年，既充实又芳香。现在，我们把每一天都当成了银行日，或是讨还某些欠款，或是偿清某些债务。难道我们所做的一切，便是要吸入一口气，然后再将它吐出去吗？

有位哲人说过："假如我们不能够事事成功、处处成功，那么我们凭什么感觉自己是一个人类呢？我们绝不应该认为会有事情超出了我们的力量之外。人只要能够行使其意志，那么任何事情都能够办得到，这就是成功的唯一法则。"无论这句话是谁说的，其基调都是正确的，然而，这却并不是大街上的人们所可能有的论调和智慧。在大街上，我们变得玩世不恭起来。我们所遇见的人多半粗鄙不堪，麻木不仁。绝顶聪明的头脑也会有泛起的沉渣。男男女女当中，有多少无聊之徒，有多少耽于享乐、沉溺收藏之辈，有多少卑鄙的政客，有多少吊儿郎当的家伙们啊！

人类把自身分为两个类型：慈善家和恶棍。第二类人为数甚多，而第一类人只是一小部分而已。富兰克林曾经说过："人类非常的浅薄和懦弱，虽然他们已经开始着手干一件事情，但只要碰到了一个困难，他们便会灰心丧气地逃走。然而，他们并非没有能力，只要他们能够使用这些能力，便可以获得最后的成功。"既然如此，我们究竟是应该根据多数人还是应该依据少数人来判断一个国家呢？当然应该根据少数人。假如我们判断一个国家的依据是人口普查，或者土地的面积，抑或其他什么东西，而不是依据它对当代伟才的重视程度，那将会是一种非常迂腐的做法。

丢掉空谈民众的虚伪说教吧。民众的要求和影响是蒙昧的、低劣的、变态的和有害的。民众需要的是教育，而不是恭维。我可不愿意对他们作出任何的让步，我们所要做的，应该是对他们进行驯服、训练和区分，从他们中间抽取出一些个人出来。慈善之举所遇到的最糟糕的处境便是：需要你去保护的生命却并不值得被人保护。民众有时候是一种灾难。我可不愿意要千百万个手扁掌宽、头窄脑小、喝着烈性酒、穿着长筒袜的愚民或乞丐；我只愿意要那些诚实的男人以及漂亮、可爱、完美的女人。假如政府知道该怎么办的话，我愿意看到它阻止人口的膨胀，而不是促进人口的繁殖。当政府能够顺应其真正的行动规律时，那么每一个出生的人都应该作为必不可少的生命而受到欢呼。

让我们慎重地考虑那些凭着荣誉和良心来发言的个人所投上的一票吧。在古埃及，预言家的一票相当于一百张普通民众的投票，这是一种既定的法则。人与人相比，各有不同的威严。我们每天都在发现这一点，我们各有自己的选择标准。我们的政客们在华盛顿所采取的那种一对一的策略是一项多么恶劣的实践啊。仿佛一个准备投上错误一票的人离开之后，准备投上正确一票的你也就可以有理由离开了；仿佛你的存在所具有的价值，仅仅只是你的选票而已。

自然每创造出一个良种瓜，就会造出五十个劣种瓜来。如果你想

找到十几颗新鲜的水果,她就必然会摇下满树布满虫眼和半生不熟的酸涩苦果来。自然创造出赤身裸体的印度民族,她也会造出以衣蔽体的基督徒们,他们当中,都有那么两三位头脑卓越的不凡人物。自然不辞辛劳地工作着,在百万次的投射中,只有一次会命中靶心。在人类中,如果她能够每隔一个世纪便创造出一位卓绝的伟才的话,她就会感到心满意足了。

　　造就优秀人物的困难度越大,他们来到这个世界上所发挥的用途也就越多。我曾经在一个人数不多的街区里做过一个粗略的统计,结果发现,对于每一个身强力壮的人来说,都会有十二至十五个人依赖他去获得物质上的援助。在他们的眼中,他是一把调羹、一个水壶;他是一位支持者、一个赞助人;他是一个托儿所、一家医院。除此之外,他还兼有许多其他的身份。只要他不对落在自己身上的各种义务断然回绝的话,那么这些助人之事便会以种种方式来到他的家中。优秀人士来到这个世界上是要作为核心人物发挥其个人作用的。我们时代的一切重大的变故,都可以在某个个人的头脑里去追根溯源。我们的文化得以产生,一切的功绩,都要归于少数几位精英们的伟大思想。

信仰

一

我们正处于一个过渡时期。那些曾经抚慰过各民族、甚至在事实上造就了各民族的宗教信仰，如今却似乎都已经耗尽了它们的气力。我们的宗教开始走向衰落：有蒙昧的教会、有排斥知识的教会和蓄奴和贩奴的宗教，在庄严的宗教仪式下面，常常掩盖着罪恶的行径。古老宗教的拥护者们抱怨说，如今的人们，学者也好，商人也罢，全都屈服于一种巨大的绝望心境，对于一切都不再信仰。在我们所居住的大都市里，人们不敬神灵，唯利是图——既不受约束，又缺乏热心。我们很难将这些人称为人，因为，他们只是一群受欲望驱使的行尸走肉而已。他们不相信读书人，也不相信道德说教。他们相信的，仅仅只是化学制造业、酒肉食品、金钱、机械……而不是神圣的事业。甚至连老派的宗教团体也放松了管制，出现了从未有过的轻浮言行——请看教会中的各种异端邪说吧，那些花哨的仪式、催眠术的卑劣手段、神迷者的胡言乱语……一切都染上了疯狂的色彩。

怀疑主义的另一个毛病，便是使人对美德不再信仰。在那些衣着考究的富人们的眼中，一个人美德的多寡，在于他所拥有的财富的多少。这些所谓的社会的中坚力量，他们的生存目的，仅仅只是为了享乐，于是生活便成为了一种往上下颚之间填塞食物的低级活动。

我们说，老式的宗教已经衰落了，怀疑主义将社会搅得人心惶惶。我并不认为这一局面能够依靠修订神学理论而得以改变，更不能够指望加强宗教管束可以产生效果。改变虚妄的宗教要凭借一种天生的聪慧。忘掉你的书籍与传统吧，遵从你此时此刻的道德良知。凡是因"道德"和"心灵"等字眼而获得含义的事物，自有一种持久的本质。

当我们诚心诚意接受了信仰之后，便会迎来美丽壮观的黎明。作为更好的投资，我们将选择存在而不是行动，选择真实而不是貌似之物，选择一年而不是一天，选择一生而不是一年，选择持久的性格而不是逢场作戏。这样，我们便会了解，我们的努力终会有善报。

毋庸置疑，宗教崇拜以某种重要的方式影响着一个人的身心。所有伟大的时代，都是拥有信仰的时代。每当一个时代的灵魂处于诚挚、严肃之中的时候，就必然会产生出伟大的人物和伟大的艺术。这些伟大的人物，都具有执着的精神，就像军人握剑、文人执笔、匠人拿刀那样的坚定。就连一个人的美貌程度，也不免与其道德魅力有关。那些拥有较高道德水准的人们，要比其他人更为接近上帝的秘密，也会受到更多的眷顾。他们能够聆听到神谕，能够看见圣光，而其他人却不能。

在良知与道德之间，存在着一种相互依存的亲密关系。良知影响着一个人的健康，支配着他的精神状态。良知的作用，要大大优先于技巧、言辞以及风貌。良知与理智是相辅相成的。人们对原则的理解一旦有所偏离，就会滑入危险的境地。一旦意志无法控制欲望，那么结果将会是不堪设想的。野心膨胀的人往往会犯下弥天大错，陷入执迷不悟之中。因此，改变错误、医治蒙昧和消除罪恶的最好方法，唯有仁爱和良知。"有多少爱，就会有多少理智"——拉丁谚语如是说。因为，仁爱是至高无上的，它的本质决定了它是所有灵魂的拯救者。

必须使道德水平的高低成为衡量健康程度的一把标尺。假如你的眼睛盯着永恒，那么你的才智便会增长，你的意见与行动也将会具有一种崇高的美，这是那些饱学之士也望尘莫及的。而一旦你丧失掉了信仰，接受了世俗的金钱准则之后，你的才能也将会终止，并且不可避免地失去你对他人的吸引力。

二

如果将我们的信仰仅仅局限于万有引力、化学、生物等自然法则之中，那么未免是一种短视。因为，自然界里还有一种更为隐秘的法则在运行着，它不会因为没有被我们看见就停止发挥其作用，而这一法则便是道德的法则。无论我们身处于何处，是参加儿童的游戏，还是置身于种族冲突之中，完美的、永恒的道德评判都会在一旁监视着我们的一言一行。道德的法则关系到所有的人，渗透并且凌驾于所有的教义之上。

浅薄之徒总是愿意相信运气的好坏、环境的使然，总是希望能够得到他人的施舍。然而，信念坚定的人则相信事物的因果关系，他们会对事物细加分析，不会诉诸运气。

怀疑主义正是对因果关系的不信任。怀疑主义者不明白，因为他吃饭，所以他才能够思想；由于他做事，于是他才能够成为现在的这副模样。怀疑主义者不明白，财富无一例外都是劳动的果实；事物之间的关联，并非只存在于某时、某地，它们无时无处不在发生着作用，并没有幸免、反常等可能。有果必有因。倘若企图以花哨的口号、欺骗的行径来获取原本不属于自己的好处，都必定会遭受挫败，最终一无所获。这便是自然的法则，它是人类心灵的基石，我们将其称之为道德情感。

让我从印度教义中借用一条有关自然法则的界定，即使与我们西方《圣经》里的所有阐释相比它也毫不逊色："道者无名，无色，无手脚；它微不甚微，大而又大；万物归道，道主万物；无耳能闻，无目能视，无脚而行，无手而握。"

三

你无法隐藏住任何秘密。假如一位艺术家为了提神而使用鸦片或酒精，那么他的作品将会显示出鸦片和酒精的效果。假如你创作了一幅画或者一座雕塑，那么观赏者将会看出你创作时的心境。假如你为了炫耀自己而在建筑、园艺、绘画或个人装备方面大肆挥霍，那么这些东西也将会展露无遗。我们都是善于相面和分析别人个性的人。事情本身就是侦探。没有藏得住的私人秘密，文明的世界里是无密可保的。

　　社会就犹如一个假面舞会，每一个人都将自己的本性掩藏起来，却又因为这种掩盖反而将它暴露了出来。如果一个人想隐藏他身上的某种东西，那么他所遇见的人总会看穿他的躲躲闪闪，而且通常也不难明白他究竟在隐藏些什么。假如此人心里埋藏着某种信仰或者目标，那么情形是否会有所不同呢？要知道，信仰可是如烈火一般难以掩藏的东西啊。他必须是一个坚强的男子汉，能够将自己的观点藏于心中，秘而不宣。一个人只需说上一两句话，就会让老于世故者听出其中的破绽，从而了解到他对生活的态度和思想的倾向——也就是说，他是拥护理智和理解力这一派呢，还是偏向于意念、想象、直觉和责任心这一边。人们似乎不明白，他们对世界的看法，其实就是自己个性的反映。

　　每个人都应该用精神来武装自己，只有潜藏于身体最深处的武器，才是最为锋利的。不要去指责别人，也不要去伤害别人，因为，改造一个坏世界的最好方法，便是去创建一个新的世界。

　　在个性发展的过程中，对于道德情感的信任也在不断地增强。年轻人会羡慕那些才华出众和出类拔萃的人，然而，随着年龄的增长，我们也会开始器重道德的力量。于是，我们便有了全新的眼光和全新的标准。新的眼光可以透过事物的表面，一直进入到行动者的内心深处。而新的标准所依凭的，不是一个人的口头表白，而是他的实际行动。

　　一个人如果不把他的目光集中在自己的行为的本质上，而仅仅盯着他的薪水、职位或是名望，那么他依然是卑贱的。真正的伟人，会将目光放在行动的本质上。而这正是匠人和艺术家的区别，雕虫小技和天才的区别，罪人和圣徒的区别。

　　我们将爱、谦恭、信仰——这些构成人类荣耀的情感——看作是圣灵的光辉在物质元素中的反映。只要一个人是正直的，那么在他的灵魂深处便会产生出坚定的信念，这就如同在花开的时节香气会四溢一样。

于是，一个人可以为了正义的事业而去面对各种危险，可以仅凭一副瘦弱之躯，闯入那熊熊的烈焰和枪林弹雨之中。因为他感受到了一种神圣使命的召唤和鼓舞，所以信心倍增。

崇高的目标犹如一剂良药，对于生活中的一切挫折和灾难都具有疗治作用。歌德曾说："拿破仑去看望那些感染了瘟疫的病员们，对他们予以鼓励，告诉他们说，只要他们能够击退恐惧，那么就可以战胜疾病。因为，意志的力量非常的强大和不可思议，它能够穿透人的肉体，使其重新活跃起来，从而压倒一切有害的影响，而这些影响恰恰是由恐惧所引起的。"

四

道德能够使一切人平等，也能够使一切人变得富有和坚强。在奴隶贩子的皮鞭的抽打之下，奴隶会觉得他与圣徒和英雄是平等的。在巨大而可怕的贫困和灾难之中，人们会惊讶地发现，自己具有一种伸缩力，它令人觉察不到损失的痛苦。

奇迹总是会降临到那些信仰虔诚的人们的身上。我对于才能和成功的兴趣并不强烈，我所关心的，是另外一些了不起的人物——他们影响了我们的想象力；他们不在乎那些具体的事物，而是向人们揭示了人类的精神事业；他们同历史对话，他们的声音可以穿越悠远的时空。

当一个人紧张忙碌的时候，很难会想到"不朽"这一概念。然而，假如一个人拥有了不朽的信念，那么他就会变得崇高起来，这要比那种希望能够长生不老的梦想崇高得多。因为，在我们的生存问题之上，还有一个更高层次的问题，那便是人生的意义或价值。

那种能够去指导并完成目前以及未来的时代任务的宗教——无论它以何种形式出现——都必须是具有知识分子气质的。科学的头脑必

须拥有一种科学的信仰。迈尔莫特曾说:"有两件事情,让我感到十分的害怕:一是有知识的人蔑视信仰,一是头脑糊涂的人盲目地迷信。"我们的时代对于这两种倾向都无法接受,尤其是后者。让我们摆脱掉所有那些毫无根据的东西吧。宗教本身一定有足够的余地,任凭人们去发展他们的良知和想象。让我们不要再为固执的念头和掺杂的真理而烦恼,也不必再因情绪的波动和嗤鼻的冷笑而不快。

我们应该有一种建立在道德科学之上的新教会。起初它是冷漠而赤裸的,就像又一个诞生在马槽里的圣婴。它将天地作为它的横梁和屋檐,它将科学作为它的装饰和象征,它将迅速地收集各种美的艺术品、音乐、绘画和诗歌。它那严峻和苦行的色彩,令斯多葛精神也相形见绌。它将人们带回到家中,冥思苦想,独善其身,并且视那些逢迎的社交礼仪为耻,宁可把交际的时间花在朋友的身上。他将独来独往,摒弃同伴。剩下的,唯有那无名的思想、无名的力量,以及那超乎凡人的良知——他将安然地依托它们而眠。盛誉对他毫无益处,恶名也无法伤害到他。荣誉和幸运将与他同在——而他则总能认出伟人的踪迹,并且意识到,自己将永远置身于崇高的事业之中。

生活

聪明的劳动者不会为自己的贫穷或者孤独而感到遗憾，因为，贫穷和孤独可以激发人的工作才能。查理·詹姆斯·福克斯便曾经这样评价过英国："这个国家的历史证明，我们不能够指望那些家境富足的人们也具有警惕、活力和勤奋。然而，如果没有这种警惕、活力与勤奋的话，下议院便会失去其最大的影响力和重要性。人性倾向于纵情享乐，最值得赞许的社会公益事务，总是由那些生活条件并不富足的人们完成的。"可是，我们每天都在做着这样的祈求："最最仁慈的诸神啊！请您弥补我在外貌、财富方面的欠缺吧！"然而，英明的诸神却说："不行。我们有更好的使命要交付给你。羞辱、失败、失去同情、巨大的悬殊——只有通过这一切，你才能够领悟到一种比一位高雅的绅士所掌握的知识更为广泛的真理及人性。"那些智慧一流的人物，比如伊索、苏格拉底、塞万提斯、莎士比亚、富兰克林等人，都曾经有过穷困潦倒的经历。富人一生从不受辱，但这种人肯定会受骗上当。富人从无饥寒、兵匪之虞，你可以从他温暾迟钝的见解中看出这一点。然而，娇生惯养、耽于享乐，乃是一种人生致命的劣势。因为，他怎么能够经受得起任何人生的考验呢？去掉他的保护伞吧！说不定他可以成为一名合格的会计，或者是保险公司里一位精明的顾问；或许他能够通过大学的考试、拿到学位；或许他能够在某个法庭上向人们提出醒世的忠言。现在就把他放到农夫、消防员、印第安人

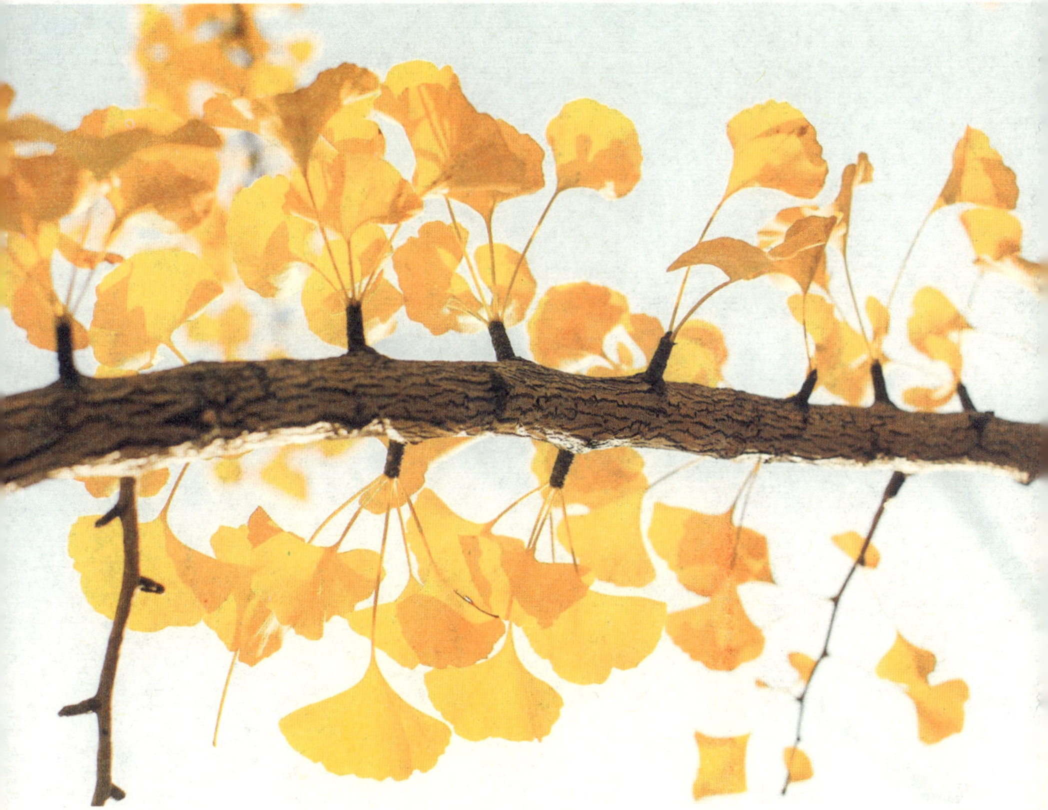

以及移民当中去吧。让猎狗去咬他,让强盗去抢劫他,让一群暴徒去考验他。把他送去堪萨斯、派克峰、俄勒冈吧。倘若他有真才实干,那么这一切或许就是他所必需的生存环境。有朝一日,等他从困境中摆脱出来的时候,他将会带着更为广博的智慧和更为勇敢的力量凯旋。伊索、萨阿迪①、塞万提斯以及勒尼亚尔②,都曾经遭到过海盗的劫掠,或者被弃置一旁等死,或是被卖给他人为奴。然而,这一切的厄运却让他们懂得了人生的真相。

  时运的不济和坎坷具有一种非凡的价值。对于一个优秀的初学者来说,这些机会是绝对不能够错过的。狂暴的迫害、国内的战争、民族的破产或者革命,要比无精打采的和平岁月有着更为丰富的旋律和主题。地震之后的早上,望着劈裂开来的高山、隆起的平原以及干涸的海底,我们就是这样面对着那些令人恐怖的图形才学会了地质学的。

  在我们的生活和文化中,一切都是在逐步发展中显露其价值的。激情、战争、反叛、破产是如此,愚蠢、错误、凌辱、倦怠和遇人不淑也同样是如此。自然是一位收购破布的商人,她慢慢地将每一片碎布、每一件废料、每一块残屑都编织成了一件新衣。生命的优惠是无限的,当你花钱买了票,进入到车厢之后,你无法猜出自己将会在哪儿遇到什么样的良朋佳友。

  如果我们必须要贸然地给生活制定出一些首要的、显而易见的规则,那么我在这里不会重申节俭这第一条规则——因为它已经一而再、再而三地为人们所提到了。我要说的是——健康。我们务必要珍惜健康,因为,疾病是一个食人者,它会吞噬掉它所能够捕捉到的一切生命和青春。疾病是一个苍白的、恸哭的、发狂的幽灵,它极端的自私,不顾一切善良和伟大,它遗失了自己的灵魂,于是便用卑鄙和郁闷来折磨其他的灵魂。约翰生博士便曾经严厉地说过:"一个人一旦得病,

---

  ① 萨阿迪(约1213—1291),诗人,波斯文坛最伟大的人物之一,代表作有《果园》《蔷薇园》。

  ② 勒尼亚尔(1655—1709),法国戏剧家,继莫里哀之后最成功的戏剧家之一。年轻的时候曾被阿尔及利亚海盗劫掠并被囚禁了七个月。

就会成为一个恶棍。"

  高雅的气质是健康中最为重要的部分，这就有如对于植物来说阳光比什么都重要一样。一个人必须要具有快乐的智慧。每当你由衷地感到高兴的时候，你便获得了滋养。精神的喜悦具有无穷的力量。所有健康的事物，其心境都是舒畅的。天才在愉悦中工作，善一直笑到了最后。一个人一旦保持了心情的愉快，他便不会感到意志沮丧，相反，他会变得生龙活虎、雄心勃勃、百倍地努力。然而，凡是心灰意懒者，便说明他尚未看到这一崇尚快乐的健康法则。

  有一句荷兰的谚语："油漆惠而不费。"在潮湿的气候中，油漆便有这种保护的功能。快乐或愉悦的心情也是如此，花费得越多，留存得也就越多。正如你可以上百次地摩擦同一块松木直至达到燃点一样，任何灵魂的幸福力量都是无法估量、无法耗尽的。人们注意到，精神的颓废会在个人和民族的肌体上滋生出一种导致瘟疫的病菌。

  我知道，一个饱经世故的人非常容易会摆出一副深沉的面孔，并且对你乐观的青春和灿烂的梦想进行一番嘲笑。然而我却觉得，层层叠叠、不断向上攀升的快乐的空中楼阁，要比成天嘟囔、满腹牢骚的人们每天挖掘和掏空的空中地牢更加舒适、更加适用。我了解那些凄凄惨惨的人们，我憎恨这样的人，他们总是在自己头顶上的那片天空中看到有一块乌云在飘浮穿越。他们不知道，力量与快乐是同在的，希望可以使我们全身心地投入到工作之中，而绝望却绝不是一首优美的歌曲，相反，它会使力量走调。一个人应当让生活和自然在我们的眼前变得更加的美好，否则，他还不如从来就没有降临人世。

  世间有三种欲望是永远也无法满足的：一是富人的欲望，他总希望财富能够再多一点儿；二是病人的欲望，他总希望生命可以是另外一番景象；三是旅行者的欲望，他说："除了这儿，我愿意到任何地方去。"整个美国似乎都在准备启程前往欧洲，然而，我们却不能够总是带着轻松的目的——或是像我们所说的那样是为了游乐而漂洋过海的。总有一天，我们会抛弃掉对欧洲的热情，转而钟情于美国的。那些仅仅因为不知道怎样以别的方式花钱而外出旅游的人，文化终将吸引他们，使他们安坐家中。

举止亲切和蔼是大有裨益的,它能够使人顺应任何环境。然而,生命最高的奖赏,人生最大的财富,是生来就对某些追求具有一份执着,这种追求能够使他感到工作的充实与快乐——无论是编织一只竹篮、锻铸一把腰刀、开凿一条运河,或者制定一部法律,抑或谱写一首歌曲。

年轻人不喜欢城镇,不喜欢海岸,他们愿意去内地,去那些有如他们的心底一样幽静的深山,寻找一幢可爱的农舍,他们渴望独处。可是,当他来到那座房子跟前的时候,却发现它并非如他想象中的那般幽静。他说道:"啊,现在我才明白了,清远幽静必定与人同在,唯有朋友才能给人以深远之感。"但是,这年头,朋友稀缺,朋友难寻,即便寻到了也难以深交。他们总是行色匆匆,陷入这个大千世界的各种旋涡之中,去赴各种约会,去解各种燃眉之急。所以,人们慢慢地才懂得了这样一个道理:这世间唯有一个幽深、静谧的去处,那就是一个人的内心深处。当他意识到了这一点的时候,即便是身居于闹市之中,他也会感到如同隐居于山林。

旅行的益处只是偶尔的、短暂的,但是它却能够让我们收获到一个最佳的果实,那便是交际。交际是我们生命中一个不可或缺的部分。人的殷勤有着多么大的差别啊!假如一个人可以让我们对他推心置腹,那么他是多么的难能可贵啊。有些人会在不知不觉中伤害到我们,他们可能剥夺我们思想的权力,关押甚至囚禁我们的精神。真正的朋友不需要很多,倘若意气相投,朋友当中只要有一个聪明的人便足矣,大家都会变得聪明起来。同样的道理,一个傻瓜则会让他的朋友也变得愚蠢起来。

交际是一门艺术。一个人生活在这个世界上,其实每天所要做的事情便是交际。拥有一位知心的友人,就如同拥有了一盏明灯。他能够用自己思想的光芒照亮黑漆漆的房间;他能够让我们相信自己具有战胜自然的神奇力量;他能够告诉我们进入诗歌、宗教以及一切美好事物的捷径;他能够唤起我们对于真正的生活的感觉。于是,我们便可以从封闭的生存状态中走出来,进入到一片无比辽阔的天地里。

假如你问我人生中最美好的经历是什么,我会说,是与富有智慧的人诚挚坦率地交往。在这令人兴奋的交往过程中，我们能够瞥见整个宇宙，能够领悟到生命的真谛。这一切就如同我们在安第斯山脉上所看到的那番景象：万里长空中电光在闪烁，刺破了弥漫于天地间的黑暗。这是我们在孤独的沉思冥想中所难以获得的体会。

生存不仅需要意志和勇气，还需要友谊。朋友的功劳，便是能够激励我们去竭尽全力地完成我们的工作。真正的朋友身上，都有一种强大无比的磁力，能够使我们身上的美德显现出来，而根本不需要多余的言语，这才是真正的友谊。一位名叫阿里·本·阿布·塔里布的东方诗人曾经悲叹道：

朋友何止成千，却无一位可以信赖；
冤家独此一人，偏又处处狭路相逢。

不过，在这个问题上，作家当中很少有人比哈菲兹①说得更加精辟了。他指出，友谊是对人的精神健康状态的一种检验："除非你了解友谊，否则你将一无所知，因为，神圣的知识绝不会进入不健康的肌体。"生命之于友谊，显得太过短暂了。友谊是一桩严肃、高贵的事情，有如宗教一般，或者不啻一位女王的驾临。它可不像一个马车夫的晚餐那样的随意和简单，友谊如同爱情，需要珍惜和谨慎。

毋庸置疑，我们身上还有许许多多的美德尚未觉醒，而团结和竞争的习惯则可以教育人们，使他们日臻完善。假如我们的生命是同那些富有智慧与成果的人们一起度过的话，那么我们的生命将会丰富两倍甚至十倍。

生活赋予每个人以不同的任务，不论你选择哪一项技艺——代数、种植、建筑、诗歌、商业或是政治——在同等的条件下，只要你所选择的是适合你的技艺，那么你都可以达成所愿，甚至能够取得非凡的成就——只要你能够按部就班，循序渐进下去。只要你凡事一步一个脚印，定能将铁杵磨成针。

---

① 14世纪的波斯文坛巨匠。

对待工作，我们必须要忠诚，必须要执着，生命中没有什么比此二者更为可贵的品质了。恪守生命的目标是多么令人钦佩啊！年轻人的抱负总是美好的，他们对于生活的见解与规划也是中肯并且值得嘉许的——然而，他们是否能够坚持呢？我担心，普天之下能够持之以恒的人可谓是寥寥无几啊。当你指责他们背弃诺言，提醒他们应当去坚守当初的目标时，他们却早已经将自己曾经的信誓旦旦抛却脑后了。一个人是漂泊不定、变化无常的，在他立志成就一番事业的行动中，他往往是毫无责任感的。所谓英雄，就是那种毫不动摇地去坚持一个中心的人。人与人之间最大的区别似乎在于：有的人能够可靠地承担起某些义务，你不妨对他予以信任；而另一些人则无法做到这一点。因为，他的内心没有规则可依，什么也约束不了他。

一切美德都具有一个共同的支撑点，那便是正直。正直可以使一个人的才能相形见绌。一个人之所以会让他人感到畏惧，不是因为他的功绩，而是因为他的力量；不是他在特定的时间和公开场合里所采取的态度，而是他在任何时候都会采取的姿态。许多人，包括霍恩·图克都说过这样一句话："如果你想变得强大有力，那么你就必须首先要装成一个强大有力的人。"

修养的秘诀，就是要认识这一点：有一些伟大的事物会不断地再现，无论是在穷乡僻壤，还是在繁华的都市里。我们所要关心的，便应该是这些伟大的事物——我们应该摆脱掉所有虚伪的羁绊，敢于做真正的自己；我们应该热爱一切朴素与美好的事物；我们应该独立自主，并且愉快地与他人交往。这一切，再加上服务于人类的愿望，即为人类的福祉略尽绵薄之力的愿望，才是最为重要的东西。

美

一

美是一种形式,而智慧常常通过这种形式来探究世界。这世间有许多种美,比如大自然的美、容貌与形态的美、风度的美、方法的美、道德的美,以及灵魂的美。

有关美的问题,将我们的思想由事物的表面引入到事物的本质。歌德曾经说过:"美是神秘的自然法则的显现。除了这种表现以外,自然法则是我们永远也无法看见的。"正是这种深不可测的本能,激发了我们对于艺术作品的强烈爱好。尽管这种爱好大多是肤浅和荒唐的,然而,它每年都吸引着大批的游客前往意大利、希腊和埃及。人们往往将他在美中所收获的东西,看得比自己的财产还要重要。即便是这个世界上最讲求实用的人,如果人们只是向他提供商品,那么他仍然不会感到满足,相反,一旦他看见了美,他便觉得生活具有了一种非凡的价值。

许多哲学家的厄运给我敲响了这样一记警钟:切莫试图给美下一个定义。所以我宁可在此列举出美的几个特征。

我们认为美是归于纯朴的事物,它没有任何冗余的部分,它能恰好达到其目的。它与万物息息相关,它是诸多极端的平衡。它具有永恒性,同时具有向善的特点。

在古希腊人的眼中，世界是一个美的所在。美是世间万物所共有的特征，世间的一切都源于美，又都会产生出美。在对美的欣赏中，我们会获得愉悦的感受。在美的力量之下，天空、树木、山峦、动植物，都会表现出各自所具有的美的形式，而我们便从它们的外形、颜色以及运动中体味到了美。

这似乎与我们的眼睛有一定的关系。因为，眼睛是最优秀的艺术家。借助其自身的构造以及与光的相互作用，眼睛将种种性质各异的物体，融合进了自己那色彩美妙而有阴影的球体之中。于是，即使某个特殊的物体是鄙陋的、毫不动人的，然而，它们所组成的风景却是圆满而对称的。除了这种散布在自然之上的一般的美之外，几乎所有的个体也都令我们感到赏心悦目，比如橡树、葡萄、麦穗、鸟的翅膀、狮的爪子、贝壳、蝴蝶、火焰、云朵、树叶、蓓蕾……假如我们用心去观察的话，就会发现，这世间的万事万物，无一不美。

对于那些因单调、苦闷的工作和生活而备感束缚的肉体来说，自然是一剂良方。商人和律师从喧嚣与奸诈中走了出来，看到了天空和树木，于是他们又恢复为了"人"。沐浴在自然那永恒的宁静中，他们又重新找回了自己。

对于那些善于发现的眼睛来说，大自然每时每刻都会呈现出她那独特的美。即使身处于同一个地点，也可以在不同的时间段里捕捉到不同的美。天空里有风云的变幻，植物在不断地生长，花开花落，时光飞逝，那些目光敏锐的人便可以从中感受到美的存在。

这些能够被看见、被感知的美，其实仅仅只是自然之美中很少的一部分。无论是清晨的日出，还是雨后的彩虹，都在向世人展示着自然之美。假如我们刻意地去发现这些美，那么也就难以捕捉到美的真谛了。如果你刻意地去寻找月亮的美，那么，当你走出户外的时候，你会发现，这时候的月亮，仅仅只是一个会发光的装饰品而已，此时的它是无法向你展示出它所具有的真正的美的。倘若你刻意地去寻找美，那么美便会离你而去。因为，真正的美是难以言表、难以抓住的，我们只能够去静静地欣赏与感受它。

高层次的美不会有丝毫的矫揉造作，而是与人的意志完全地结合在一起。美是神安置在美德上的标记。一切自然的行为都是优美的，一切英勇的行为都是优雅的。每一个理性的人都能够拥有自然的美。一个人的思想有多深刻，意志力有多强大，那么他便可以在多大的程度上感受到自然之美。罗马历史学家塞勒斯特曾经说过："人类正是通过耕作、制造、航海等活动来寻求自然之美的。"

每当一个人完成了某个壮举的时候，大自然也就会为了他的英雄作为而呈现出相应的雄壮之美。当斯巴达国王利奥尼达斯以及他的三百名勇士与敌人一起同归于尽的时候，太阳与月亮也来为他们送行，向他们致哀；当瑞士的民族英雄温克利挺立在那高高的阿尔卑斯山上，迎着风雪，直面奥地利人射来的枪弹时，山峰也为之感动；当哥伦布的船只驶近美洲的海岸时，那一望无际的蓝色的大海、那环绕在印第安群岛周围的紫色的山岭，也都在为他的壮举致敬。因为，我们永远都无法将人与活生生的景色相分离。

自然永远都在为人类的英雄之举进行着装点和修饰。为了禁锢国人的思想，暴君查理二世将策动反抗的拉塞尔勋爵游街示众，然而人们却从拉塞尔的身上感受到了崇高的美德与品质。不论是在多么偏僻的地方，也不论是在多么恶劣的环境中，只要产生出了一个真理或者是出现了一个英雄行为，大自然都不会吝啬她的赞誉，她可以用整个天空作为纪念他的庙宇，她可以用漫山遍野的玫瑰与紫罗兰作为取悦他的花坛。

二

世界是一个美的所在，美能够对一个人的思想与心智产生巨大的影响。与此同时，所有美的事物都不会死去，它们只是转化为另一种形态，而这样的变化，正是为了进行新的创造。

所有的人都会在心中保留着自然的印记。有些人可以从大自然中获得快乐，也有些人会对美萌生出一种超常的热爱，他们并不满足于对美的敬仰与欣赏，而是尝试着以种种新的形式来表现美。而他们的这种创造，往往是以艺术的形式呈现出来的。

每一件艺术作品，都是大自然的缩影，同时也是以一种具体的形式对于大自然的外在表现。各种自然形态在本质上都是共通的，尽管它们的形式各异，但都是对于美与和谐的表现，这便是共同的美。其实，一片树叶、一缕阳光、一道风景所产生出的美，在人们心中所留下的痕迹都是相同的。

　　任何事物都无法离开整体而独具其美，只有在和谐的整体当中，它才能够展示出自己的美。单个的物体，只有在它暗示出了普遍的美时，它才是美的。诗人、画家、雕塑家、音乐家、建筑师，都是以各自的艺术形式来表现自然的美，实现自己对于美的追求，正是这样的自然之美才使他忘我地投入到了艺术创作之中。艺术来源于自然，同时又高于自然，它是一种人化的自然，它是一种经过了人的蒸馏器的自然。同样，大自然通过艺术作品呈现出了她的美，又通过人类的意志来完成了这种美。

　　一切美都必须是有机的。外在的修饰只是一种畸形。正是由于骨骼的完美，才能最终形成双颊桃红的漂亮脸蛋；正是因为体格的健壮，才能使双目炯炯有神。优雅的仪态和举止，究其本源，都是来自身体的大小，骨骼的连接、矫合以及调节搭配。所以，猫和鹿的行止坐卧天生就是优美的，而舞蹈老师则永远无法教会一个形体丑陋的人跳出优美的舞步。鲜花的色彩源自它的根茎，海贝的光泽也是与生俱来的。因此，我们在鉴赏建筑物的时候，并不会欣赏油漆，也不会欣赏任何变易，而是希望能够显出木头原有的纹理。我们拒绝建起任何毫无支撑作用的壁柱，而是希望房屋真正的支柱能够显出它们朴实的本相。一个车夫将马匹牵到河边饮水、一个农民播撒种子的劳作、一个木工建造木船的活计，或者一位锻炉旁的铁匠，所有这一切，在智者的眼里都是那么相称、合宜。然而，假如这所有的行为都只是为了让人观看，那么就会变得低贱不堪了。船只航行在大海上的景象是多么的壮观啊！可是，摆放在剧场舞台上的船只，或者乔治四世为了美化弗吉尼亚海域的风景而留在沙滩上的船只，却是多么的难看啊。

　　神话的作者们还曾经向世人表达过另一种含义。在希腊神话中，阿佛洛狄忒是由海水的浮沫生成的。任何呆滞、刻板或者束缚于局限

爱默生
散文精选

之中的事物，都不会令我们兴致勃勃。唯有那种同生命一道流淌，那种正在行动或正在努力着想要超出界限之外以达到某种目的的事物，才会让我们兴趣盎然。

美是变化的一刹那，仿佛这种形式正准备要流入其他的形式。任何凝滞、堆砌，或是某一特征的突兀——例如长长的鼻子、尖尖的下巴、驼起的背部——都与流动相悖，因而是丑陋的。虽然说任何一种匀称的形态都是美的，然而如果这一形态可以流动，我们就可以找到一种更为出色的匀称。平衡的打破促使着眼睛去渴求重建匀称，并且观察着重获平衡的每一个步骤。这便是流水的魅力，海浪的魅力，鸟儿飞翔的魅力和动物奔跑的魅力。这便是舞蹈的理论，即在不断的变化中以渐进、灵活的动作——而不是猝然、生硬的动作——去恢复失去的平衡。

美以需要为基础。美的线条是恰到好处，精打细算的结果。蜂巢构筑的角度，正好可以用最少的蜂蜡去获得最大的强度；鸟儿的骨骼或是翮羽也能用最轻的重量去获得最大的翼力。"这是对冗余的荡涤。"米开朗琪罗如是说。大自然的结构中没有一点儿多余，假如自然增添了一种新的形态或颜色，那么她一定是有某个迫不得已的缘故。我们的艺术，便是要通过更为精巧的布置来除去多余的物质，它割舍掉一堵墙上可以省去的每一个多余的部分，从而将所有的力量都集中在壁柱的诗意上，以此来产生出美。在修辞中，这种删繁就简的艺术是其力量的主要秘诀。

正如悠扬的笛声会比单调的马蹄声传扬得更为遥远一样，你会发现，美的形态也肯定会激起人们的幻想，进而无穷无尽地模仿和复制下去。你能够数得清罗马梵蒂冈绘画馆中的阿波罗神像、维纳斯神像、巴台农神殿和维斯塔神殿有过多少的复制品吗？这些艺术品令所有的人都为之感动。在我们的城市里，一幢丑陋的建筑物很快就会被人们推倒，永不再重复。然而，在丑陋之物灭绝的同时，任何美的建筑都会被人们加以复制和改进。

三

爱美之心，人皆有之。无论美走到哪里，都能够带来喜悦与欢乐。万物与美同在。美在女性的身上臻于巅峰。伊斯兰教徒们说："主将三分之二的美丽都赋予了哈娃。"一位美丽的妇人便是一位真正的诗人，她能够驯服自己那位野性十足的丈夫。保利娜·德维吉耶便是15世纪闻名遐迩的法国美女。她那迷人的美貌令其家乡土伦城的居民们向市政当局提出申请，命令她每周必须至少有两次在阳台上露面，以供大家一睹芳容。20世纪英国汉密尔顿公爵夫人的声名也毫不逊色，有七百人甚至在纽克郡的一家客栈以及周围整夜守候，只为第二天清晨看着她跨进自己的马车里。

女性与我们身边美丽的大自然息息相通。坠入情网的年轻人常常将她们的倩影比作日月星辰、森林与海洋。她们用自己的辞令和芳容，医治着我们的笨拙和尴尬。我们发现，她们在智慧上甚至能够影响那些最为严肃认真的学者。她们可以美化和净化他的心灵，并且引导他以一种快乐的方法去从事那些枯燥而艰辛的研究。我们与她们交谈着，希望她们能够侧耳倾听，唯恐我们的言谈令她们感到乏味，于是我们便练就了一番谈吐机敏的本领。

古希腊人认为，一个漂亮的人仅凭自己的美貌便足以表明诸神对于他的偏爱。的确，当一位妇女拥有美丽的身段时，我们往往就会宽恕她的傲慢。然而，没有恩惠的美，犹如一根没有鱼饵的钓竿。无法表达的美，终会令人们心生厌倦。有一句希腊格言这样说道：爱情的力量，并非表现为对美丽的追逐，而是表现为对一个容貌不佳的人也能够燃起同样的欲望。

凡是闪耀着高贵品质的事物，不论它有多么的难看，我们都会热爱。假如号召力、口才、艺术气质或者创造性是出自一个丑陋不堪的人的身上，那么所有平常看来令人不快的事物就会变得令人愉悦，就能唤起人们更高的尊敬与叹服。那位伟大的演说家形容枯槁、貌不惊人，但是他的头脑却十分的敏捷和聪慧。德雷斯主教这样评论德布荣：

爱默生
散文精选

"他生来是一副公牛的面孔,却如雄鹰一般的敏锐。"据说,牛顿的朋友胡克也是英国人当中长相最难看的一位。杜盖克兰说过:"因为我长得奇丑无比,所以我就必须要大胆果敢。"本·琼森告诉我们:"菲利普·锡得尼爵士,这位人类的宠儿却长着一脸的疙瘩。"然而,假如一个人能够将一座小城建设成为一个泱泱大国,能够使沙漠变成绿洲,能够开凿运河连接海洋,能够征服蒸汽,能够赢得胜利,能够引导人们的观念,能够扩大知识的范围,那么,他的鼻梁是否端正,或者到底有没有鼻子,这都无关紧要。而他的腿是否笔直,或者是否截过肢,这也无足轻重。人们将会把他的残疾视作一种修饰,从整体来看反而具有一种优势。这便是内在美的胜利,它降低了外在美的身价。它那令我们着迷的力量是如此的美妙、让人陶醉,相形之下,连那些外貌令人羡慕的人们也显得平淡无奇了,与他们共度此生的想法也因而显得毫无依据了。

尽管人的外貌有时候会光彩照人,但那只是青春年少时外在之美的昙花一现,至多不过短短的几年或者几个月的时光。大多数的美都是落花流水。然而我们的爱美之心依旧,只不过将兴趣转向了内在的美上面。这种内在的美令人倾心之处,不仅表现在非凡而突出的天赋方面,也表现在一个人的风度气质之中。

四

不过,我们仍然需要去注意美那至高无上的属性。事物可以是漂亮的、雅致的、鲜艳的、优美的、俊俏的,然而,假如它无法激发起我们的想象,那么它也仍然是不美的。严格地说,美并不在形状里,而是在心灵里。这也正是美依然在逃避一切分析的原因。它还没有被人们据为己有,它还没有被人们所把握。它可以顷刻之间就抛弃它的所有者,飞向天边的某个目标。如果我能够将手放在北极星上,那么它还会像当初那般的美丽吗?

凡是美好的事物,都应该具有一种广大的品质,一种可以暗示出个体与整个世界之间相互关联的力量。每一种自然物体——海洋、天

空、彩虹、花朵——都蕴含着某些并不属于个体，而是属于整个宇宙的东西。在那些优秀的男人和女人身上，你会发现，他们的神态、言谈和举止中，有某些东西并不属于他们本人或其家族，而是具有一种人道的、包罗万象的特征。

诗人常常会将他们的情人比作自然景物、宝石、清晨的霞光、夜晚的星辰，这是不无道理的。因为，所有的美都会指向某种同一性。每一个美丽的事物，都会有某种浩瀚的、神圣的东西注入其中。

我们并不知道，为什么一个美妙的姿态会令人销魂，为什么一个动人的字眼或者音节会令人陶醉。然而，我们却熟悉这样一个事实：眼睛一次微妙的触摸、一种文雅的风度，或者一行诗句，可以在我们的肩膀上插上一对翅膀，仿佛命运之神靠近了我们，搬走了妨碍我们的大山；仿佛命运之神屈尊降贵，亲自为我们画出了一条只有心灵才能够知道和拥有的更为真实的界线。

一切崇高的美都包含有某种道德因子。美永远同思想的深度成正比。粗俗和低贱的事物，不论怎样装饰，也仍然好像是污秽狼藉的垃圾场。然而，高贵的品格却能够赋予青春以辉煌，赋予老迈以威严。作为真理的追随者，除了服从之外，我们别无选择。这世上有一架不断向上攀缘的文化阶梯，它从一块闪闪发光的宝石所能给予眼睛的美感开始，然后上升到自然风景那美丽的轮廓和细节，再上升到人类容貌和体态的美、言谈举止的美、思想的美，最后达至智慧那不可言喻的美。

孤独

一

　　一位真正的学者，必须要有一颗孤独、勤劳、谦逊、仁慈的灵魂。他必须要像拥抱新嫁娘一样拥抱孤独，独乐其乐，独忧其忧。他自己的评价足以成为衡量的尺度，他自己的赞美足以成为丰盛的奖赏。

　　然而，为什么学者必须要坚守一种孤独与寂寞的状态呢？因为，只有这样，他才能够清楚地了解自己的思想。假如他身居僻地，但又心劳日拙、向往人群、渴望炫耀，那么他就不是处于孤寂的心境之中，因为他心系闹市。如此一来，他便目不明、耳不聪，因此也就无法静下心来去思考。但是，如果你珍爱自己的灵魂，斩断各种世俗的羁累，养成独处的生活习惯，那么你的才能便会获得蓬勃的发展，就如同林中葱茏的树木，田野绽放的鲜花。

　　高尚的、人道的、慷慨的、正义的思想，不是群居所能赋予的，只能够通过孤独来得到升华。重要的并不在于与世隔绝，而是保持一种精神上的独立。即使身居于闹市之中，诗人们也依然可以是隐士。有灵感的地方就会有孤独。可以说，拉斐尔、安吉洛、德莱顿、司汤达都身居于人群之中，然而，在灵感闪烁的那一瞬间，人群便在他们的眼中暗淡消隐了。他们的目光投向那地平线，投向那茫茫的空间。他们将周围的旁观者忘却在了脑后，他们应对的，是抽象的问题与真

理，他们在孤独地思考。

　　当然，我对孤独并不存在任何的迷信。必须要让年轻人认识到独处与社交的益处，必须要让他们二者兼顾，而不是偏执于任何一端。一个天才的灵魂之所以会回避社会，其最终目的也是为了洞察社会。他对于谬误的批判，是出于对真理的热爱。社会所能教授给你的，你很快就可以学会。它那愚昧的常规、不定期的舞会和音乐会、骑术、戏剧等等，所能教授给你的，也就是几次便可以掌握的东西。因此，你还是接受忠实的大自然所给予你的有关羞耻、精神的空虚与荒芜的启示吧。撤退出去、隐藏起来、关门闭户，然后欢迎那禁闭你的雨落下来吧——这便是大自然那可爱的隐居之地啊。你应当集中你的精力，独自祈祷与赞美，消化和纠正过去的经验与教训，使之再一次融入新的神圣的生活。

二

　　我认为，我们需要建立一种更为严格的学者规则。我所指的是一种苦行主义，是一种唯有学者自身的刚毅与忠诚才能够执行的规则。我们生活在阳光之下，生活在表面之上——过着一种贫弱的、似是而非的、浅薄的生活，谈论着缪斯、先知、艺术与创造。然而，究竟怎样才能够产生伟大呢？来吧，让我们沉默不语，让我们手捂着嘴，坐上漫长的、严苛的、毕达哥拉斯式的五年。让我们用热爱上帝的心和眼蜗居在角落里，做杂事、干苦力、流泪、受苦。寂寞、隐居、苦行，能够让我们穿透生命那庄严而隐秘的深处。就这样深深地潜入其中，我们便可以从尘世的昏暗中培养出崇高的道德品质。而那些在时尚或政治的沙龙里炫耀自己的俗艳的交际花，那些社会的蠢货，那些声名狼藉的傻瓜们，是多么的低劣啊。还有那些报纸上的话题、街头巷尾的消息，会令一个人丧失掉平民真正的特权、私密，以及他那颗真诚而热情的公民的心。

三

　　平民百姓所说的好运气，其实是天才们经过了一番深思熟虑才会产生出的结果。比如拿破仑，他既忠实于事实，又具有卓越的才华，同时他还谨慎有加。他也相信心灵的自由，以及它那无穷的力量。他是一个特别谨慎的人，从来不会忽略哪怕是最细微的一点儿准备与耐心的配合。然而，一如他对凡事皆有高度的自信，他对于勇气的爆发、对于自己的命运也充满了信心。这使得他在关键的时刻能够力挽狂澜，仿佛挟雷霆万钧，摧毁了那无数的军队与国君们。正如人们所说的那样，树枝有树叶的特质，整株树木有树枝的特质。因此，说来也神奇，拿破仑的军队也分享了这位统帅所具有的双重力量。这是因为，当他们严格地执行每一项任务，无论侧翼或中坚，一切都指靠每一队的英勇与纪律时，他仍然对其瞬息万变的命运保持着全然的信心。

　　让学者们懂得欣赏这种天赋与才能的结合吧。如果将这些才能用于更为美好的目标，那么将会产生出真正的智慧。学者是事物的启示者。让他先学会认识事物，让他不要为了急于获得奖励而忽略掉应该要完成的工作。让他明白，尽管奖励能够体现成功，然而，真正的成功是在实干当中，是在对其思想的心服口服当中，是在日复一日、年复一年的对事物孜孜不倦的探索之中，是在对所有手段的运用之中，尤其是在谦逊的交往与卑微的生活需求之中——倾听他们所说的，这样，通过思想与生活的互动，可以使思想更为严谨、生活更加睿智。当你对喋喋不休的流行观念不屑一顾的时候，你就掌握了世界的奥秘，同时也获得了展示这一秘密的真正技巧。

　　一个优秀的学者，不会拒绝在他年轻的时候就套上的生活的重轭。假如有可能的话，他应该去了解含辛茹苦的意义，应该亲身去熟悉那片养育他的土地，应该在享受舒适与奢华之前去付出必要的汗水，应该去真诚地纳税，应该像一个真正高尚的人那样去为世界贡献出自己的一份力量。我们永远都不要忘记对神的虔诚，正是神对诗人的低语，才使他唱出了穿越时空的美妙乐章。

你们不必担心我在主张一种过于严苛的禁欲主义，不要问我这种彻底的隐退哲学有何用处。或者说，相比那个将自己的造诣与思想向等待他的世界隐藏起来的人，谁更好一些呢？思想是全部的光亮，它会向宇宙展示它自己。它会说话，即便你是一位哑者，它也能够用自己那非凡的器官发出声来。思想将从你的行为、你的风度以及你的脸上流露出来。它会带给你友谊，它会凭借着慷慨心灵的爱与期待，将你交付给真理。它会凭借着唯一而完美的自然规则，将灵魂的真诚与善良，赋予它所钟爱的学者们。

苦难

一

假如一个人没有经历过苦难，那么他的人生便是不完整的，或者可以说，这个人便是不完整的。正如地球上的大部分面积都处于海水的覆盖一样，在人的生命当中，忧伤的成分也是要多于幸福的。我们日常所谈论的，多半是生活里的遗憾与忧患。在那些悲观主义者的眼中，世界上的一切都染上了忧伤的色彩。在逆境之中，我们的生活就犹如一场战争，与自然和社会进行着殊死的搏斗。我们的灵魂似乎缩小了它的领地，退回到了狭小的范围之内，并且放弃了自己曾经开垦过的田地，任其荒芜。许多人在逆境与悲伤中逐渐丧失掉了自己的记忆，对于自己的思想言行也渐渐感到了陌生，随之而来的，便是希望的消失。那些一度兴趣盎然的工作，如今也令他感到无比的厌倦，再也不想从事了，只希望现在就躺卧下来。

当一个人深陷沮丧之中的时候，他对于任何事情都提不起兴趣，可是我又不想轻易地去放弃任何切身的利益——即使这些东西我们一时并不需要，但是，只要我们将它们放在手上，便会感到安心，便可以将它们作为一种储备，预防明天到来的灾难。我们必须承认，历史上还没有一个时代像今天这样容易令人沮丧颓废。我们周围的人，多多少少都有些脆弱。可是，人生在世，任何一种正确的生活理论，都

必须要将罪恶、痛苦、疾病、贫穷、危险、恐惧以及死亡都计算在内。倘若缺少了悲剧的因素，倘若生活中没有了忧伤，那么这个世界也就将会不复存在了。

在我看来，人生最大的悲剧，莫过于对命运或者定数的笃信与盲从，认为一切都是由某种至高无上、永恒不变的法则所支配的，而人类至今都未能掌握这一法则。在许多情形下，人类对于自然以及自身都会感到无所适从。假如人们的愿望恰好与其相符，那么它就会服务于人类；可是，假如愿望与之相悖，它便要毁灭人类。古希腊悲剧的生活基础便在于此。也正因为这样，我们才会如此同情俄狄浦斯、安提戈涅和奥雷斯特斯。这些古希腊悲剧里的人物，命中注定要遭到毁灭，却没有更高层次的意志和力量来阻止或者延缓毁灭的结局。至高无上的法则运转着，拥有着不可战胜的力量，将我们带入一个可怕的世界之中。

印度神话之所以始终萦绕在人们的脑海中，正是因为它的内容让人们感到极度的恐惧。土耳其人的宿命论，也是基于同样的理念。有些人没有接受过多少教育，不知道如何去进行自我反省，也不具有任何宗教情结。一切来世的惩罚，并不是基于事物的本质，而是来自命运那专横的意志。我们总是害怕会违背一种我们所未知的、同时也是无法认知的意志。然而，只要我们稍稍思考一下，这种恐惧便会消失，因为，这一意志是不存在的。

随着社会文明的发展，这种对于不可知的意志的恐惧感也就会逐渐地消失，这就像长大以后的我们不会再如小时候那样对妖魔鬼怪感到万分惧怕一样。乐观主义者认为，所有的人都会发现，自己是宇宙中的一份子。然而，在现实生活中，整体的利益并非是意志最好的体现。人们的所作所为，其实都只是某种特殊意志的体现。命运的多舛正是心灵产生恐惧和绝望的原因，也是古典悲剧的基础。

然而，我们始终认为，悲剧的关键因素并不是可以一一列举出来的。饥荒、疾病、无能、残缺、痛苦、疯狂——在知晓了这一切以后，我们还应该意识到，悲剧的真正根源便是恐惧。那些不确定的凶兆就像鬼怪一样，不断地纠缠着我们，令我们时时刻刻都处于担惊受怕之中。

　　我们身边似乎总有一个卑鄙的恶魔在策划着某些不确定的罪恶。偷听到的谈话、别人的喃喃自语、恶意的目光、没有来由的惊恐和怀疑，都会让人心生恐惧。那些洞察力不强、个性有缺失、头脑糊涂的人们更是备受折磨。他们的不幸，完全是由自身的弱点造成的，而不是外在的客观事件，他们实在是可怜至极。另外一些人似乎对悲伤情有独钟，仿佛生活不够刺激，唯有痛苦才是真正的生活。他们是天生命苦的人，无论什么也无法安抚他们的哀愁。这些人终日愁眉苦脸、疑虑重重。

　　可见，一切悲伤都是低级的、表面的，绝大多数都只是一种梦幻，属于事物的表面而非核心。从表面上看，苦难就犹如一个令人无法承受的重负，甚至连大地也在它的重压之下发出了阵阵的呻吟。然而，假如你仔细分析一下，就会发现，苦难并不是由于痛苦和不幸，而是因为被夸大而导致的恐惧。倘若有人悲叹道："啊，我太痛苦了！"那么显然他并不是真正的痛苦，因为悲伤是无声的，我们无法将其表达出来。假如悲伤分摊在了众人的头上，那么它就无法使人类毁灭了。那些看上去难以忍受的批评，或者是配偶、子女的亡故，并不足以使遭受批评或者丧失亲人的人寝食难安。我们中的有些人能够超越悲伤，而另一些人却永远都被悲伤所控制。

　　在遭遇不幸的时候，性情迟钝的人是不会有什么感觉的，因为他们的反应十分的缓慢；而那些性情浅薄的人只会用十分做作的方式将痛苦表现出来。老在抱怨的，肯定不会是真正的悲伤。我们听过草木皆兵的故事，我们害怕鬼、害怕从地窖或者楼梯上传来的那些不确定的声音，这一切都让我们膝盖打战。然而，这些都只是幻象而已。而那些最容易面临危险的人——士兵、水手、穷苦人，却绝对不会缺乏应对危难的勇气。人的精神从来不会辜负自己，在任何情形之下，它都能够寻找到支撑自己的力量。它懂得如何在所谓的灾难中生活下去，就像它可以在所谓的幸福中悠然自得一样。一个人不应当将自己心境的好坏完全寄托在外部事物的身上，而是应该尽可能地把握住自己的命运。

我们发现，早期的雕塑刻画最多的，便是那种崇高而安宁的面容。正如埃及的狮身人面像一样——今天它们依然端坐在北非那片广袤的沙漠之中，经历了千百年的风雨侵蚀、岁月沧桑，却依然不曾改变。希腊人、罗马人来了又走了；土耳其人、英国人、法国人在游览了一番之后也离去了，然而它们却依然屹立在那儿，岿然不动，静静地注视着面前那条奔涌流淌的尼罗河。它们所呈现出来的，是一种安详与满足。在大多数的情形下，生活对于我们的要求，便是保持一种均衡、一种警觉。

在情绪不佳的时候，有些人往往需要借助外在的行为来进行发泄，他们常常会感到心烦意乱，于是便将这种烦躁的心态表现为凌乱的步伐、杂乱无章的谈话。他们习惯于以负面的心态来对待日常的生活。这种人实在是太可悲了，他们还不如去堆砌石墙、干干力气活，从而发泄掉过度的烦躁。

二

我们应该冷静地、超脱地在大自然中行走，而不是惶恐不安地行走。一个人应该敢于直面人生，应该像一位正直的审判官那样，不带有任何的成见，也没有什么可担忧的，甚至也没有什么可要求的。他只是根据自然与命运的功过是非来对人事进行判断。所有的哀愁，就如所有的热情一样，都只是生活的表象而已。

假如一个人缺乏根基，没有扎根于神圣的生命之中，只是凭借着感情的蔓藤依附于社会之上，那么，一旦社会发生了变革，一旦风俗、法律、观念发生了变化，他的生活就会乱作一团。他会将周遭所发生的混乱扩大为全世界的混乱，于是他眼前的世界就会变得混沌不清起来。然而事实上，他将自己思想的困境暴露无遗，他已经犹如一条漂浮不定的破败的船只一般随波逐流。可是，假如一个人具有主见和定力，那么，不安定的社会状态就不会让他心生恐惧，感到悲哀了。因为他知道，它们自有其不可逾越的局限。即使身处于罪恶猖獗的世道里，这样的人也能够保持自我，并且联合众人与罪恶展开斗争。个人的努力，能够适时适地地消除人类的灾难，因为，这个世界务必要保持均衡，不允许任何的极端与夸张。

时间能够安抚我们，时间带来了无限的变化，让我们看到新的人物，听到新的声音，穿上新的衣服，踏上新的道路，并且以此风干我们曾经落下的泪水。正如西风扶正了在暴风雨中倒伏的麦子，理齐了纠缠在一起的野草，时间就像是一股清爽的风吹进了我们的思想，能够让我们的思想恢复镇定与理性，也能够让我们忘掉生活里的沉重打击，恢复原有的信心。

虽然时间能够安抚我们，但是，抵御痛苦打击的更大力量则是源于人类自身。自然的防御力量与攻击力量永远都是成正比的。大自然极富韧性，假如她无法在这一方面得到满足，那么她就一定会从另一方面获取的。痛苦大多只是一种表象而已，我们以为那些悲剧十分的残酷，殊不知，受难者自有其补偿的办法。有些人能够在疾病当中产生出一种自我适应的能力，这或许就是久病成良医的道理吧。

著名医生贝尔爵士说："在我所负责的医院里，设有一个专门收容那些不治之症的患者的病房。那里的病人们全都忍受着常人难以想象的痛苦，而且必死无疑。然而他们却是那么的镇定和欢愉。我发现，即便身处绝境之中，人类也能够产生出一种与死神相抗争的精神力量。"当拿破仑被囚禁于圣勒拿岛的时候，他对一位友人说道："大自然似乎早已预料到了我将会遭受巨大的挫折，因为，它赋予了我一种如大理石一般岿然不动的气质。即便是再大的挫折，也无法伤害到我的肉体或灵魂。"

理智也可以帮助我们去战胜恐惧。一个理智的人能够战胜痛苦，认清命运的真相，在自己的事业中寻找到寄托。这样一来，苦难就不再是一种悲剧——即使是一个悲剧，也会让我们从中体味到一种人生的悲壮之美，体味到一种更为崇高的事物。于是，我们的思想境界便得到了提升，我们的人性便得到了升华。

伟大

一

这个世界上存在着一种极有价值的东西，而且，假如我们所拥有的力量和善意越多的话，那么这一珍品的价值就会越大。我们每个人都有权力去追求它，并且在追求的过程中互不妨碍，因为，它有许多的级别和程度。每一个有志于此的人在对它的追求中，不仅不会妨碍他人，相反还会对其他的竞争者有所帮助。这一珍品的名字，叫作"伟大"。它是我们每个人身上的自然倾向，对于那些年轻的心灵来说，它是一种最好的兴奋剂。

我们之所以会去崇拜那些著名的人物，并不是在于他们本身，而是因为他们是"伟大"的代表。显然，我们不应该满足于任何一个我们已经达到的目标。或许有时候我们也会虚伪、笨手笨脚和缺乏信仰，然而我们不应该绝望。在每一个神志清醒的时刻，我们都不应该放弃对于伟大的追求。

一位真正的学者是伟大的，虽然他并不是一名战士，没有亚历山大或者波拿巴的铁腕，但是他却代表了人类最高层次的力量，他是人类的文明、法律和艺术的创造者。学者之所以伟大，是因为他代表了知识，而一个人只有拥有了知识才能够称其为人。智慧与道德是紧密相连的。

爱默生
散文精选

二

　　当一个人不愿意随波逐流而坚守自己的立场时，当一名报童或者一位卡车司机拒绝了因为捡到你的钱包而得到的奖赏时，当一位陌生人拒绝了因为将溺水的你从河中救起的酬劳时，他们都配得上"伟大"这一称谓，而你自己的道德水准也会因为他们的伟大之举而得到提升。那些言行一致、表里如一的人，可以超脱于命运之上，可以向命运夸口。在阿基米德、路德、塞缪尔·约翰逊这些人物的身上，有一种超乎寻常的东西；在那些富贵不能淫、威武不能屈的真正的学者们的身上，有一种不明所以的特质。坚持你自己的观点吧，沿着天才们的足迹勇敢地前行，那么你同样也能够步入天国、走向辉煌。

　　一位智者懂得，取悦他人是一种多么愚蠢和邪恶的做法。一位智者也不会自我吹嘘或者吹捧他人。你不需要告诉别人你的事业或者你自己是多么的举足轻重，也不需要告诉别人你知道与人的交往之道——而是应该让别人自然而然地感觉到这些。在我看来，这些话语都是多余的，你不必列举出你所结交的每一位显赫人物，也不必告诉别人你所读过的每一本书的名字。因为，别人会通过你丰富的信息和得体的举止感觉到你拥有优良的同伴，也可以从你优雅的言谈和广博的知识来推断出你的博学多闻。

三

　　年轻人往往以为，要想成为一名真正的男子汉，就必须要到条件艰苦的加利福尼亚或者印度去，抑或是去参军。不过，当他们了解到在客厅、大学和会计室里也需要和在海上与营地里一样多的勇气时，他们便会重新进行选择了。

　　年轻人很难理解立足现实来谈自己的思想与经验的必要性。假如让十个人每天写一篇日记，那么我相信会有九个人对自己的思想和经验闭口不谈。也就是说，他们只是想当然地叙述着他人的经验和想

法，却迷失了自己。

伟大的人物会喜爱那些能够指出自己的过失的谈话或书籍，而不是那些安慰或奉承他的东西。他们不会为声名所囿，他们所重视的，是学识和良善。安东尼曾经说过："假如这幅绘画是美妙的，那么是谁画的又有何重要呢？假如这句话是真理，那么是谁说的又有何关系呢？假如这件事情是正义的，那么是谁做的又有何意义呢？"

人们会很自然地喜爱那些能够激发他们崇敬与赞美之情的书籍或人物。一位精神上的导师，每时每刻都在用适当的话语和行为使你有所收益。选择一条正确的、适合自己的道路，不懈地努力和追求，最终会使一个人变得伟大。在人生的道路上，我们所遇到的每一个人，都会在某些方面给予我们一些有益的指导，也就是说，一个人从别人的身上获知得越多，他就会越伟大。

在个性不同的人当中，伟大处处都会放射出它的光辉，而绝不会囿于有教养的和所谓的教化阶层。我们可以轻而易举地找出拿破仑的特征：他既不慷慨，也不公正，然而，他富有学识，懂得事物运行的法则。他拥有很强的自信心，他用自己的眼光来审视事物，这令我们对他崇敬有加。他对事物的辨别绝不会仅仅局限于表面，而是一针见血地抓住事物的本质。不论是一条道路、一门炮火、一个人物、一名军官，还是一位国王，他都能够明察秋毫。他留下了涉及诸多领域的大量的手稿以及无数的警句。他还是一位事必躬亲的人，当需要他拿出一个方案或者计划的时候，他便会调动一切的才智与能力。就像他曾经说过的那样："把聪明才智和勇气魄力运用在每一个地方。"他拥有绝对的自信，他相信自己的思考与判断："不要管别人对你说了些什么，你都要相信，一个人可以赤手空拳地去迎战坚船利炮。"

我发现，从拿破仑身上获得裨益是一件十分容易的事情。对于我来说，他的许多建议要比学院里的理论更具有文学性与哲理性。他对他的弟弟西班牙国王约瑟夫曾经提出过这样的建议："对你，我只有一个建议——成为你自己的主人。"

知识是走向伟大的阶梯，知识的精深甚至能够使罪行减轻。古代英国的评判标准便是：当一个社会处于学识浅薄的时期，人们会宽恕一个拥有丰富知识的罪犯,因为,在这个世界上很难找到一个十全十美的伟人。知识能够让我们获得愉悦,能够让我们从众多的腐朽中发现真正的火花,能够对我们心灵的健康有所裨益。

我们必须铭记:尽管士兵、水手这些从事着风险性很高的职业的人会缺少日常生活的安逸与守护,然而,他们也因此拥有了许多通往至高无上的勇敢的机遇。

四

人类因为拥有了道德和知识而变得高贵,但是,这两个因素需要互相熟知、互相推断,直到最后在人的身上完美地会合——假如这个人是一位真正的伟人的话。

常有这样一些人,他们拥有广博的学识、远大的抱负、真诚的热情,他们才是真正伟大的人。英雄的伟大吸引了所有阶层的人,直到我们对他们俯首帖耳。在我们的国家里,也有许多这样的人物,比如丹尼尔、韦伯斯特、亨利·克莱、泰勒等等。在英格兰,有詹姆士·福克斯;在苏格兰,有罗伯特·伯恩;在法国,有伏尔泰。他们都是这类人物当中最杰出的代表。他们的心灵,如这个世界一般的伟大。

这些事实充分表明:学者们已经领悟了伟大的真谛,他们所需要的,是在伟大的创造中收获真理与人性。当存在于真理、尊敬和善意中的伟大的尺度运用于最高层次的认知时,这个世界将被高贵所净化。

眼光能够改变一切。我们最缺乏的,并不是伟大,而是一双善于发现伟大的敏锐双眼。一个精通植物学的人能够在人行道上发现花的存在;一个心中怀有目标的人,能够在他所到达的任何地方发现有助于自己观点的例证。智慧是发现智慧的磁石,个性是发现个性的磁石。

他们会通过无数次的挫败,来表达对于真理的本能的渴求;他们会通过对于自己的控制,来达到对于他人的控制;他们对自己的前途充满了信心,他们的目标是那么的远大;他们在世间吃尽了特立独行的苦头,他们的目光中满怀着对于未来命运的焦虑。他们便是我们所要找寻的人——一个伟大的或者终将伟大的人。

财富

一

　　当某个陌生人被介绍进了一个团体中的时候，众人急于想得到答复的第一个问题便是：这个人依赖什么谋生？这是有一定道理的。一个人，在没有学会谋生之前，算不上是一个完整的人；一个社会，在没有能够让每一个勤劳的成员获得正当的谋生手段之前，算不上是一个文明的社会。

　　每一个人不仅仅是消费者，也应当成为生产者。假如一个人希望获得良好的社会地位，他就必须不但要偿还自己的债务，还应该为公众财富的积累做出一定的贡献。

　　财富源于人类对大自然的应用，简单如笨拙地挥舞铁锹与斧头，复杂如潜心研究艺术的终极奥秘。财富存在于心灵对自然的应用之中，致富之道，不在于辛勤的劳作，更不在于勤俭节约——而在于头脑清醒、计划周密、行动果敢，在于天时地利。这一个人的优点是手臂强壮或者双腿颀长，可是另一个人却更为高明，他能够从河流的走向以及市场发展的趋势中看出潜在的土地需求，于是他便及时地在河畔修整土地，坐等抛售，结果一觉醒来以后他便成了富翁。

　　挂在枝头未被采摘的水果，或者掉到地上烂掉了的水果，其价值被白白地浪费掉了。但如果将它们运到城市里或者那些不产水果的地方，它们就会身价倍增，这便是物以稀为贵的道理。经商的秘诀也正在于此——把货物从盛产之地运到稀缺之地，从而获得丰厚的收入。

财富是在这样的情形之下开始积累的：当你拥有了一个牢固的屋顶，便能够抵挡风雨的侵袭；当你拥有了一台优良的水泵，便能够汲出清甜的水源；当你置备了两套外衣，便可以在汗湿之后及时地换洗；当你有干柴可烧，有油灯照明，有一日三餐充饥，有一匹马或一列火车载你穿越大地，有干活的工具，有阅读的书籍，你便能够在各个方面尽可能广泛地增强自己的力量。

财富便是在这些必需品之上建立起来的。在这里，我们必须要重申一下大自然为北方的寒冷地带所制定的严酷法则。首先，她要求这里的每一个人都必须养活自己。假如他的父辈并没有给他留下任何的遗产，那么此人就必须动手工作、省吃俭用、辛苦积累，这样才可以免于痛苦和受辱的境地。在他能够养活自己以前，大自然是绝对不会让他休息的。她用饥饿逼迫他、嘲弄他、折磨他，并且夺走他的温暖、欢笑、睡眠、朋友以及享受阳光的权利，直到他通过自己的双手终于得到了面包。然后，大自然便以稍微温和一些但又足够强硬的态度来催促他获得自己应有的必需品。每一扇商店的橱窗，每一株果树，时时刻刻兴起的念头，都向这个人开启了一种新的需求，而这一需求又涉及他是否具有满足自己欲望的能力与尊严。试图通过争辩来使人放弃欲望是毫无用处的。虽然哲学家们已经论证了清心寡欲的重大益处，可是，一个人难道会安于仅有的一间茅舍以及粗茶淡饭的生活吗？人天生就渴望发财致富，他的方方面面都与金钱密切相关。财富还要求拥有大城市所能提供的自由，要有旅行、机器、科技方面的便利，还必须有音乐、美术、最优秀的文化以及最出色的伙伴。那种能够利用人类所创造出的一切才智的人，才是真正富有的人。那种懂得如何从最大多数人的身上、从遥远的国度、从古人的成果中获取利益的人，才能算得上是最富有的人。

一个民族之所以强大，就体现在这些方面。撒克逊民族便是世界的商人，这主要得益于其金钱上的独立性。他们不依赖政府的面包和猎物，他们没有宗族制度，没有依靠头领岁入所维系的长老制生活方

式,也没有联姻裙带关系,而是要求每一个成员都必须要承担起各自应尽的义务。这一民族一贯认为,人人都应该自食其力,否则就无法维持和改善自己的社会地位,正是这种价值观念给英国人带来了繁荣与太平。

二

经济问题又与道德密切相关,因为此事关系到如何确保人的独立性这一纯粹的道德问题。所谓人穷志短,贫穷会令一个人道德沦丧。一个债务缠身的人,其地位与悲惨的奴隶相去不远。华尔街的价值观念是:对于一位百万富翁来说,要做到恪守诺言、讲求信誉是非常容易的。但是,假如他处在遭受挫败的环境之下,那么他便很难保持道德上的良知了。当一个人陷入经济困境中时,几乎不可能指望他们能够保持道德上的完整与坚定。正如柏克所言:"美德是一件普通人难以企及的高档品。"

真正的男子汉是那种尽力而为、量力而行的人。可悲的是,天底下到处都是些光说不做的轻佻之徒。他们怂恿美女和天才们穿上其所设计的华服,目的是要让他们发表华而不实的言论,以证明自食其力的人是不值得尊重的,只有那些只知消费的人才算得上是高明。殊不知,如果一位工人站在飞转的机器面前能够心境平和、神态安然,那么他便可以与那些大人物们平起平坐。

大都市里的社交圈非常的幼稚,因为它将财富视作了玩物。那里的享乐生活充满了自我炫耀的浮夸气息,以至于一些浅薄的旁观者们竟会以为这就是为人们一致认可的最佳的消费方式。然而,假如这便是花费剩余资本的主要途径,那么它必然会招致人们的愤怒,最后筑起堡垒、焚烧城市、向富人们宣战。有理智的人会尊重财富,将它看作是从大自然的怀抱里汲取的乳汁。

有些开办公司、设立工厂的人,一心只盯在财富上面,他们夸夸其谈,采用各种欺骗的手段、编造美好的盈利前景来引诱人们进行投资。假如盲目地听从了这帮人的胡乱吹嘘而加入到了他们的行列中,只会让民众的财产蒙受损失。这一情形反映出民众普遍存在的一种贪财的心理,而大众的疯狂只会导致多数人的遭殃。最后,只会让那些小人从中捞到好处。

那些拥有巨额财富的人,可以纵横天下,可以结交形形色色的人物,可以游览名山大川、领略世界各地的风土人情。无论是尼加拉瓜大瀑布、尼罗河、撒哈拉沙漠,还是罗马、巴黎、君士坦丁堡,他都可以尽享其中的无限风光。人类一切的艺术、科学、美景以及便利,似乎都是为他而设立的。

俗语有云:"富人总是活在人们的期待之中。"富人将更多的事物带入到了人们的生活里,他们不仅吸引着众人的视线,制造着新奇的生活方式,而且还影响着社会的流行趋势。无论是乡村还是都市,无论是海边还是山顶,乃至欧洲的古老庄园和希腊的城堡,全都留下了他们的足迹。正如波斯人所说的那样:"富人的一只鞋所用去的皮革,可以铺满大半个地球。"这句话可谓道尽了富人生活的奢侈。

民间还流传着一句笑话:"国王的手臂最长。"我们也应该拥有一条善于抓住机遇的长手臂。从表面上来看,单纯的发财致富并不值得提倡。我从来没有见过一个富人在享受富足的物质生活的同时也能够注重精神上的健康,所以我认为,在生活中并不存在本质意义上的富人。

在不同的时代里,人们对于财富的认知也是不尽相同的。所有的文化果实,其实都萌生于财富之中。恺撒大帝、法兰西国王、塔斯坎尼大公、苏格兰郡主,都是富人的代表,他们用自己的财富带动了所属的那个时代。在普通人的眼里,梵蒂冈和凡尔赛宫是如此的富丽堂皇。然而,大英博物馆、公共图书馆也是人们所需要的,这些才是人类共同的财富。前人所创下的伟业、所开展的各种探险活动,对于后人都具有重大的意义,我们现在的生活,多是依赖于他们的所为。可惜的是,现在的人们已经不再懂得节俭的意义了。

歌德说得好:"只有那些理解财富的人才配发财。"有些人天生就适于拥有财富,他们能够为财富注入生命的活力。其他一些人则不然,尽管他们腰缠万贯,但却毫无优雅可言,所以他们的利润就仿佛是窃取来的一样。只有那些善于管理的人才配拥有财富，而不是那些囤积居奇、欺行霸市的家伙们。有些财大气粗的业主，仅仅只是些胃口很大的乞丐罢了，这些人根本就不配发财。真正有资格当富翁的，是那些为更多的人创造就业的机会，为广大的民众开辟道路的经营者们。一旦这种人成了富翁，民众也将会富裕起来；而当他们穷困潦倒的时候，民众也会沦为无助了。

现在社会上所流行的社会主义思潮，可以引导人们去思考当前的文明方式，思考目前只为少数人所享有的财富如何才能够造福于民众。这是一个不公正的社会，原本应该属于人民共享的财富，如今却集中到了少数几个人的手中。人人都想欣赏优美的风景，人人都想获得巨额的财富，可是，梦想成真的能有几人呢？有几个人买得起观望火星的天文望远镜呢？我们都到图书馆里去查阅资料，但是，里面的藏书，我们有能力购买与保存的又有几本呢？社会的财富为众人所有，也必然造福于众人，这才是真正的财富。

对于有修养的人来说，财富具有巨大的感化力量，它能够让人变得更加优雅。这就如同音乐一样，对于有鉴赏力的人而言，音乐拥有无穷的魅力。今天的普通民众无缘欣赏到那些所谓的高雅艺术，而这种情形在古希腊的城邦里面是不存在的，因为古希腊人认为，艺术是属于全体民众的。

公共的财富越多，人们的生活就会越富足，而他们之间的关系也会越密切，这种情形在欧洲表现得较为明显。可是在美国，人们相对重视的是个人的私有财产，强调个人的努力对于获取财富的作用。

一个人只要将自己的才智和能力充分地发挥出来，就能够创造出无穷的财富。人生来便是想要致富的，或者说，只要人尽其才，思想合乎自然的规律，便会水到渠成地富有起来。财富是思想的产物。这种游戏要求参赛者具有清醒的头脑、准确的推理、敏捷的思维，以及持久的耐心。文明的劳动能够取代原始的劳动，无数精明人士，在岁月的长河中，已经发现了最为便捷的工作方法，艺术、文化、采伐、加工、制造、航海、贸易等各行各业所积累的技术，构成了当今世界的财富。

爱　默　生
散　文　精　选

　　一位精明的商人能够迅速地积累起大量的财富，商业的艺术或者说是经营的艺术是相当微妙的，并非人人都可以投身其中。在经商的过程中，一个注重实际的人只会相信自己的亲身经历和亲眼所见，而不是投机倒把和靠所谓的运气。他力求在每一笔生意当中都不失手，这样他的财富便会越来越多。赚钱有赚钱的门道，生意人应当拥有诚实和务实的品格。商人应该实事求是地看待利益与风险，不可好高骛远或者固执保守。

　　金钱能够反映出金钱拥有者的本性和运气。一枚小小的硬币，便是一只对社会、民俗，以及道德的变化进行测量的仪表。一个农夫会十分珍视他的一张美元票子，这是有道理的。因为，这一元钱可不是他从路边捡来的，他深知自己必须要花费多少的力气才能够挣到这一块钱。为了挣钱，他得累得腰酸背疼。他知道，这一块钱代表了多少土地、多少风霜、多少阳光。他还知道，这一块钱里包含了多少谨慎、耐心，多少次锄地，多少次挥汗。当你拿起他的这一块美元的时候，你就举起了这其中所蕴含的所有的重量。然而在城市里，金钱却被看得很轻。一位农夫的美元是沉重的，而一名职员的美元却是轻薄灵便的，动辄便跳出了他的钱包，上了牌桌和赌场。

　　此外，金钱也代表了道德的价值，它具有一种精神上的力量。随着人类才能的提升以及道德的进步，金钱的价值也在不断地增加着。把一块钱花费在教育上，要比用在罪犯的身上更有用处；在一个和谐有序的社会里所花费的一块钱，要比用在充斥着罪恶的社会里更有意义。

　　金钱也是一个衡量社会风气的风向标。假如人们坚守为人处世的原则，拒绝出卖自己的灵魂，那么便会营造出良好的社会风气，而人们的生活也会随之更加的充实。反之，假如人们为了金钱而不惜牺牲自己的良知和道德，那么社会就将变得是非颠倒、黑白不分。如果你从大街上拉走十个诚实的商人，代之以十个十恶不赦的家伙，让他们掌管这个城市里的金融机构，那么银行的信用将不复存在。更为可怕的是，学校将失去安宁，法官将不再公正。一切以金钱为准则，人们没有了约束，社会陷入一片混乱与无序之中。

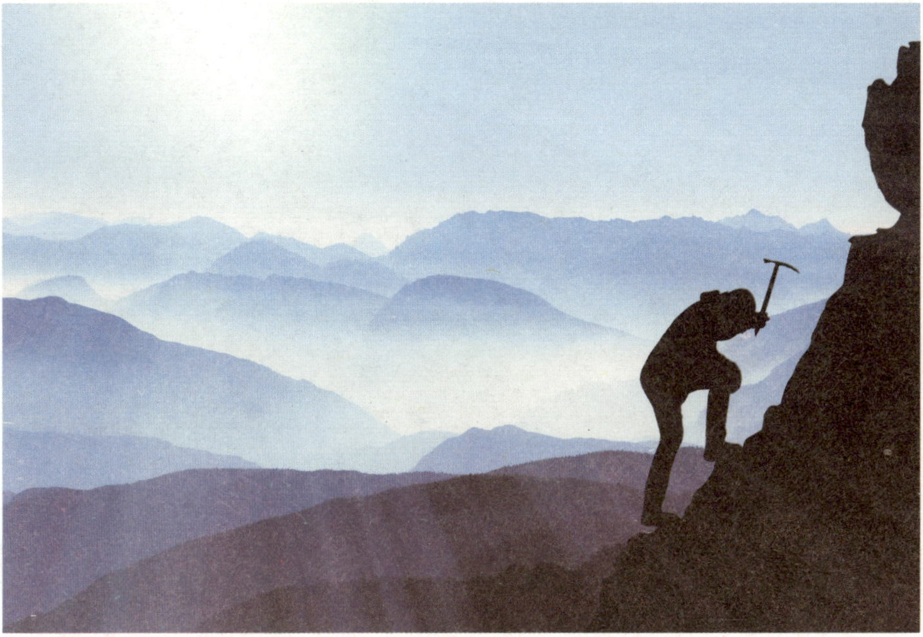

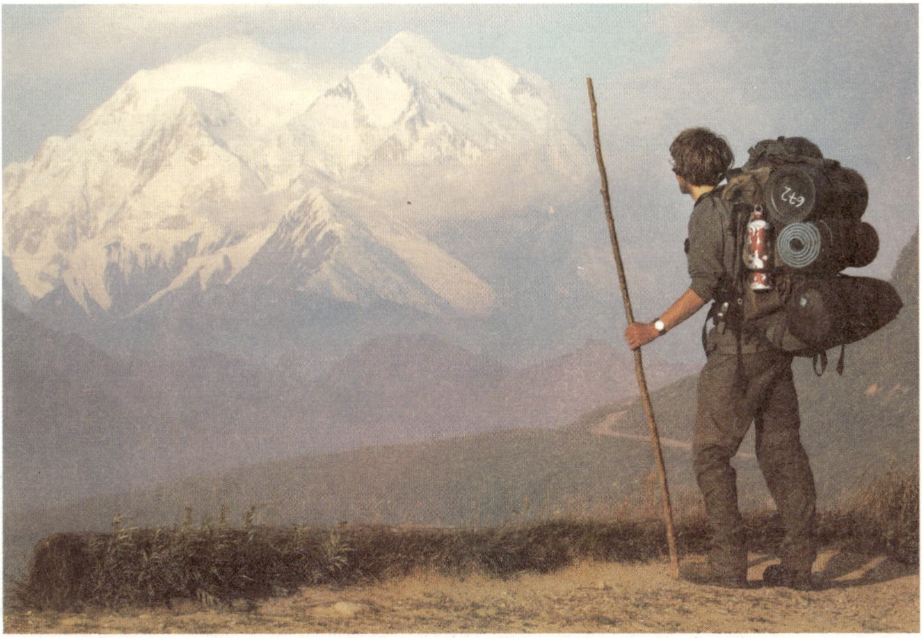

每个人都拥有可以出售的东西，在我们向他人提供劳动与技艺的同时，也就获得了属于自己的财富。

财富在运行的过程中有着自己的法则。没有必要滥加施舍，而应当制定公正的法律以维护和谐、公平的社会秩序。每个人都应当通过自己的诚实劳动来创造财富，一个人所拥有的财富，应当与他的才能和美德成正比。在一个自由而公正的社会里，财富会从懒汉和恶人那里逃离，汇聚到勤劳、正直和勇敢的人的手中。

三

财富的积累需要遵循一定的法则。

首先，每个人都必须要根据自己的脾性来决定他的消费水平。假如你拥有足够的挣钱的才干，那么你的投资便是稳赚不赔的，哪怕你花起钱来像一位国王那样大手大脚也没有多大的关系。大自然使每一个人各有所长，让他能够完成其他人无法胜任的工作，并因此成为社会所需要的人。这一先天的安排决定了他的劳动与消费。

假如一个人挥金如土，将大把的金钱花费在那些毫无价值的事情上，也不注重去创造出新的价值，那么他就是一个腐朽不堪的家伙。我们的行事方式，应当要符合正当的目标，只有这样，我们所做的事情才是有意义的。否则，人的发展、社会的繁荣，都将只是一句空文。

我们应该明白，该花钱的地方就不要节省，不应该花钱的地方则不要破费。我们像孩子一样，想要拥有所见到的一切。可是，当一个人能够明智地减少那些不必要的开支时，他就迈上了一条独立、自助、自立的道路了。

因此，那些有闲阶层应当脱离低级趣味、奢侈浮华的生活方式。我们不应该只去关注浮华的表面，而应当理性地去看待人们的消费方式。节俭的人具有一种无上的美，理应获得社会的尊重。一个拥有美德的人，即便居于陋室，即便只有粗茶淡饭，也会感到一种心灵上的满足与安宁。当他面对着那些阔绰的富人时，也依然保持着不卑不亢的神态与言行。

其次，一个人应该依据自己的才能去花钱，并且要有一个系统的理财规划。单凭节俭与杜绝消费，仍然无法挽救濒临破产的家庭。再丰厚的收入也无法承受一个人无度的挥霍。致富的诀窍，并不在于金钱的多寡，而在于收入与支出的关系。因为，需求是一个不断长大的巨人，现有的财富的外衣是永远也无法将它掩盖住的。人们普遍观察到，一夜暴富——比如中了头奖彩票或者继承了巨额的遗产，并不能够保证一个人能够拥有永久的富裕。因为，那些坐享财富的人们并没有经过一个学徒阶段，而且，伴随着庞大财富的突然来临，也将导致仓促的需求——暴发户们不知道如何遏制这些需求，结果财富便迅速地化为乌有了。

形势是不断变化的，每一个行当都需要一个大师级的人物来把握这种规律。尽管房屋和土地没有改变，但其价值却在不断地变化着。这就需要你加以密切的关注，就像从桶里往外倒酒一样小心。精明的农夫知道如何倒酒，而莽撞之辈只会把酒都倒洒了。这与投资的道理是一样的，一不小心就会连本带利赔个精光，这种悲惨的情形在我们的周围并不鲜见。

再次，你必须要小心行事，不可随意执行自己所拟订的计划。

万物都有自身的法则，只有那些善于观察的人们才能够掌握其中的规律。我不懂种地、植树，然而时令自有其安排，我只需要顺应时令去行事即可。我不懂建筑、造房，然而自有人懂得，我只需要听从他们的意见即可。大自然在每一件事情上都自有其安排，不需要你过多的劳心烦神。大自然已经将其中的规律和法则告诉了我们，我们只需要注意观察、认真倾听即可。自行其是只会遭受自然的惩罚，我们必须要回到规律本身，认真地去研究它和利用它。

最后，你应该尽力寻求你所熟悉、并且与你相配的东西，而不要指望异想天开的收获。正如友谊可以换来友谊，公正可以换来公正，军事素质可以换来战场上的胜利，丈夫的优秀品行可以换来美满的家庭一样，诚实的经商便能够换来巨额的利润。勤俭之人的财富会越积越多，而奢侈之徒的财富则会越来越少。

因此，我们应当目标高远，不可随意地挥霍钱财以满足自己那永无止境的需求。我们应当牢记这样一句箴言："财富如血液一般的宝贵。"诸如"时间即是金钱""最好的花钱方式是及时还清债务""正确的投资便是最好的赚钱方法"之类的口号,可以作为人们生活的准则。

四

　　金钱也是心灵的象征。假如我们对生活进行投资,也就是说,积少成多、日积月累,将自己的日常生活、感情生活和文化生活积聚在一起,那么一定会获得丰厚的回报的。

　　其实,真正的经商法则只有一条:吸纳资本,然后投资生财。即使是碎渣废屑也要收集起来,加以提炼。赚得的利润也不应该全部拿去消费,而应当作为资本再用于投资。把钱拿去享乐十分容易,但毁灭起来也十分迅速。那么,我们是否应该不再消费而将资本封存起来呢?这样做也是不妥的。我并不是反对消费,而是主张消费应该物有所值,应该适度和节制。消费的目的,是为了更好地创造。

　　真正具有智慧的理财,应该是一种高层次的财富观念。不仅仅只是节俭,而是要在满足了基本的生活所需之后,进行不断的投资,进一步创造财富——渴望自己能够将金钱花费在精神创造方面,而不是仅仅用于物质上的自我满足。人所谓的富裕,也不在于不断地重复动物性的生存满足,而是要通过自身力量的增长来感受到成长的快乐,体验到那种生命的活力,并且由此踏上了一条通往最高境界的光明路途。

成功

一

　　本杰明博士帮助费城市民安全地度过了 1793 年的黄病热；勒威耶实践了哥白尼的天文学理论，推算出了行星的具体位置；还有一些杰出的妇女们为军队建立起了医院和学校。总之，我们美国有数不尽的人才在竭力地为人类谋取福利。

　　我们应当对他们心存感谢与敬意，他们中的每一个人都为我们指引着前行的方向。正是这样一群杰出的人物，为人类的文明镀上了一层辉煌。

　　关于成功，存在着不同的衡量标准。与其他的民族相比，我们民族的价值观，包括对财富和成功的定义要高明一些。人类思维活跃，往往不会满足于现状。撒克逊人从幼儿时代便被教诲，凡事都要争取第一；挪威人则是永远不会停下步伐的骑手、战士和自由主义者。从一首古代挪威歌谣中我们便可以知道，这是一个执着地追求成功、永不知疲惫的民族：

　　　　成功是最高的，
　　　　成功是最好的；
　　　　成功就在你的手中，

成功就在你的脚下；
成功就是与好人竞争、同坏人作斗。
亲爱的上帝啊，
他们永远不会闭上眼睛，
看哪，看哪，成功就在眼前！

二

我憎恨那些浅薄之徒，他们或者希望通过借贷的手段变成富翁，或者梦想通过研究颅相学而拥有经济学家的头脑；或者奢望不认真求学也能够成为智者，不做学徒也可以成为师傅；或者弄虚作假向人兜售货物；或者贿赂官员以争取选票。他们洋洋自得地以为这便是所谓的成功，然而实际上，他们却是在走一条犯罪的道路。他们的所作所为，无异于自杀，是在堕落和毁灭人类。我们常常自我炫耀，渴望一夜之间的成功，却忽视了那些真正重要和优秀的东西。

米开朗琪罗曾经这样评价自己说："当我发现所有对于上帝的美好寄托都是虚渺的时候，我才开始认识到，其实世界上的一切希望都应在于我们自己。只有寄希望于自己，才是最为可靠和安全的。"尽管我无法确信所有读者都会同意我的看法，但是我猜想大多数人都会认可我关于成功的第一规则——我们应该放弃自我吹嘘，接受米开朗琪罗的教诲——"自信是最有价值、最值得信赖的"。

我们每个人都具有某种与生俱来的才能，因此我们应当好好去利用它。尽管人们不太可能亲自去做所有的事情，比如自己建造房屋、自己锻造锤子、自己烘烤面包，但是我认为，一个人至少应该尽力去做力所能及的事情。

可惜我们常常不相信自己，喜欢引用别人的话语，笃信古老、权威的事物，乐于引入外族的宗教和法律。我们的法官们往往不敢直面出现的新问题，而是宁愿花费几个月、甚至几年的时间去寻找能够参照的先例。我们就是这样放弃独立思考的机会和职责的。所以，我们没有能力去执行自己的计划，也不知道如何去执行，因为我们无法从自己的鞋底掸去欧洲或亚洲的尘土。这个世界似乎生来就是旧的，整个社会都在倾听，每一个人都是效仿者。

三

　　自信是成功的第一秘诀。你应该相信，大自然之所以安排了你的存在，是因为她要赋予你某个神圣的使命，所以你应当努力工作，争取成功。但这绝不是在唆使你去急于求成，获得那些看似耀眼、哗众取宠的成绩，而是希望你能够勤奋工作，朝着正确的方向发展。

　　善于去细心地观察生活是成功的第二个秘诀。人与人之间之所以存在着智力上的高下之分，不过是因为人们对于事物的敏感程度不同罢了，或者说是对细微、很细微、甚至极其细微的事物的鉴赏力不同而已。当学者或作家为一种思想、一首诗歌绞尽脑汁的时候，他应该走进大自然的怀抱里去。在那儿，他会发现在他们的文学或思想领域里从来没有过的事物。他会发现，孩童那清脆的哨声抑或枝头上麻雀的鸣叫，就是一首美妙无比的诗歌。

　　我们要懂得去与世界进行交流，要懂得去总结大自然变化的一般趋势和规律。假如我们在学习的过程中遵循这些启示，就会发现，知识不仅仅是那些新的定理，那种呆板而有逻辑的表达式，还包括细心的观察、智慧、道德敏感度以及正确的思想。

　　人与人之间的差异即在于感知力的不同。亚里士多德、培根、康德的至理名言是哲学中的精华，可是，他们总结出的这些伟大的箴言，其实是每一个人都有过的体验，只不过他们敏锐地感知到了这些道理。

　　假如你希望成为某个团体中的领导者，那么你就需要始终对生活保持着一种敏锐的洞察力以及乐观的心态，去实现一种真正意义上的生活，不是一味地去索取，而是容易知足、精神放松、志存高远。

　　真正的成功还有一个特征。聪明之人往往会选择正确的、先进的和确定的事物。假设这世上有许多的莎士比亚、荷马和耶稣，那么他们当中必定不会是所有人都能够获得成功。可是我们必须要相信，真诚和友善是成功不可或缺的条件。一个人生活在这个世界上，他拥有何种理论并不重要，重要的是，他能够为人类贡献出怎样的财富，或者说，他是如何度过自己的一生的。一个人，只有当他为别人带来快乐的时候，他才可以被称为一个真正意义上的人。

四

令我担心的是，大众对于成功的理解与真正的、健康的成功观念常常是背道而驰的。一个是针对世俗看法，另一个是个人见解；一个看中名望，另一个则恬静淡泊；一个渴望聚敛财富，另一个致力于奉献爱心；一个独断专行，另一个热情好客。

不要在你的房间里挂上令人心情沮丧的图画，不要在你的交谈中流露出忧伤与颓丧，不要愤世嫉俗，不要自怨自艾，不要只知叹气。让那些不愉快都离你远去吧，鼓起勇气，打起精神，不要把宝贵的时间都浪费在沮丧之中。不要让自己沉溺在那些不愉快的往事里面难以自拔，你应该将眼光投向未来以及那些美好的事物。当你有机会发表言论的时候，你应该停止自己的满腹牢骚与不满，因为，对所有事情都斤斤计较于你而言是没有任何益处的。我们应该相信：上帝赐予我们礼物，希望总在我们的身旁。

人生的路途往往崎岖坎坷，因此我们需要爱的呵护。爱就是乐观，就是积极向上。爱越多，人与人之间的相互理解就越能够获得增进。爱能够给予我们力量和信心，能够为我们指引出前行的方向。保持头脑的清醒，树立良好的价值观，培养正确的感知力与判断力，丢掉那些不良的习惯，这才是我们应当追求的目标。

一个对现实极度不满的人，仅用一句话就可以让周围的人感到无比沮丧和寒心。即便是一个最乐观的人，也很容易失去对世界的信心。生活和事业上的失意者，往往是那些只会注视着痛苦事情的人。在他们的面前，希望和勇气会感到窒息。他们总是迈着沉重的步伐，带着一颗老迈的心返回家园。他们总是向人们暗示着自己的失意和可怜，他们总是以讽刺的口吻、怀疑的心态来面对人生。而这一切，只会使他们那原本就微薄的希望变得更加的渺小，只会使他们那原本就缓慢的步伐变得更加的迟缓,从而离成功越来越远。我们应该去学习那些圣人的所为,给人们以力量和希望,将冰冷的煤炭变为带给人们温暖的火焰;当我们遭遇失败的时候,应该用先进的思想、用崭新的行动去迎接成功的到来。

爱情

一

　　爱情是似水的柔情与炽热的欲火的自然结合，这一结合向人们提出了以下的要求：为了用绚丽的色彩将少男少女们那荡气回肠的爱情经历描绘出来，一个人不可以年事过高。青春的美妙遐思，丝毫不容深思熟虑的冷静，因为后者会用苍老的迂腐来冰冻他们那如花般的年华。因此，我深知自己可能会招来罪名，那些"爱的法庭和议会"的成员们将会认为我未免过于冷酷和淡泊了。但是，我要避开这些可怕的吹毛求疵的家伙们，求助于那些比我年尊辈长的人。可以这么认为，尽管我们所论述的这种激情萌生于少年，却并不会弃于老年。或者说，它绝不会让对其忠心耿耿的仆人变得老气横秋，而是会让老年人也来分享爱情的甘美，而且他们并不会输给那些妙龄少女们，只不过方式有所不同罢了，而且境界甚至更为高雅。

　　爱情是一团火焰，它刚在一颗心灵的深处化为了最后的余烬，又被另一颗心灵里所迸发出来的游离的火星给重新点燃了起来。它火光炽热，火势凶猛，直到熊熊烈焰温暖和照亮了千万男女以及全人类共同的心灵，因而也照亮了整个世界和大自然。所以，无论我们是设法描绘二十岁时、三十岁时还是八十岁时的激情，都无关紧要。如果你描绘它的初期，便会错过它的后期，而描绘它的末期就必定会丢失掉它的某些早期特征。因此，唯一的希望便是，依靠耐心与缪斯的帮助，我们可以洞悉到它的内在规律。它一定会把青春常驻、韶华永存的真理，描绘得如此突出，以至于不论你从哪个角度去看，都会一目了然。

二

对于任何一位知名人士，人们最想了解的是什么呢？莫过于他的情史中的那些风流韵事了。在图书馆里流通的是些什么书呢？当我们阅读那些浪漫的爱情小说的时候，我们是多么的陶醉啊！在日常的生活交往中，有什么能够比两情相悦的段落更加引人入胜的呢？或许我们与他们素昧平生，今后也无缘相逢，然而，当我们看到他们互送秋波或者含情脉脉的时候，彼此就不会再感到陌生了。我们理解他们，而且对这段罗曼史的情节进展也抱有极大的热情。世人皆爱有情人。

这里有一个奇怪的事实：许多人在重温自己的人生经历时，似乎都会觉得，在他们的生活史册中，最美好的一页莫过于对一段情爱的甜蜜回忆了。在那里，一些偶然的、琐碎的事件被爱情赋予了一种神奇的魅力，这种魅力竟然超过爱情本身所具有的深刻的吸引力。在回首往事的时候，他们可能会发现，几件原本并不具有魅力的事情，对于求索的记忆来说，却比将这些事情铭记于心的魔力本身更为真切。然而，不论我们的具体经历是什么，谁也无法忘怀那种力量对于我们心灵的冲击。它的光临使万物更新；它是一个人身上的音乐、诗歌、与艺术的黎明；它使大自然容光焕发，使晨昏变换，呈现无穷魅力。那时候，一个声音的一点响动便会令他的心狂跳不止，与一个身影相关的最琐碎的小事也会成为深深嵌入记忆中的琥珀。当那个人出现的时候，他就会目不转睛；当那个人离去的时候，他就会魂牵梦萦。那时候，那个少年终日守候在窗前深情凝望，哪怕只是见到一只手套、一条面纱、一根缎带，或者一辆马车的轮子，也会令他心驰神往。那时候，对于他来说，没有一个地方是过于偏僻的，没有一个地方是过于寂寞的，因为，他的思想里有了更为丰富的交往，更加甜蜜的谈话，而这是任何一位老朋友也无法给予他的，尽管他们都是最好的、最纯洁的人。因为，这个他所钟情的对象的外形、言谈、举止，都不似别的昙花一现的形象，而是像普鲁塔克所说的那样，是"用火烧了瓷釉"的形象，是他寤寐思之的对象。

> 你虽已离去，却还仍在身旁，
> 不论你现在身处何方，
> 你把你那凝望的双眸、深情的心，
> 留在了他的身上。①

到了人生的壮年和暮年，每当回忆往昔，我们仍然会不禁怦然心动，因为那时候我们还没有尽情地欢乐过，而且一定是被那痛苦与恐惧的滋味给麻醉了。有人曾经这样评说过爱情：

> 所有其他的欢乐，都抵不上它的痛苦。

真可谓深得个中三昧了。那时候，白昼太过短暂，因此黑夜也都消磨在了锥心的回忆之中；那时候，因为打定了主意决定慷慨行事，于是辗转反侧、难以成眠；那时候，月色是令人欣喜的狂热，星星是文字，花朵是密码，微风也被谱写成了乐章；那时候，所有的事物似乎都不得要领，而所有在大街上颠来跑去的男女们都只不过是一些幻象罢了。

三

激情为青年把世界重建。它使万物生机盎然，意味隽永。连大自然也具有了意识。现在，枝头的每只鸟儿都在对着他的心灵欢唱，一声声音符清晰入耳，明白如话。他抬头仰望天空，看到云彩也绽放出了张张笑脸。林中的树木、摇曳的青草、羞怯的花朵，都具有了灵性，

---

① 见约翰·多恩的《新婚颂》，第202—203行。

爱默生
散文精选

仿佛都在诱惑着他说出心底的秘密，于是他被弄得不免心生怯意。然而，大自然总是善于抚慰、富于同情的。在这片绿色的幽静之处，他找到了一个比与人相伴更为可爱的家园。

那令他对大自然萌发爱美之心的激情，也使他爱上了音乐与诗歌。有一个司空见惯的事实：人们在爱的激情的感召之下创作出了许多优美的诗歌，这是在任何其他的条件之下都无法做到的。

爱可以使他的天性充满了力量，爱可以让情感延伸扩展，爱可以让粗俗的人变得文雅，让胆小的人变得勇敢。为了得到所爱的人，哪怕是一个可怜和卑贱的人，也会拥有征服世界的勇气与雄心。虽然爱已将他交付给了另一个人，但更多的是将他交付给了他自己。现在，他已经是一个全新的人了，具有了新的感受以及新的更为急切的意图，他的性格与目标也有了一种虔诚和庄严。

我们赞颂美对于人的启示，我们有如欢迎阳光一样地迎接着它的到来。它使每一个拥有它的人变得愉悦和丰足。一位姑娘会让她的情郎了解到，为什么美会被描绘成她的步态的优雅。她的存在令世界丰富起来，虽然她让他心无旁骛，让他的视线里不再有其他的人和物，但是她又通过自己做出了补偿。这样一来，站在他面前的这位少女便成了一切美德的代表。

古人将美称为"德行开出的花朵"。谁能够分析出从某个面庞和形体上所闪现出来的那种难以名状的魅力呢？我们难以接近美，因为，美的本性就如同乳白鸽子脖颈上的光泽，闪烁不定、转瞬即逝。

有这样一种说法："如果我爱你，那么对你来说这意味着什么呢？"我们之所以这么说，是因为我们感到我们的所爱不在你的意志之中，而是在你的意志之上。它不是你，而是你的光辉。它在你的身上，然而你却意识不到，而且永远也不会知道。

因此，上帝把青春的光环送到了灵魂的面前，这样一来，它就可以利用美丽的肉体来作为自己回忆天上美好事物的依傍。于是，当一个男人在一个女人的身上看到了它的时候，便会朝她奔跑过来。在观照这个人的身形、动作与智慧的时候，他便找到了巨大的快乐，因为它向他展示出了真正寓于美之中的事物的存在，以及美的起因。

然而，假如灵魂同物质的对象交流过多的话，它就会变得粗俗起来，就会将自己的满足错误地寄托在肉体上面，这样一来，它所收获的就只剩下悲哀了。因为，肉体履行不了美所做出的承诺，但是，如果接受这些幻象的暗示以及美对他的心灵所提出的建议，那么灵魂就会经由肉体，开始欣赏性格的种种表现。而恋人们便在他们的言谈举止中互相观照，然后他们就步入了真正的美的殿堂。对于美的热爱的火焰越燃越旺，并且用这种爱熄灭了卑劣的情感，就像炉火在太阳的照耀下熄灭了一样。于是他们就变得纯洁与神圣起来。

通过与那本身就代表着优越、高尚、谦逊、正义的事物进行交流，恋人们就会对这些事物给予更多的热爱与理解。于是，他从爱一个人身上所具有的这类事物，推广到了爱一切人身上所拥有的这类事物。因此，一个美丽的灵魂仅仅只是一扇门，他从这扇门里穿过，进入到那由所有纯真的灵魂所组成的世界。在他的伴侣所在的那个世界里，他对任何的斑点、任何的污迹会看得更加清晰。让他和她共同感到高兴的是，他们俩都能够指出彼此的缺点，并且能够在克服同一种缺点的时候互相帮助、互相安慰。因为在许多的灵魂中看见了这种神圣的美，因为在每个灵魂里将神圣的事物与它从世界上沾染来的污迹相分离，于是恋人们便踩着经过了革新的灵魂这面梯子，攀登上了至高无上的美，攀登上了对神性的热爱与认知。

四

一对男女从暗送秋波开始，而后互献殷勤，然后热情似火、海誓山盟，最后就结为了夫妻。激情让他们的灵与肉完全地交融在了一起。

假如罗密欧死去了，他应该化为一颗小小的星星去点缀天空。恋人们喜欢耳鬓厮磨，喜欢海誓山盟，喜欢比较各自的体贴。独自一个人的时候，他们便会追忆对方的影像，聊以自慰。对方是不是正在仰望着令我销魂的同一颗星星、同一朵正在流逝的云朵呢？对方是不是正在阅读着令我欣喜万分的同一本书、感受着同样的情绪？然而，人类的命运却落在了这些年轻人的身上。危险、悲哀、痛苦，一一向他们袭来。爱在祈求，它为了这个亲爱的伴侣，与"永恒的力量"订立了盟约，于是便缔结了姻缘。它将自然界里的每一个事物都赋予了一种新的价值，它将关系网中的每一条线都镀上了一层金辉，它使灵魂沉浸在一种新的、更为甜美的境界中。然而，这种结合依然是一种暂时的状态。鲜花、珠宝、诗歌，甚至另一颗心灵里的家，都无法满足那颗居住在肉体里的令人敬畏的灵魂。最终，它会将自己唤起，抛开那些耳鬓厮磨，就如同抛开一个玩具，然后穿上铠甲，去追求那些更为远大而普遍的目标。

我们会身不由己地感到，爱情只不过是一个供我们留宿一晚的帐篷而已。有时候，我们会被爱情所统治、所吸引，并使自己的幸福依赖于另一个人。然而，我们很快便会看见心灵那盎然的生机——它的穹隆被万盏长明的灯火照耀得金光闪亮，而那如乌云一般掠过我们心头的热烈的爱情，则会失去它的明确特性，然后与上帝融为一体，以获得自身的完善。美丽与诱人的爱情，只有被更为美丽、更为诱人的灵魂的善、德行和智慧所取代、所充盈，才能得到永生。

幸福

一

亚里士多德曾经说过:"人是万事万物的衡量尺度,手是他们的仪器,头脑是他们的思想。"人类拥有进行发明创造的各种资源,而只有在这种创造的过程当中,人类才能够显示出自身所具有的无穷价值。地球上的所有工具和机械,都只不过是人类肢体和感官的一种延伸。发明与创造,是人类在飞逝而过的时间里把握住生命的一种方式。

当然,发明和创造的能力可以作为衡量一个人的价值的尺度,然而,我们不能仅仅凭借一个人所取得的成果来对他进行评价,技术和智慧不是衡量一个人的唯一标准,我们还需要寻找另外一个判断的尺度。

人类所取得的诸多成果是否改变了人类的品德和价值观呢?人们是否变得更加良善了呢?然而,有些时候我们不得不怀疑,随着科技的发展,人类的道德水准是否反而已经跌落到了谷底呢?我们所看到的,大多是一些成果丰硕但品格却低劣的人。伟大导致了平庸,成功的背后没有了文明的踪迹。物质上的收获,本应该伴随着精神上的升华,可是,现实生活中有几个人能够达到这一境界呢?看看那些发明者吧,精湛的技巧背后却隐藏着品格上的缺陷,辉煌的外表下面却掩盖着内心的黑暗。现实生活中,道德水平的发展往往总是落后于物质力量的前行步伐，对于这一现象，我们似乎早已司空见惯了。当我们面临着物质与精神的抉择时，我们往往错误地选择了前者。

休谟认为，尽管环境在不断地变化着，但快乐却不会改变。在阳光下依着篱笆墙、快乐地抓着跳蚤的乞丐，拥有着与第一次参加舞会的女孩或者凯旋的将军一样多的幸福感受。

今天，所有的人都在相互鄙视；有钱人受到了人们的憎恶；取得了不凡成就的人不得不在人们的闲言碎语中退隐。我们生活在幻觉中，没有意识到当前的时光是多么的宝贵。假如你用心地去感受生活，那么你会发现，我们所度过的每一天都是极其重要的。人们往往无法正确地去看待事物，去珍惜时光，直到他明白，每一天都有可能是他人生的最后一天。

在古印度的传说中，哈里与农民们同住；在古希腊的故事中，阿波罗与牧羊人阿德墨托斯生活在一起。我们的历史也是如此，耶稣出身贫寒，他的十二个兄弟都是渔夫。

拿破仑说："假如一名将军懂得如何去利用他的士兵，并且能够与他们平易相处，那么他就会拥有一支战无不胜的军队。"不要因为你的勃勃雄心而拒绝岁月所赐予你的每一份平凡的工作。智慧的最高境界近在咫尺，只要你用心去发现的话。

二

岁月无价，无论是一年、十年、抑或一个世纪，都是值得我们去珍惜的。正如一句古老的法国谚语所说的那样："上帝每时每刻都在工作着。"我们一直都在寻觅着有关人生的真谛，然而它却是那般的深不可测，只有在某些重要的时刻，它才会显现出来。让我们摆脱对于生命简单机械的重复吧，让我们用精神的价值去衡量宝贵的时间吧。生命不必很长，一个瞬间的领悟、一个微笑、一瞥惊鸿，即是真正的永恒。生命的巅峰与浓缩即在于此。荷马说道："上帝仅仅用了一天的时间便为人类的命运做出了安排。"

在某些问题上，我与诗人华兹华斯抱有相同的观点："生活里没

有真正的幸福，只有在智慧与美德中，我们才能够寻找到快乐。"我也认同普林尼①的看法："当我们满怀愉悦的心情去做着所有事情的时候，生命也就在不断地延伸着。"我还欣赏高尔科的见解："生命的测量尺度，就是你在演说和倾听的过程中所表现出来的灵敏与聪慧。"

　　那些告诉我恒星之间的距离有多远的人们，只能够充实我的知识；唯有那些理解生活真谛的人，才能够给予我真正的力量。因此，我宁可用心去聆听一位诗人的诗作，也不会去理睬一个数学家的问题。我认为，最博学的人，不是那些仅仅专注于挖掘逝去王朝的墓穴的人，而是那些能够阐明特殊理论的人。

　　只有在充满魔力与音乐的时候，生活才是最为美好的；只有当我们不再对生活进行仔细剖析的时候，它才是最为完美的。我们必须要虔诚地对待生命中的每一天，而不应该像一名大学教授那样对它进行不停地拷问。世界犹如一道难解的谜语——对于生活，我们不可以随意待之，而应该以平和的心态来迎接生活里的一切。我们必须要用心去聆听鸟儿的歌唱，而不应该试图去辨别出歌声里的名词或动词。难道我们就不能节制一些、顺从一些吗？难道我们就不能让生活回归它的本来面目吗？

三

　　我们不喜欢那些做作的人，尽管他们或许具有一定的文学才能或者做出了一定的职业功绩。我们欣赏的，是那些真实的人。莎士比亚创作《哈姆雷特》，就有如鸟儿筑巢一般的流畅。最伟大的画家会为快乐而绘画，最伟大的抒情诗人所谱写的诗章洋溢着无边的欢乐之情。一首动听的歌曲，只有在自由、高雅的环境之中，才能够成为真正的天籁之声。假如歌唱者是迫于责任才歌唱或者不得已才为之，那么我宁可选择让他沉默。只有不在乎睡觉的人才不会失眠，只有不过于注重写或说的人，才能够写出和说出最打动人心的话语。

---

① 公元1世纪时的罗马博物学家。

爱默生
散文精选

　　科学也遵循同样的规则。专家往往是一群业余爱好者，他们在不知不觉中就完成了关于昆虫鸟鱼的学术论文，然后便又重新回到了远离科学的日常生活之中。对于牛顿来说，科学就像人的呼吸一样的简单；他用智慧计算月亮的重量，就如同平日里系鞋带一样的轻松；他的生活尽管简单，却充满了智慧与神秘感。

　　当我们揭开了幻想那神秘的面纱、发现了岁月的意义所在时，我们也就开始了真正的生活。我们的生活，并不是一种表面的生存，而是对于生命深层意义的探寻。我们领悟到，飞逝的时光即是永恒。因为，思想的源泉与力量，会使我们的生命永无尽头。

　　有些人根本不需要丰富的人生阅历。多年以后，他们会说，我们知道这以前的一切事情。他们爱憎分明、明辨敌友；他们不在乎别人的眼光，因为他们喜欢独处，喜欢享受自我；他们善于发号施令，而不愿意接受他人的支配；他们自力更生。他们并不是天才，对此也毫不介意。因为，在他们看来，天资只是一种工具而已。

　　古希腊的传说中所记载的厄洛斯和阿波罗之争，便有力地证明了个性是优越于天资的。阿波罗向宙斯发起挑战说："有谁能够比我射得更远呢？"厄洛斯回答说："我可以。"火星摇晃着头盔里的纸签，阿波罗抽到了第一个签，于是他张弓射箭，射向了最西方。然后，厄洛斯站起身来，大步走向前，说："我应该射向哪里呢？已经没有剩余的空间可以让我展示自己的射术了。"因此，射手的奖章颁给了一箭未发的厄洛斯。

　　这是我们每个人都企盼的过程——从劳动到取得成功的喜悦；从评估每小时的产量到经济的繁荣。我们每个人都应当尊重工作的权力，应当珍视生命中的每一刻，只有这样，我们才能够谱写出伟大的生命篇章。

友谊

一

尽管自私犹如寒风肆虐着世界，然而，整个人类的大家庭还是沐浴在一种友爱的氛围之中。我们与无数人邂逅相逢，尽管他们当中有些人或许从来没有与我们交谈过，但他们很有可能就是我们所敬重的人，又或者我们曾经受惠于他们。在那熙熙攘攘的街市里有多少或熟悉或陌生的面孔，又有多少人曾经与我们同在一所教堂里祈祷。虽然我们沉默不语，但内心却因为能够与他们共处而感到无比的愉悦。

沉浸在这种友爱的温暖之中，你会感到如此的幸福，这就犹如在熊熊的烈焰上添加了助燃剂一样。友谊能够将我们的生活点缀得甜蜜而多姿，能够让一个老人再次焕发出青春的激情。是什么如此香甜，让我们备感幸运？是思想，是情感，还是那心灵的碰撞？灵魂的步调一致以及真挚的沟通，可以让人间顿时变得美妙无比。当我们沐浴在友谊的光辉之中，世界也会为之变样，世间不再有黑夜与寒冬，不再有悲伤与厌倦。

当我的朋友取得了某项成就的时候，我也应该感到兴奋与自豪，就像是我自己取得了成功一样。当他受到人们表扬的时候，我应该像他的情人一样为他鼓掌叫好。友谊应该像那不朽的灵魂一样的崇高。友谊的法则，就在于简朴和永恒。

爱默生
散文精选

真诚的友谊不会像那细嫩的青草或脆弱的霜花，而是坚固且可靠的。在与友人的灵魂的相处中所获得的甜蜜而真诚的快乐与宁静，便是友谊的本质之所在。

二

组成友谊的元素有两种，二者都至高无上，令我难分孰优孰劣，列举时也没有理由区分谁先谁后。一种元素便是"真诚"。朋友就是一个我可以与之推心置腹的人。在他的面前，我可以袒露自己内心最为真实的想法。我终于来到了一个如此真诚而又如此平等的人的面前，以至于我竟然可以卸下那些虚伪、礼貌、瞻前顾后、深思熟虑的伪装，这些正是人们从未摘下过的面具。而且，我可以用两个化学原子相遇时的那种简单与完整的方式来同他打交道。真挚犹如王冠和权威，是最高阶层的人才获准享受的奢华，只有那种人才获得了说真话的许可，除此以外再无其他可企求与恪守的了。

每个人独自一人的时候都是真挚的，然而，一旦有第二个人加入进来，虚伪就开始出现了。我们用恭维、闲话、逗乐以及打情骂俏来躲避和抵制我们的同类的到来。在他面前，我们会将自己的思想层层叠叠地掩盖起来。我认识这样一个人：出于某种宗教的狂热，他卸掉了这些虚饰，省去了所有的恭维和客套，对他所遇见的每一个人都坦诚相待。一开始，他遭遇到了抵制，被大家讥讽为疯子。可是他仍然坚持这样做，久而久之，他便尝到了甜头，他引导着自己所认识的每一个人都与他建立起了一种真正的关系。谁也不想与他说假话，或者用肤浅的闲聊将他搪塞过去。他的诚挚，迫使每一个人都做出了类似的坦白直率的举动。

然而，对于我们大多数人来说，社交所显示出来的，并不是它的脸和眼，而是它的侧面和背面。在一个虚情假意的时代里，想要与人维持一种真诚的关系无异于精神错乱，难道不是吗？我们很少挺直腰杆、昂首阔步。我们所遇见的每一个人几乎都需要某种礼节，需要迎合。然而，朋友却是一个心智健全的人。他利用的，不是我的机敏，

而是我本人。我的朋友热情地款待我，而不要求我许下任何的条件。

友谊的另一个元素便是"温柔"。每一种关系、血缘、自尊、恐惧、希望、钱财、欲望、憎恨、钦佩，每一种环境、标志和琐事，都将我们与世人联系在了一起。然而，我们很难相信另一个人能够拥有这么多的良好品行，竟至于可以通过爱来对我们产生吸引。难道他人能够如此神圣，我们可以如此纯洁，以至于能够向他示以柔情？当一个人赢得了我的喜爱的时候，我就到达了幸运的顶点。我发现，书上所写的很少触及这一问题的核心。然而，我还是有一句不得不铭记于心的名言。我所喜爱的一位作家①曾经说过："我把自己迟钝而又坦率地奉献给了那些我全然属于他们的人。越是我深爱的，我给予的柔情就越多。"我希望，友谊不仅应当有眼睛、有口才，而且应该有双脚。它首先必须要脚踏实地，然后才能够直上云霄。我希望，它能够先像一个平民，然后再像一位真正的天使。

我憎恨滥用友谊的名义去炫耀时髦与世俗。我喜欢农夫小贩们的结拜，远远胜过用招摇过市、策马驱车、美酒佳肴来庆祝那种甜腻、香艳的相逢之喜。友谊的目的，是要建立一种人人都能够参与的最严格、最朴实的社交。它比我们所经历过的任何一种社交都要严格。它通过所有的关系以及生与死的变迁来寻求帮助和安慰。它适宜宁静的日子、高雅的才情、乡村的漫步，然而，它也适宜坎坷的道路、粗茶淡饭、希望破灭、贫困和迫害。它欣赏连珠的妙语，也钦佩宗教的入定。我们应当赋予彼此的日常需要与人生的职责以尊严，用勇气、智慧以及和谐为友谊增光添彩。它绝不应当堕入平庸与俗套之中，而应当机智灵敏、富有创造性，给辛苦乏味的事物增添韵味与情趣。

可以说，友谊需要种种非常稀有、昂贵的品性。每一种都需要调和匀称、恰当宜人，而且境况优裕，因此很难保证它的十全十美。所以，一些深谙此道的人说：在两个以上的人中间，友谊无法臻于完美的境地。而我自己对友谊的定义则并不是十分的严格，这或许是因为我从来没有像别人那样拥有过如此崇高的友谊。不过，我发现，这种

---

① 指蒙田。

爱默生
散文精选

一对一的规律对于会话来说是不容违背的,而会话则是友谊的实践和完成。不要把不同的水过分地搅和在一起。如果你分别与两个人单独地交谈,你一定会感到获益匪浅和十分的愉悦。但是,假如让你们三个人聚到一处,你便会觉得话不投机,索然无味。两个人可以交谈,一个人可以倾听,然而三个人就无法进行一场推心置腹、十分尽兴的交谈了。

只有当两个人单独相处的时候,才能够进入一种更为单纯的关系。然而,决定哪两个人能够交谈的,却是一种性格上的相似性。毫不相干的人是不可能给对方带来快乐的,也永远不会洞察出各自的潜力。有时候,我们谈及某种卓越的交谈的天赋,就仿佛这是某些人身上的一笔永久性的财产似的。然而,会话只是一种暂时的关系——仅此而已。尽管一个人被认为有思想、有口才,但是,在面对他的表兄弟或是叔叔伯伯的时候,他却往往一句话也说不出来,于是他们便责难他的沉默。殊不知,只有在那些对他的思想抱有欣赏的人们中间,他才会口若悬河。

三

友谊需要一种在相似与不似之间的中庸之道。它用一方所表现出来的能力与默许来激起另一方的回应。让我独自一人走到世界的尽头吧,不要让我的朋友一言一謦逾越他真正的同情。对抗与依从对我都会是一种妨碍。让他每时每刻都显露自己的真实面目吧。他的就是我的,而我从中得到的唯一快乐就是:不是我的反而才是我的。我宁可成为朋友的肉中刺,也不愿意去做他的传声筒。高层次的友谊,便是在差异当中寻求一种深刻的认同。

只有心胸宽广的人,只有信奉伟大与善良的人,只有不急于干涉他人命运的人,才配得上这种社交。让他不要对此进行干涉吧,让钻石自己决定它的生长期吧,也不要期望促成永恒的诞生。友谊需要虔诚相待。我们常常会奢谈对朋友的选择,其实,朋友更多的是一种自行的选择。尊重便是友谊的一个重要组成部分。把你的朋友当作生命

里的一道风景来看待吧。你是你朋友的纽扣的朋友，还是他的思想的朋友呢？要把朋友视为一笔真正的财富，并且用心去体味一种瞬间而丰富的快乐，而不是一味地想从朋友那里求得丰厚的物质利益。

让我们依靠长期的见习来购买进入这一行会的入场券吧。我们为什么要用打扰他人的方式来亵渎这些高尚而美丽的灵魂呢？为什么非要同你的朋友建立种种轻率的私人关系呢？为什么一定要去他的家，或者结识他的母亲、兄弟和姐妹呢？为什么非要他到你的家里来拜访呢？这些东西对于我们的盟约来说都是实质性的吗？丢掉这种摸摸碰碰、抓抓挠挠的举动吧。让他成为我心目中的一种精神、一种启示、一种思想、一种诚挚。我需要他投来的一瞥目光，但我不需要新闻，也不需要香醇的肉汤。我能够从廉价的友谊那里得到不同的政见、茶余饭后的谈资以及左邻右舍的便利。难道我的朋友的交际对我来说不应当像大自然本身一样富有诗意、纯洁、普遍和伟大吗？难道我应当将我们的关系同躺卧在天际的那朵云彩，或者同摇曳在溪流中的那株蓬草相比，从而感到这是不圣洁的吗？让我们不要把它贬低，而是将它提升到那一高度吧。

美德的唯一报酬就是美德。结交朋友的唯一方法就是要做一个能够让别人信得过的朋友。走进一个人的家并不等于接近了这个人，如果并非志同道合，那么他的灵魂只会更快地逃避你，你将永远也无法看到他真挚的一瞥目光。我们看见那些高贵的人们远远地离我们站着，他们都在排斥着我们，那么我们何必还要闯进去呢？很久以后，我们才会发现，社交的种种安排、种种引荐、种种习俗或惯例，都无助于使我们同他们建立起那种我们所向往的关系——然而，唯有将我们的天性提升到与他们的天性同等的高度，我们才能够像水和水的相遇那般的融合无间。如果那时我们遇不到他们，那么我们也就不需要他们了，因为我们已经成为他们。归根结底，爱只不过是一个人的自身价值在另一个人身上的反射而已。有时候，人们会跟他们的朋友呼唤姓名，这好像在表明：在他们的朋友身上，每个人所热爱的，都是他自己的灵魂。

我们对友谊的格调要求越高，我们同血肉之躯建立起的友谊当然

爱 默 生
散 文 精 选

也就越不容易。我们在世界上孤单地穿行，我们所期望的那种朋友只不过是幻梦和童话。然而，崇高的希望永远在鼓舞着忠诚的心灵。因此，在别的地方，在万能之力的其他领域，那些能爱我们、也为我们所爱的人们，正在行动、正在忍耐、正在挑战。值得我们庆幸的是：年少轻狂的时代、错误、耻辱的时期都已经在寂寞中飘逝了，当我们卓有成就的时候，我们便将用英雄的手去握住另一位英雄的手。不过，你必须要听从那些亲眼所见事物的规劝，不要让卑劣之辈去破坏友谊的联盟，因为，在那种人身上是不会存在友谊的。不要让我们的浮躁把我们出卖给了那些轻率、愚蠢的伙伴们。坚持走你自己的道路，尽管你会略有所失，但最终将会大有收获的。你表明自己的心迹，以便拒虚伪的关系于千里之外，然后，你便会把世界上最德高望重的人们吸引过来。

我按照对待书籍的态度来处理与朋友的相处之道——我能够在需要他们的时候找到他们，但我并不会经常使用到他们。我无法对朋友许诺说会给予对方更多。假如他是一个人格伟大的人，那么我也会随之变得伟大起来。

近来我发现，一方珍重友谊，而另一方却并不一定步调一致，这似乎是很有可能的。我为什么要因为对方缺乏度量而懊悔，从而自寻烦恼呢？太阳从来不会懊恼自己的光线普照四方，白白落入某些不知感恩的空间而只有一小部分落到了能够反光的星球上。用你的慷慨大度来教育那些粗鲁、冷漠的同伴吧。如果他难与你相匹配，那么他很快就会走开的，但是你却被自身的光亮扩大了，不再与蛙虫为伍，而是与天上的众神一起飞翔和闪光。人们往往认为，得不到回报的爱是一种耻辱。然而，伟大的人懂得：真正的爱是无法被回报的。这种爱超越了那不足取的对象，它谈论、思索的是永恒。当那可怜的、介于其间的面具破碎以后，它并不会悲伤，而是因摆脱掉了这么多的俗物而深感自由，感到自己的独立更有把握了。然而，这些事情说起来难免有一种背信弃义的味道。友谊的本质是纯真的，是一种绝对的慷慨与信任。它断不可以互相猜忌臆测，也不可以姑息养奸。它将自己的对象奉若神明，这样它就把双方都神化了。

那些接近我们的人，有的美艳动人，有的造诣非凡，其魅力与才能都值得称奇。他们为了交际使尽了浑身解数，但效果却不尽如人意。随后，当一切结束，一个与我心心相印的人，一个与我天性相近的人，来到了我的身边，那么温柔、轻松，那么亲密无间，就仿佛是我自己的血管里所流淌的鲜血。

我们曾经愚蠢地认为，我们必须要服从社交界的习俗、服装、教养以及价值观，才可以结交到朋友。然而，只有那个我在前进途中与之相遇的灵魂，才会是我的朋友；只有那个我们彼此都不排斥、他在自己的经验里重复着我的全部经验的人，才能够做我的朋友。

社交只有依靠亲和力才可以形成，忽略这种亲和力，愚蠢而轻率地依靠别人的眼光来结交友人，是一种将会受到严厉惩罚的行为。

成为自己的上帝

性格

一

　　我在报上读到了这样一则消息：那些听过查塔姆勋爵①讲话的人们感到，这位勋爵的身上具有某种比其所讲演的任何内容都要优美的东西。这便是我们所说的"性格"——人身上所具有的一种潜在的力量，这一力量直接依靠风度来发挥作用，而不需要借助其他的手段。人们将它想象为一种无法被证明的力量，一个"精灵"或者"守护神"，人们受它的冲动的指引。具有这一力量的人往往落落寡合，或者，即便他们恰巧生性合群，也不需要热络的人际交往，而只是自得其乐。再纯正的文学才华，在一个时期之内显得伟大，过了一段时期之后则又会变得渺小了。然而，性格犹如恒星，具有一种无法减弱的伟大力量。别人的成就是依靠才华或者口才获得的，而此人则是凭借着某种性格的魅力来取得成功的。他的胜利的赢得，靠的是显示性格上的优势，而不是依靠大动干戈。当伊俄勒②被人问到为什么她会知道赫拉克勒斯③是一位神的时候，她回答说："我一看见他就感到心满

---

① 18世纪时的英国政治家。
② 希腊神话中俄卡利亚国王欧律托斯的女儿，后来被赫拉克勒斯俘获为妻。
③ 希腊神话中宙斯与一位凡人所生的儿子，具有强大无比的力量。

意足。当我看见忒修斯①的时候,我希望可以看到他发起挑战,或者至少策马进行战车比赛;然而,赫拉克勒斯不需要如此,无论他是站、是走、是坐,还是干其他的任何事情,他都能够取胜。"

为了把这一道理讲述得更加清楚,我将以更为现实化的政治选举为例,从中我们便可以充分地理解性格的力量所具有的无与伦比的价值。人们知道,他们在自己的选举对象身上所要求的,远远不止是他的才华,他们不能够认为,只要给国会送去一位博学睿智、口若悬河的发言人就算大功告成了。也就是说,他们需要的,是那种使他的才华得到信赖的力量。

同样的性格力量也表现在贸易当中。天才不仅出现在政治、文学等领域,而且也出现在贸易方面。为什么某个人会如此幸运,这是没有道理可讲的,因为道理就在那个人的身上。当你看到他的时候,你就会十分容易地知道为何他会取得成功了,就好像当你看到了拿破仑的时候,你就会立即明白为什么他会那般幸运一样。你一看见那位天生的商人,你就会觉得,与其说他是一位私人的代理商,倒不如说他是大自然的代理商。他天生诚实,又颇具眼光,二者结合在一起就使他具有了一种不同常人的力量,就使他不屑于耍弄花招。一个人必须天生就是从事贸易的材料,否则他是学不会如何成为一名优秀的商人的。

这种长处如果出现在目的比较单一的行动中就会更加吸引人了。高尚的天性通过某种近乎催眠的能力压倒了低劣的天性。人们相互在对方身上施用一种类似的玄妙的力量。一位真正的大师的影响,往往使得一切魔法故事都显得逼真可信!他的眼睛里似乎流淌着一条具有统摄威力的河川,这条统摄之川从他的眼里流进了所有注视着他的人的心田中,这股强烈的激流犹如多瑙河一般,将他的思想传递、渗透给了他们,将所有的事件都染上了他的思想色彩。当孔奇尼②的妻子

---

① 希腊神话中的一位国王。
② 17世纪法国摄政王太后玛丽的重臣,后为路易十四所杀。

被问到她是如何对待玛丽·梅迪奇①这一问题的时候，她回答说："只不过是坚强的心灵对软弱的心灵所施加的那种影响罢了。"

二

如同光和热一样，性格也是一种自然力，整个大自然都在与它合作。为什么有的人的存在我们能够感觉得到，而有的人的存在我们则感觉不到呢？原因很简单，就像引力的原理一样。真理便是存在的巅峰，正义便是将真理向具体事务的运用。一切单独的自然现象都是按照它们所具有的这一成分的纯洁性来进行级别的排列的。纯洁的意志从它们流向其他的自然现象，就像水从位于高处的容器流向位于低处的容器一样。这种自然力与其他的自然力一样，都是无法抗拒的。尽管存在着诸如盗窃者逍遥法外、谎言有人听信之类的例子，然而，正义必将获得最后的胜利，真理的特权，便是得到人们对它的信服。性格便是通过一种个别的自然媒介所看见的这种道德秩序。

世界便是人的性格的一个物质基础，是其性格上演的一个舞台。一个健康的灵魂与正义和真理是步调一致的，就像磁铁和磁极保持一致一样。这样一来，在所有的旁观者看来，他就是他们与太阳之间的一个透明体，谁要朝向太阳走去，谁就必然朝向此人走去。因此，对于一切不与他处在同一水平的人来说，他就是一个具有最高影响力的媒介。所以，具有性格力量的人便是其所属的社会的良知。

衡量这种力量的自然标准就是对于环境的抵抗力。自然界的一切都具有两极：一个正极与一个负极。比如男性与女性、精神与物质、南极与北极。精神为正极，物质为负极。意志是正极，行动是负极。我们可以把性格的天然位置看作是北极，而软弱的灵魂便被吸向南极或负极。他们的眼睛只盯着行为的利益，他们从来不会顾及原则，他们不希望去爱，只希望被爱。有一类性格的人喜欢听到人们指出自己

---

① 欧洲王室家族梅迪奇家族的一位著名王后，是法国国王亨利四世的遗孀，路易十三的母亲以及1610年法国的摄政王。

的缺点，而另一类性格的人则不喜欢听到他人对自己缺点的批评。

情形的变化无法补救性格的缺陷。我们扬言自己已经摆脱了许多的迷信，然而，即便我们已经打碎了一些偶像，但那也只不过是偶像崇拜的一种转移而已。虽然今天的我在复仇女神、天主教的炼狱或者加尔文主义的最后的审判日的面前不再瑟瑟发抖了——然而，假如当我听到了他人的意见或者我们所谓的舆论，又或者当我面对攻击的威胁、谩骂、恶邻、贫困、残疾、革命、谋杀的谣言的时候仍然会发抖的话，那么我又有何长进呢？如果我依然会发抖，那么令我发抖的对象究竟是什么又会有何关系呢？我们特有的恶依照性别、年龄或者人的气质表现出了某种形式，如果我们会产生恐惧，那么它就随时会出现。贪婪或者狠毒令我感到痛心，当我将其归咎于他人或者社会的时候，其实它就源于我自己。

在我看来，性格所显露出来的面目就是自给自足。我敬重有钱人士，因为我认为，他们不会孤独、不会贫穷、不会背井离乡、不会郁郁寡欢、不会是一位普通的顾客，而是一个永久的主顾、一个恩主、一个非常幸福的人。性格就是中心，无法被置换或者推翻。

我们的行为应当严格地以我们的物质为基础。万物完全是按照它们的质、按照它们的量在发挥作用的，不会做力所不能及的事情，只有人除外。任何行动的力量都必须要以现实为基础。任何一个建制都不会比创建者优越。

三

性格是最高的天性，模仿它或者抵抗它，都是徒然的。

神圣的人物便是天生的性格。大自然从来不会把两个人创造得一模一样。当我们看到一位伟人的时候，我们便想着他与某个历史人物相似，而且还会对他的性格以及命运的结局进行预言。然而，他肯定会让我们的这种预言落空的。

性格需要空间，不可以遭受人们的拥挤，也不可以根据从繁忙的事务或者几个场合中所获得的咫闻管见来予以判断。性格就像是一座

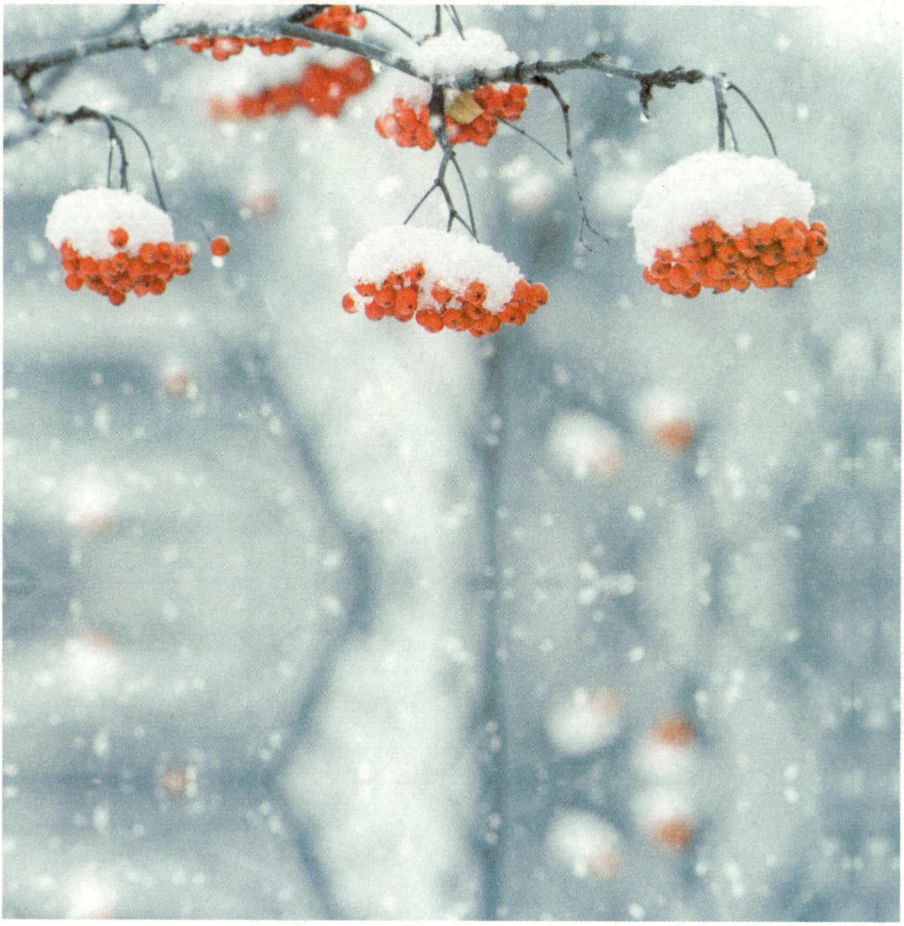

高大的建筑物，需要从远景来察看。

性格的光辉在黑暗中展开行动，救助那些从来没有看见过它的人们。我们把诸神和圣徒们的历史书写下来，然后对其顶礼膜拜，而这部历史，便是一部有关性格的文献。每一个时代都会为一个青年的如下态度感到欣喜万分的：他不将任何事情归咎于命运；为了神圣的事业，他甘愿被绞死在刑场之上；他借助自己那纯洁的天性，将一种史诗般的光辉照耀在自己的周围。他的这种态度，将是我们迄今为止所收获的最为重大的果实了。思想需要一种对于感官的胜利，一种巨大的性格力量，这样它才能够汇入山川、星辰与道德力量的川流之中。

假如我们无法马上取得这样显赫的成绩，那么至少让我们向它表示敬意。重大的优点往往是作为缺陷而赋予占有者的，这就需要我们在进行评估的时候更加的谨慎从事。如果我的朋友们不能够了解一种优秀的性格，没有对它表示感激，予以殷勤地接待，那么我是无法原谅他们的。到了最后，我们梦寐以求的事物终于来临了，欢乐的光辉从那遥远的天国放射出来，照耀在我们的身上。到那时，以市井小人的粗俗、挑剔、无聊和怀疑来对待那样一位贵宾的人，便暴露出了自己的庸俗。因为，他的这种做法，就有如将天国拒于门外一般。当灵魂失去了自知之明，也不知道它的忠诚、它的宗教在哪里才适当的时候，它就会陷入混乱与癫狂之中。

爱是忍受一切、回避一切、激发一切。它对自己起誓说：在这个世界上，宁可做一个可怜虫、一个傻瓜，也不愿让任何屈从来玷污自己那双洁白的手。当这种爱来到我们的街头和住宅的时候，只有那些心地纯洁、抱负远大的人们，才能够认出它的面庞。而他们能够向它表示赞赏之情的唯一方法，便是占有它。

美德

一

正直、诚实、善良和勤勉，是为人们所推崇的美德，也是衡量一个人品行的重要标准。更为重要的是，具有这些美德的人之所以会如此，完全是出于本性，而不是刻意做出来给别人看的，是不带有任何庸俗动机的。在真理与美德之间，人们往往更加看重的是美德。在人们的心目中，良好的品行永远都处于优势地位。我们所做的一切，都是为了让这个世界变得更加的美好，而不是仅仅为了想证实或显示真理的存在。

真正的美德是以公众的利益为旨归的。一个做事只为自己着想的人是不道德的。而说起有道德之人，马库斯·奥里列阿斯①和康德便是很好的例子，他们的目标与理想应当成为全人类效仿的准绳。

所谓勇敢，就是一旦决定要实现公众的利益，那么即便面对危险也绝不会退缩。所谓爱，就是心甘情愿为了对方而舍弃自己的利益。面对人们的共同利益时，我们不必谦虚，而是应该当仁不让。

人类在思想上存在着某种一致性。尽管人的能力有大小之分，对于事物的认识也各有己见，然而人们对于是非的看法却是相似的。即

---

① 马库斯·奥里列阿斯（161—180），罗马皇帝。

便是品行不端的人也是有是非感的，只不过这种是非感处于潜伏的状态尚未显现出来而已，这就如同一个神志恍惚或者酩酊大醉的人未必就与健康无缘一样。在邪恶的外表下面，往往隐藏着对于美德的感知。

人的本性中还存在着另外一面，那便是个人因素。每个人都是一个真实存在的个体，都渴望获得别人所拥有的东西，并且千方百计地想达到这一目的。道德规范便产生在个人利益与公众利益这对永恒的矛盾之上。你渴望获得个人利益，然而他人出于对公众利益的考虑却要求你放弃个人利益。

行正义之举的人并不是想为自己谋得什么利益，却自然而然地获得了人们的尊敬。这是因为，他的行为显示出了他那博大的胸襟，再也没有比这更简单、也更伟大的力量了。假如将世上所有人的种种经历与内涵丰富的美德放在一起，那么我们的个人利益就会显得那么的微不足道，而我们也会为自己对于一己之利的追逐感到羞愧万分了。

二

美德使人们把目光放得更远，不再只是满足于做一些琐碎之事，而是更加看重事物发展的趋势和目的；不再只是关心一己之利，而是更加注重为他人谋得福利。谁都无法离开他人而独立生活，假如别人都在承受苦难，那么幸福也不会单独地落在某一个人的头上。因此，道德标准使我们获得了一种归属感，使我们不再是游离的个体，使我们成了一个整体。

美德的涵盖面十分的广泛：真理、能力、善良、美丽都是它的代名词，是同一事物的不同方面。拥有美好品行的人，通常都会无私奉献、勇于牺牲。没有人会愿意为了获得王位或者厚禄而舍弃自己的生命。然而，有许多人却愿意为了维护真理而抛却自己的生命，或者为了拯救祖国和亲友，哪怕献出自己的一切也在所不惜。能够做出这种英雄壮举的人，其灵魂将会得到升华，其精神将会超越时空，被人们永远铭记。

假如一个人拥有很高的道德涵养、追求真理、维护公正、凡事总

爱 默 生
散 文 精 选

为他人着想，那么周围的人便会感受到他那巨大的感染力。与他相处，人们的心中会充满欢乐与希望。他走到哪里，便会把光明带到哪里。他周围的人或是受到过他的影响的人，都会相信，人的灵魂是可以永恒的；都会认为，神所在的那个无法用肉眼看到的世界，是与他融合在一起的。

生命里最有意义的一天，莫过于在某一天遇到了一位德行高尚的人，因为，他将为我们的精神世界开启出一片崭新的领域。最高明的老师，是用其思想与精神的光辉和力量来教化他人，而不是仅仅传授具体的知识。这些人对于我们的影响，就如同叛军对于昏庸的政府一样具有强大的冲击力。幸而有了他们，我们的生命才不会陷入一片死气沉沉之中，而是增添了色彩与新意，并且使我们时时刻刻都想到要用美德来衡量自己的言行。

美德就是永远相信自己，忠实于自己灵魂深处的真实想法，不会轻易地为外界的影响所干扰，不会随便地因他人的意见而改变自己的立场。我们常常会对某个人的执着大加赞赏，其实，更为重要的是那种经过了理智的思考以后便不会再为外界所动摇的坚定。不过，具有这一良好品行的人却并不多见，而能够理解并支持他们的人则更是少之又少。

三

美德不仅仅存在于纯精神的领域，它也需要被表现出来。它不是虚幻的想象，也不是用来哗众取宠的，而是一种具有强大威力的法则，以规范人们的行为。人们服从于这种规范，按其行事，于是便形成了宗教信仰。它使人们将美德传播开去；使人们接受了苦行僧式的生活，不断地进行自我反省；使人们能够联合起来去消除世间的罪恶；还使人们建立起了慈善机构，专门来推动这些规范。

每一种宗教都是以良好的品格为标尺来规范人们的行为的。犹太教、基督教、佛教以及所有以宗教的名义来向人们进行灌输的政客、圣人和先知们，莫不如此。如今被我们视为虚伪的某些宗教也曾经有其真实性，也曾经在它们所处的时代发挥过惩恶扬善的作用。

今天的时代已经将关注的焦点从神学转移到了人的品德上，我认为这是一种进步。在我看来，神学空前发展、居于统治地位的时代是一个不甚文明的历史阶段。在那个文明欠发达的时代，有头脑的人会从神学的身旁走开而转向道德。所有的教义都是基于道德的基础之上的，在接受者那里只有幼稚或成熟、幻想或现实之别，而他们捍卫真理、谦虚正派的美德却都是相同的，不论他们是在内心进行自我约束还是在圣母玛丽亚的面前虔诚祈祷。尽管宗教的各类形式不会永久存在，但美德却是永恒不变的。

当一个小孩子第一次自己迈步的时候，往往会害怕和哭喊，可是，一旦成功地尝试了两三次以后，他便再也不愿意被人扶持着行走了。人的思想也需要一个逐渐独立的过程。一开始，每个人都会因为失去了思想上的全部支撑而感到孤独和无助。但是，这种突然的孤立会促使他去自我反省，他会发现，自己非但没有因此而受到伤害，反而同上帝的距离更近了，对于《福音书》《摩西十诫》的理解也更为透彻了。从此，他不会再局限于那间小小的礼拜堂了，宗教已经成为他头顶上的那片浩瀚的蓝天。

四

不论是对国家还是对个人来说，观念上的进步都不意味着道德约束的丧失，而是意味着更为严格和细致的检验。美德能够抵御和战胜一切的邪恶。假如说一个国家有什么手段可以用来培养美德的话，那么宗教便是首选。当一个人的身上闪现出美德的光辉时，人们便会去敬畏他、爱戴他。

美德就是永远遵循真理行事。美德在每个人的一生中永远都是居于首要位置的。美德可以令人们之间的关系更加的和谐，在你面对陌生人甚至是敌人的时候，美德也能够显现出来。普拉贺拉达说道："父亲啊，我的眼里从来没有过敌友之分，因为我觉得，所有人的灵魂与我都是相同的。"这句话蕴含着深刻的内涵：所谓的朋友和敌人，都是我们基于主观判断所做的划分，我们经常搬起石头来砸自己的脚，却将不幸归罪于命运的安排。人类往往将一切都归咎于外界的因素，却没有意识到，其实自身才是一切的根源。将敌人消灭了，我们又能从中获得什么利益呢？我们所憎恨和畏惧的事物，其实就隐藏于我们的灵魂深处。孔子曾经对他的国君说："大王，您统治人民为什么一定要使用杀戮呢？您心中怀有仁慈，百姓才会安顺。就像柔和的风可以令草折腰一样，您的仁慈也能够让百姓臣服。"国君又向他请教治理窃贼的问题，孔子回答说："大王，如果您自己没有贪欲，那么，就算您鼓励百姓去偷盗，他们也不会去那样做的。"

可见，美德对于人类的教育和感化是润物细无声的，这一过程并不存在强制或者敌意。在一个开明的家庭里，你不会听到"应该"或"不许"这样的词语，你也不会看到有人在发号施令或者有人听命于他人，大家都和睦相处，其乐融融。尽管没有一个人高高在上指挥着一切，可事情却都井然有序。在每一个文明的、道德至上的社会里，情形也是如此。强制的命令是多余的。瑞典科学家兼神学家史维东堡曾经说过："在精神领域内，如果谁想要控制别人或者踩在别人的身上，那么他就会被排斥在外。"在阐述自己有关美德的看法时，歌德这样说："善良的品行是人类最重要的财富。在它的面前，所有的荣耀、光彩和英勇，都是次要的。"美德具有无穷的力量，虽然它对于人们的影响或许是缓慢的、不显著的，一时间你可能并没有意识到它的作用，但是它终将会取得胜利的。

美德是无形的，却又融一切于其中。美德中包含有谦虚，这种自我贬低实际上反而会抬高你自己。美德并不意味着你一定会获得尘世间的幸福，一定会长命百岁，尽管它能够使你完全有资格这么认为。

当一个人向美德敞开自己心灵的大门时，一种更隐秘、更甜美、更强大的美便会向他显示出来。此时，他受到了上天的指引。他了解到，他的生命是无拘无束的，他是为了善、为了完美而生的，尽管他此时仍身处罪恶与虚弱的低谷之中。他所崇敬的是他自己，虽然他还没有能够意识到这一点。他明白"崇高"一词的含义，尽管他还不能够彻底地对它予以解释。当他用天真的口吻或者以理性的洞察说道：

"我热爱公理,真理无论其内在还是外在都永远是美丽的。美德啊,拯救我吧,驱使我吧,我甘愿为您效劳,不分白昼与黑夜,无论地位高贵或卑下,直到永远。"——这时候,造物的目的就达到了,上帝也心满意足了。

美德是对某种神圣法则所怀有的崇敬以及从中所感到的快乐,它让人意识到:在我们每天所扮演的生活游戏中,在那些看似琐碎可笑的细节下面,却隐藏着惊人的原理。钻在玩具堆里的孩童们,正在认识光、运动、地心引力的作用;而在人生的游戏当中,人们将会懂得爱、恐惧、正义、欲望,以及人与上帝之间种种错综复杂的关系。这些规律和法则无法被充分地表述出来,既不能够诉诸笔墨,也难以言表,令人百思不得其解。然而,我们随时都可以从每一张脸上、每一个人的行为中,以及我们自身的懊恼里读到它们。美德的特征就蕴含在每一个正直的行为、每一种高尚的思想之中。而如果我们要用言语来对美德加以表述的话,那么就很可能要煞费周章地列举出大量的细节来进行分辨、暗示和描述。但是,由于这种道德情操是所有宗教的核心,所以就允许我列举一些与此相关的典型事例,从而引导你们准确无误地观察美德的特性吧。

美德的直觉能够洞察心灵法则的完美。这些法则自行其是,超越时空,也不受形势的制约。因此,对人的灵魂所具有的这种正义感的回报是即刻的、完全性的。行善积德的人,会立刻变得高贵起来;卑鄙作恶之徒,其恶行自会招致恶报。去除掉一分杂质,便是增添了一分纯洁。假如一个人心怀正直,那么他也就是上帝。上帝的不朽、上帝的权威,将会随着正义深深地植入他的身心。假如一个人弄虚作假,那么他就只能是自欺欺人,就是走向自己天性的对立面。一个心地仁慈的人,会满腔谦卑地崇敬美德。这样一来,他向下迈出的每一步,都是在向上攀登。

让我们来看一看这种内在的能量是怎样迅速地、处处地发挥作用的吧。它拨乱反正,纠正表象的错误,努力使事实与思想相协调。尽管人们对于它在生活中所发挥的作用认识得比较晚,但最后还是深入人心了。凭借着美德,人使自己成为了自己的上帝。施恩者积德,作恶者添罪。若要人不知，除非己莫为。偷窃永远不会使人致富，施舍也永远不会令人变穷，而谋杀则必会有昭然于天下的那一天。哪怕只是些许的谎言——比如虚荣心作祟，想博取人们的好感，显示自己的风度——都会立刻露出马脚，最终自取其辱。但如果你实言相告，那么，整个大自然、所有的神灵都会来帮助你取得意料不到的进展。做一个诚实的人吧，这样一来，所有的生灵都会做你的见证人，甚至连那埋藏在地底下的草根也都仿佛涌动着想要露出地面来为你挺身作证。所谓物以类聚，人以群分。你是什么样的人，就会有什么样的朋友。于是，灵魂就按照各自的意志，或者升入天堂，或者堕入地狱。

这些事实都在向人们暗示着一个庄严的信条：这个世界不是权力的产物，而是一种意志、一种精神的产物。这种精神无处不在，它在星辰的每一束光芒里，它在池塘的每一道微澜里。无论何物与之抗争，都会处处受阻碰壁。因为，事物的性质就是如此，别无他样。

善良是一种积极的、肯定的德行，而邪恶却是一种缺失。这就像寒冷乃是因为缺乏热所导致的一样。所有的邪恶，充其量就是死亡与虚无。仁慈乃是一种绝对与真实。一个人有多少仁慈，就会有多少生命。因为，万物都源于同一种精神，这一精神在不同的场合里有着不同的名字：有时叫爱，有时叫正义，有时叫节制，正如大海在它所冲击的不同的海岸被冠以不同的名字一样。一切皆源于这同一种精神，一切又都与它密切协作。

假如一个人一心向善，那么他就拥有了大自然所赋予的全部力量，于是就强大无敌。然而，一旦他偏离善途，他就会失去自己的力量与援助。他的生命将会一点一点逐渐地萎缩，变得越来越渺小，变成一粒尘埃，一点渣屑，直至绝对的恶带来了绝对的死亡。

当我们感知到这种法则的规律时，我们的心中便唤醒了一种宗教情感，它给予了我们最大的快乐。它具有一种极为神奇的吸引人、控制人的能力。它是山峦里的清风，它是这个世界的防腐剂，它是苏合香，它是迷迭香。它使天空和山冈变得壮观和崇高，它是星辰那静静的吟唱。是它使得宇宙变得安全，适宜人们居住，而不是科学或权力。美德在人的内心萌芽，它表明并且保证：法则才是大自然至高无上的

君主。宇宙、时空、来世、永恒，都因此而充满了欢欣。

　　这种情感是非凡而神圣的。它成为了人类至高的幸福，使人变得无可限制。灵魂通过它而认识了自己。它纠正了人类童年时所犯下的重大过错：即希望通过追随伟人来使自己变得伟大，希望从别人身上获得利益。它表明，所有的美德都源于一个人的自身，他和每个人都一样，都是通向理性深处的一个入口。当他说"我应当"的时候，当他被爱情温暖，当他接到了上苍的警示从而选择了善与崇高之举的时候，最高的智慧便将在他的灵魂里奏响最深沉的乐章。此后，他就懂得了崇高，而他自身也因崇高而获得了拓展。当他的灵魂向着崇高飞翔的时候，正义便将战无不胜，爱情便会地久天长。

自助

一

摩西、柏拉图、弥尔顿这类天才人物之所以伟大，是因为他们蔑视一切书本和传统，敢于去表达自己内心的声音、自己思考的所得。因此，一个人应当学会去发现在自己的心灵深处那稍纵即逝的微光，而不是仅仅只会去仰望圣贤的天空中的光芒。然而，人们往往会不假思索地抛弃掉自己的思想，因为他以为自己的想法是平凡普通、不值得珍惜的。而在每一部天才的作品中，我们都会发现被自己弃绝了的思想。这对于我们的启示，会比作品本身的价值更大，因为这让我们意识到：当对方声嘶力竭地阐发观点的时候，我们也要心平气和、不屈不挠地坚守自己的想法。否则，到了明天，一位陌生人将会非常高明地说出正是我们一直所思、所感的东西。到那时，我们将会怀着懊恼的心情被迫从别人那里接受原本属于自己的观点。

每个人在接受教育的期间都有一天会得出这样的一种信念：嫉妒等于无知，模仿无异于自杀。不论好坏，一个人必须要成为自己命运的主宰。尽管茫茫宇宙福善无边，但如果不是在自己的那片土地上辛勤耕耘，那么哪怕是一粒谷物也不会收获。实际上，人身上所蕴藏的力量是十分奇妙的，除了他自己以外，谁也无法知道他究竟拥有怎样的本领，而且，假如不经过尝试，恐怕连他自己都不会知道自己具有何种能耐。我们还未能充分地表达自己，而且还羞于表达我们各自所代表的那种神圣的观念。你完全可以相信，这种观念非常适当，而且一定会产生良好的结果。因此，你应当如实地向人们传授这一观念。不过，上帝是不愿意让懦夫来替自己传道解惑的。一个人只有尽心竭力地工作，才能够感到身心的充实与快乐。假如他反其道而行之，他就会心神难安。他所具有的天赋尚在萌芽阶段便弃他而去了，没有缪斯的眷顾，没有发明相伴，没有希望相随。

二

一个孩童犹如一位贵族老爷，他不会去违心地取悦和奉承他人，而他的这种不卑不亢、泰然自若的态度，正是一种健康的人性状态。他按照自己的想法行事，无拘无束，以旁观者的身份观察着眼前的人与事。他不会考虑后果，也不会计较得失，因此能够做出独立而真诚的裁判。你得讨好他，而他却不讨好你。成年人则不然，可以说，成年人往往被关进了自己思想的监牢里。一旦他在言行上较为出色，就等于身陷樊笼之中，成千上万双眼睛都会注视着他，而他很容易就会被他人的好恶所左右。所以，假如谁能够避开这种种的约束、不受外界的影响、不囿于偏见、不收受贿赂、不畏强暴，那么他就一定会令人肃然起敬。

当我们离群索居的时候，我们可以听到内心的声音，然而，一旦我们进入了群居的现实世界之中，这些声音就会逐渐变得微弱，乃至杳然无声了。社会似乎处处都在密谋着想要消灭成员个体的独立意志，于是顺从成为了其求之不得的"美德"，而自助则变成了其深恶痛绝的"恶习"。社会所喜欢的，不是事实与创造者，而是陈规与陋习。

所以，我们做人，绝不能做一个顺民。如果你想要获得不朽的荣耀，就绝不能被虚名所累，而必须要弄清楚，它是否是真正的善。归根结底，除了自身心灵的完善之外，没有什么神圣之物。让我们来一番自我的解放，回归原初的自己，那么你一定会获得全世界的认同。在我小的时候，有一位师长总是喜欢向我灌输一些条条框框和老掉牙

爱　默　生
散 文 精 选

的教条。我还记得，当时我不假思索地对他说："如果我是完完全全地按照内心来生活，那么神圣的教会传统与我有什么关系呢？"他回答说："假如是这样的话，那么你生命的原动力就是来自低级的生活，而不是源于一种高层次的境界。"我则反驳道："在我看来，生命力似乎并不一定非要来自某种高层次的境界，假如我是魔鬼的孩子，那么我也可以从魔鬼那里获取生命的源泉。除了我自己天性的法则之外，并不存在其他所谓的神圣的法则。"好与坏并不是绝对的，有时候二者会相互转换。唯一正确的，就是顺从我的本性来生活；而违背自己的意志来生活，则是一种错误的人生态度。

我必须要去做的是，那些与我的生活切实相关的事情，而不是别人认为我必须要做的事情。这一准则可以作为区分伟大和渺小的标尺，不过，要想在物质生活与精神领域当中实施这一准则，需要付出一番艰苦的努力。因为，你总会发现这样一些人，他们认为，他们对于你的职责的了解要比你自己更为清楚。在这个世界上，按照世人的观点来生活很容易；在隐居的时候，遵照自己的想法来生活也不难；可是，伟人之所以伟大，就在于当他身处于稠人广众的时候，也能够保持一种精神上的遗世独立。

一个人之所以不应当去顺从那些僵化的习俗，是因为它们会令你精力分散，会浪费你的时间，会使你的人格变得模糊。假如你维护一座僵死的教堂，追随一个大的党派，要么投政府的赞成票，要么投反对票，就犹如一位无能的管家那样摆放自己的餐桌——那么，在这一切的掩盖之下，我就很难发现真正的你究竟是何模样。然而，倘若你做你自己的话，我便会了解你，你也会因此感到充实。你必须认识到，这种遵从习俗的做法，无异于是在玩一场捉迷藏的游戏，我们等于是用一块手帕蒙住了自己的双眼，任凭习俗来随意地摆布我们。长此以往，我们会逐渐长成了一副虚伪的面孔，逐渐学会了一种犹如蠢驴一般的温驯的表情。

由于你不愿意去顺从世俗的规定，因此你会遭到世人的横眉冷对，你会受到世人的横加鞭挞。所以，一个人必须要懂得如何去判断一张愠怒的面孔。然而，民众愠怒的面孔，与其欣喜的面孔一样，并没有

深沉的原因，而是随风向的变化、受媒体的操纵而转换。但是，群情激愤要比议院或者学界的不满更为可怕。对于一个阅历丰富、性格坚定的人来说，要忍受有教养的阶层的愤怒并不困难。因为，他们的愤怒是以体面慎重为前提的，他们往往胆小怕事，本身是不堪一击的。然而，如果在他们那阴柔的愤怒之外，再加上民众的愤慨；如果那些无知、贫穷的人们也被鼓动了起来；如果社会底层那愚昧、野蛮的力量也被激发了出来，那么，面对着他们的咆哮和号叫，面对着他们的狰狞和野蛮，你便需要拥有一个宽广的胸襟以及宗教圣徒一般的神圣修养，方能将其视为一桩区区小事来看待了。

令我们无法自助、自立的另一重恐惧在于：我们总是将言行一致奉若神明，唯过去的言行是从。因为我们认为，别人推断我们生活轨迹的唯一依据，便是我们过去的言行。因此我们会过于看重自己言行的一致性，不愿意令他们失望或者给自己招致言行不一的坏名声。

可是，你为什么要把记忆的死尸拖来拉去呢？为什么要害怕今天你在某个公众场合所发表的言论与你过去的说法相矛盾呢？即便你真的自相矛盾了，那又有什么大不了的呢？智慧的标准之一，便是绝不要一味地去依赖你的记忆，不要将过去带入到现在，而是要永远都生活在崭新的一天里。

愚蠢的前后一致性，是渺小灵魂中的魔鬼，为小政客、小哲学家、小牧师所膜拜。假如强求一成不变，那么伟大的灵魂便将一事无成。将你现在的想法斩钉截铁地说出来，到了明天，再以同样果断的态度将你明天的想法表达出来，尽管它可能与你今天所说的相矛盾——尽管那样一来你可能会遭到人们的误解——难道被人误解真的如此可怕吗？毕达哥拉斯被人误解过，苏格拉底、耶稣、路德、哥白尼、伽利略、牛顿，每一个有血有肉、灵魂纯洁的高贵人士，莫不如此。伟大的人，难免会被人误解，但最终会获得清白，真理总会有大白于天下的那一天。

我希望，今天是我们最后一次听到"顺从"与"一致性"这两个词语了，以后就让我们宣布这两个荒诞无稽的词语作废吧。让我们再也不要点头哈腰、赔礼道歉了。让我们冒天下之大不韪来谴责当代那

爱默生
散文精选

种圆滑、平庸、沾沾自喜的作风吧。人一定要顶天立地，使周围的一切变得无足轻重。每一个真正的人，就是一项事业、一个国家、一个时代。一个名叫恺撒的人诞生了，于是许多年以后，我们便有了一个罗马帝国。一个名叫耶稣的人诞生了，于是千百万颗心灵便在他的哺育下成长起来。一种制度便是一个人那延长了的影子，正如古代隐修会之于隐士安东尼，宗教改革之于路德，贵格会之于福克斯，卫理公会之于卫斯理，废奴运动之于克拉克森。所有的历史都可以很容易地将自己分解为几位勇敢、热诚之士的传记。

那么就让一个人认识到自己的价值吧，让他将万物踩在自己的脚下。在这个为他而存在的世界上，他不必像慈善堂的孤儿、不名誉的私生子，或者爱管闲事的人那样可怜兮兮地去探头探脑、偷偷摸摸、鬼鬼祟祟。然而，当一个普通人行走在街上，仰望着一座高塔或者一尊大理石神像的时候，他会有某种自惭形秽之感。因为他觉得，自身的价值无法与造就这座高塔、这尊神像的力量相伯仲。在他看来，一座宫殿、一尊雕像，乃至一本有价值的书，都带有一种拒人于千里之外的傲慢。殊不知，这一切其实都归他所有，它们都在祈求他的垂顾。那幅画在等待着我去鉴定，它不是在向我发号施令，而是由我来判定它是否值得称赞。有这样一则家喻户晓的寓言：有一个酒鬼，喝得酩酊大醉，横卧在街头。人们将他抬到了一座公爵的宅邸里面，把他梳洗打扮一番，放到了公爵的床上。当他一觉醒来的时候，俨然被当作了一位公爵，人们向他极尽阿谀奉承之能事，并且令他相信自己一度精神失常。这则寓言之所以广为流传，就在于它生动地象征出了人生的处境——人生在世，就像是一名醉鬼，然而有时候他会清醒过来，恢复理性，而后发现，自己原来是一名真正的王子。

现在的人已经变得胆小怕事，唯唯诺诺，不再是一个堂堂正正的人了。他不敢说"我认为""我就是"，而是一个劲儿地去援引先贤圣哲所说过的话。当他面对一片摇动的叶子、一朵盛开的玫瑰时，他应当感到无地自容。那朵立于我窗前的玫瑰花，不管那以前盛开的玫瑰，也不管那些比它更为美丽的花朵，它满足于自己的现状。因为，此刻，它与上帝同在。只要它存在着，那么每时每刻它便都是尽善尽美的。

我们总不能永远去高估那几篇经文、几本传记的价值。我们就像一群将老奶奶、家庭教师的话语死记硬背的小孩子，等我们长大以后，又开始将我们所看到的那些有才气、有个性的人们的话语拿来死记硬背一番——不辞辛劳地去回忆人家说过的原话。我们不知道，我们应该拥有属于自己的认知，到那时，我们就应该将那些窖藏的财宝像垃圾一样地丢弃掉。

假如你想过一种真正慎独的生活，那么你首先要做到的，就是实现一种精神上的特立独行，而不仅仅只是身体上的独来独往。也就是说，我们所要注重的，必须是一种精神上的提升。整个世界似乎一次又一次地在暗中图谋着，用一些琐碎的事情来侵扰你、纠缠你。朋友、食客、疾病、恐惧都一齐来骚扰你，并且诱惑你说："和我们在一起吧。"然而，你绝对不可以动心，不可以加入到他们的喧闹中去。对于那些前来纷扰我们的思想和情绪的人与事，我们都要报之以漠然的态度。如果是非我所愿，那么任何人都无法说服我。

面对外界的种种诱惑，我们应当保持一种坚定的抵御的姿态，一种独立的自主的状态，我们应当去唤醒心中的勇敢和坚贞。今天的我们，生活在一个如此平淡无奇的时代里，只要我们敢于说出真理，那么我们便可以做到自助自立，从而活出真正的自我。我们要勇敢地对那些一直给予我们关注的父母、爱人、兄弟以及朋友们说："过去，我一直都是依照世界的表象来生活的，可是，从今以后我要遵照表象背后的真理来生活。我不需要立下任何的誓约，我只要尽力而为。我将尽自己的所能去赡养好我的父母，照顾好我的家庭，做一个对妻子忠诚的丈夫——然而，我必须要按照一种从未尝试过的新的方式来实现这一切；我必须要远离他人的眼光；我必须要做我自己；我必须要不再为了迎合你们而让我自己处于一种支离破碎的状态之中。同样，你们也不应当为了适应我而去违背自己的天性。假如你们是依据自己的感受与标准来爱我的话，那么我将会感到由衷的高兴。因为，我们不应该为了顺从他人的意愿而以出卖自己的自由和力量为代价。"

我不会刻意地去掩饰自己的好恶之情。对于那些深刻而神圣的事物，我会去信赖它们；对于那些高贵的事物，我会去热爱它们；对于

爱默生
散文精选

那些卑贱的事物，我不会用伪善去伤害它们。我这样做，并非出于自私，而是出于谦恭，出于充分的理性。不论我们已经在谎言里生活了多久，但所有的人都会愿意生活在真理之中。倘若我们追随真理，那么真理最终便会将我们带往安宁的所在。当人们能够突破狭隘的视野而将目光投向绝对真理的领域时，他们就可以获得理性。这时候，他们将会认识到什么才是正确的，并且采取相同的立场。

坚持你自己的风格，永远不要去模仿他人。关于你的天赋，你随时都可以运用终生修养所积蓄的力量将它表现出来；然而，对于别人的才华，你却只能够临时地、部分地占用。每个人干得最为出色的事情，只有造物主才能够教授给他。能够教导莎士比亚的老师在哪里？能够指导富兰克林、华盛顿、培根或者牛顿的老师又在何处？每一位伟大的人物，都是独一无二的。如果你只是研究莎士比亚，那么你将永远都无法成为莎士比亚。

做好每一份分派给你的工作吧，但不要对其抱有过高的期望。或许此刻的你拥有斐狄亚斯[①]的凿子、埃及人的铲子、抑或但丁的才华，从而能够创造出一番辉煌。然而，你所创造出来的作品，与斐狄亚斯的雕塑、埃及人的金字塔、但丁的《神曲》，毕竟是大不相同的。所有丰富而生动的灵魂，都不可能屈尊地重复它自己。恪守简单而高贵的生命，顺从你自己的心灵，这样你便会重新创造出一个全新的精神世界来。

一个人，只有当他完全抛弃了所有外来的支撑、独自行走的时候，他才是真正强大的，他才能够无往而不胜。一个人之所以弱小，就是因为他总是习惯于到身外或者其他的地方去寻找有价值的事物，总是喜欢去感知身外的世界，却从不愿意去相信他自己。假如一个人明白了这个道理，那么他就会毫不犹豫地听命于自己的想法，这样他便能够迅速地纠正自己的偏差，让自己处于一个适当的位置，做起事来也将会非常得心应手，并且能够不时地创造出一些奇迹。只要我们每一个人都能够做到如此行事，那么我们就都可以实现自助、自立，也将

[①] 古希腊著名雕刻家。

会拥有更大的力量,这就犹如一个双脚站立的人要比一个倒立的人更能够发挥出自己的力量。

因此,我们应当紧紧地把握住自己的命运,而不是让命运来牵着我们的鼻子走。有许多人都曾经同命运赌博,他们或者赢得了一切,或者输了个精光。然而,我不会把人生当成是一场赌博。朋友们,务必要凭着自己的意志来行事,只有这样,你才能够真正地自立于这个世界。从此以后,当你面对命运之神的时候,你就再也不会感到恐惧了。

当你赢得了胜利或者赚取了财富的时候,你不应该得意忘形;当你身体健康或者人缘颇佳的时候,也不应该以此为傲。我们在生活中应当始终保持一颗自助、自立的心灵,应当做到不以物喜、不以己悲。只有凭自己的意志来生活,才能够获得心灵的平静,才能够过上真正独立的生活。

勇气

一

我认为,有三种品质最应该赢得人们的赞许和敬重:

第一种品质是大公无私,它表现为对各种诱惑的漠然处之以及对于自身的独立与自主的坚守。

大公无私的人是诚恳而慷慨的,他们能够经受得起任何物质财富或者个人利益的引诱。大公无私是一种极为重要的品格,它赐予圣人以伟大的力量,引领着他们走向圣洁。它是人类真正的奇迹,它给古希腊和古罗马的英雄们带来了名望:苏格拉底、亚里士多德的亲切,科修勒司、加图和雷古卢斯的友善,哈特姆的热情好客,查塔姆的宽宏大量,使他们深受民众的爱戴。

第二种品质是力量。人们往往会羡慕那些能够用石头、木材、钢铁和铜块来实现自己的愿望与想法的人。有些人能够让河流沿着他们所希望的方向流淌;有些人能够通过海洋在世人之间传讯电报;有些人坐在家里便能够制定出各种战略和方针;有些人能够计算出行星的体积与重量;有些人能够探测到世界的基本组成元素。

我们崇拜这样的人,他们能够揣测出人们的愿望,并且帮助人们去实现其愿望;他们对友人轻声细语,对敌人却坚决反驳;他们对社会命运的把握游刃有余,万事万物对于他们而言,就如同风中的云彩

或者母亲怀中的幼儿；他们拥有对于未知世界的博识。所有这一切资本，都引领着他们走向成功之路。

第三种品质是勇气。勇敢之人不畏恐惧，他们乐于接受困难、威胁以及敌人的挑战。在逆境的激发下，他们能够释放出积蓄已久的能量，以烈焰般的气势去战胜那些穷凶极恶的事物，然后去收获成功的喜悦，迎接宁静与丰收。每一个民族都有自己的英雄，比如利奥尼达斯、大西庇阿、恺撒、克伦威尔和拿破仑。

二

人们往往以为勇气是一种寻常而平凡的品行，然而事实证明，这种可敬的精神实属罕见。因为，懦弱是人类的本性。富兰克林说："人类在遇到对手的时候，往往会心生恐惧而退缩。"威灵顿元帅也认为："在战争中，即使是将军也很少愿意自告奋勇地要求去前线作战。"但是，眼神中的坚毅，步伐中的勇敢，言语中的自信，对正义的不懈追求，都栩栩如生地表现出了人类的高贵品德。

大多数的人都成长于安逸的家庭环境之中，他们日复一日地在安全和稳定中生活着，从未经历过像印第安人、士兵或者边远地区的人们一样的艰难生活。然而，困苦却能够赋予人们自力更生的能力以及无所畏惧的精神。

懦弱会蒙蔽我们的双眼，令我们无法看到那广阔的天空；懦弱会封闭我们的思想，令我们的热情冻结。畏惧是残忍而平庸的，它会使人变得疯狂和病态。它还会曲解人类的理想，使他们颠倒对于善恶的评价标准。

然而，由于我们是在安宁中成长起来的，所以很少会面临那种需要勇气的时候。这就好比一个从未经历过比棒球比赛更为激烈和残酷的竞争的柔弱的男孩，却忽然要面临刺刀或暴力的威胁，毫无疑问，他必然会感到胆怯和绝望。他会在心中低语："仁慈的上帝啊，请您快来拯救我脱离这险境吧！"法国将军蒙特卢科是一位伟大的战士，但他经常也会因为害怕而颤抖，于是他便会在心中暗暗地向上帝祈祷，随后他便会重新燃起信心。我认识一位军人,他曾经告诉我说:"虽然我并没有惊人的胆量,但是我不会轻易地让别人觉察到这一点。所以,我总是会自愿要求到最危险的地方去,做自己惧怕的事情,以抵制我天性中的胆怯。"克尔律治在英国海军服役期间有过这样一段轶事:14岁那年,他随亚历山大伯爵保尔先生远征。"当我们身佩步枪,列队袭击敌人的船只时,我害怕得连膝盖都在不停地颤抖。就在我几乎将要晕厥倒地的时候,伯爵抓住了我的手,轻声地对我说:'勇敢点儿,我的伙计!你很快就会恢复的,我第一次时也和你一样的害怕。'那简直就像是天使在同我说话。从那一刻起,我便不再惧怕,而是同老船员们一起勇往直前。我不敢想象,假如在那一刻,他不是鼓励我,而是嘲笑或者呵斥我,我会变成什么样子。"

理解和理性是疗治胆怯的一剂良方。当孩子面临楼梯的台阶、火炉或者汽车的时候,就如同战士们面临着枪炮和伏兵一样,他们会感到自己身处危险之中。可是,一旦他们能够准确地了解危险,学会抵抗,他们便将克服恐惧。理解可以鼓舞人心,驱逐掉人们内心所有的恐惧。理性就是对理解的实践。有过危险经历的人不会再感到害怕和退缩。正如老练的马夫知道如何去平稳地驾驭马匹一样,当一个老练的士兵看到枪炮的火焰时,他便知道如何去躲避。假如一个水手能够对出海航行了如指掌,那么他便不会再感到胆怯。同样,假如一个住在偏僻之地的人能够拥有一支完美的步枪,明确自己的攻击目标,那么他便将无所畏惧。所以,猎人不会害怕狗熊、狮子和野狼;养狗人可以轻松地驯服猎犬;阿拉伯人已经习惯了沙漠中的狂风。

总之,勇气在于要准确地了解我们所面临的问题。学生们之所以会害怕老师,被一道数学题难倒,原因就在于他还没有掌握解决问题的方法。一旦领悟了其中的奥妙,他就会像阿基米德那样令人叹服不已。在事务、科学、商贸、会议等方面,勇气就等于解决问题的方法。勇气还在于信念,要相信,你的智力和精神并不亚于那些你所崇拜的人。将军也只是在汲取士兵们的思想,敌人也是和我们一样的血肉之躯。我们应当尽可能地了解事情的状态以及解决问题的方法,因为,危险只是人们的幻想而已。我们之所以会在刺刀的危险面前丧失勇气,

只是因为被敌军那隆隆作响的战鼓、高高飘扬的旗帜、闪闪发光的头盔给征服了。

然而，我们也并不排除问题的其他方面以及解决问题的各种影响因素。据观察，想象力越贫乏的人，其恐惧感就会越少；他们只有当感觉到疼痛的时候才会害怕，而性情敏感的人则早已预料到了疼痛，因而这些人在遭受着比切实的感受还要痛苦的精神折磨。精神威胁有时候比肉体的痛苦更令人感到畏惧，旁观者比当事人的感觉更为深刻。

肉体的疼痛仅仅只是一种表面的现象，它只存在于人的表皮和外部，因此它所引发的恐惧也是微不足道的。而由牺牲所带来的旁观者的精神苦痛才是最可怕的，尽管这种折磨只是人们的幻想而已。第一个受难者，往往也是最后一个受难的人，因为，那些目击者早已被恐惧所笼罩了。我们将廉价的眼泪送给那些牺牲的英雄们，殊不知，他们的肉体痛苦是短暂的，而我们自己因此所受到的精神折磨，才是巨大而漫长的。

三

毋庸置疑，勇气是人与生俱来就带有的一种品质。比如一个好战之人，他对于战争的热爱是出于一种本能，只有在战争中他才能够感觉到自己的存在，他们热衷于各种竞争所带来的喜怒哀乐。每一个学校里都有喜欢打斗的孩子，每一个社会中都有喜欢反叛的人们，每一个城镇里都有喜欢闹事的家伙。

勇气一词寓意广泛，有狭义的，也有广义的；有秘而不宣的，也有大庭广众的。每个人都有属于自己独特的胆识。商人应该有一种在商战中化险为夷的勇气；艺术家应该有一种坚持自己独创原则的勇气；法官应该有一种从纠缠不清的案件里理出头绪，并且做出公正判决的勇气；阿基米德有一种在自己的城市被敌军包围和洗劫的时候沉浸在自己的科学探索之中的勇气。

最英勇的猛士，应该是战场中最谦虚的人。因为，真正的勇气，绝不是表面的浮华。那些不惧困难的人们会坦白地承认自己有时候也

爱默生
散文精选

会感到一丝胆怯。那么，他们又是如何凭借自己的微弱之力来战胜险境的呢？那是因为，他们相信自己的身体里潜伏着无穷的力量。

勇气具有巨大的感染力，有它存在的地方，便会充斥着一种魔力。士兵们的勇气唤醒了妇女们沉睡已久的信心。于是那些勇敢的妇女们便自愿担任护士，为她们的勇士们服务。

勇气最具有魅力的一面，在于创新和天才的灵光的闪现。英雄们不可能在情绪低落的时候去实现那些非凡的成就。古希腊的天才们的惊人之举，往往是他们第一次的冲动，而非经过深思熟虑的行为。

勇气能够赋予一个看似柔弱的人以无穷的力量，于是，明晃晃的刺刀不再使他退缩，酷刑不再令他胆寒。勇气能够使一位虔诚的教徒在面对死亡的火焰时仍然泰然自若地说："这是上帝为我特制的帽子。"是神圣的勇气让他执着于自己的思想，胜于世上的一切事物。是勇气令他疯狂，为了坚守自己的信念，他宁愿舍弃金钱和安逸。

勇气具有不同的层次，每前进一级台阶，就意味着人类的品性得到了又一次的升华。我们生存的目的，就是要去不断地磨炼自己的意志。对于普通人来说，贫穷、监禁、疼痛、灾难和仇恨是令人胆寒的磨难，但它们却充实了英雄们的智慧与灵魂，他们从这些磨难中寻找到了希望，光明驱走了他们内心的恐惧和黑暗。

假如一个人没有经受过苦难，没有能够有效地去克服这些苦难，那么他就还没有学会如何去生活。我并不是要对现实进行刻意地夸张，也不是要让人们去对他人的勇气予以模仿。事实上，这也是不可能的，因为，勇气是无法模仿的。我们有着不同的工作与生活环境，这意味着我们在承担着不同的权限、责任和阻力。假如你不相信自己的力量，那么就看看上天所注定的命运是多么顽固吧，它将教会我们勇气。假如你从上帝那里获得了思想与灵感，那么你便应该遵从他所给予你的困难与责任。你应当勇敢一些，因为，对你而言，一切磨难都是无足轻重的。

力量

一

迄今为止还没有一份清单能够列出人类全部的力量,倘若有,那么它必定会成为一部超越《圣经》的宝典。然而事实上,有谁能够为人类的力量做一个界定呢?

生命的意义便在于对力量的追寻,这种追寻无处不在,而且,只要一个人真诚、执着地去寻求,他就一定会有所收获的。所以,每个人都应当珍视他的经历,珍视他的所有,因为这些经历与所有便是一笔宝贵的财富。假如他能够将这笔财富转化为力量,那么他便能够继续去体验、去拥有,生命的步伐也因此继续向前迈进。假如他能够好好地利用这笔财富,那么他就能够从中体味到生命中最大的乐趣。

所有的成功者在一件事情上都是英雄所见略同的:即他们都曾经是因果论者。他们相信,事物的发展绝对不是凭借着侥幸,而是有其运行的规律。他们相信,在那条连接着最初的事物与最终的事物的铁链上,绝对不会存在着一个薄弱的或破裂的环节。所有伟大的心灵都具有一个共同特征:那便是他们都相信因果关系,或者说,他们相信每一件琐碎的事情都与生存的原则密切相关;他们相信因果报应,或者说,他们相信善有善报、恶有恶报。一位勤奋之人所做的每一次努力,都必定是受到了这一信念的支撑。

爱默生
散文精选

最英勇的男人，一定是那些对于法则所具有的力量最为笃信的男人。拿破仑说："假如你想成为一名伟大的统帅，那么你就必须要学会去遵守战争的规则，懂得针对不同的敌人相应地调整作战的方案，只有这样才能够取得伟大的成就。"

二

我们必须要将成功看作是一种天然生就的体质特征。古时候的医生们便曾经教导我们说：对于生命而言，勇气就像动脉里循环的血液一样重要。如果想要成就一番伟业，就必须要具备一副特别强健的体魄。假如艾利克①在离开格陵兰岛的时候是而立之年，身体强壮，睡眠充足，一切机能都处在鼎盛时期，那么他便会继续向西航行，最终到达纽芬兰。让我们再换上一个更为健壮、大胆的人吧——比厄恩或者索尔芬②——那么，他们的航船就会轻而易举地再航行600海里，1000海里，甚至1500海里，抵达拉布拉多和新英格兰。

由此可见，健康是成功的首要财富。疾病会使人毫无生气、胆怯懦弱，因而一事无成。体弱多病者必须要节约自己的生命能量以苟延残喘，然而，一个身体健康、精力旺盛的人却可以心想事成，而且必然会用自己多余的精力去充溢和灌溉他人干涸的生命之泉。

强劲的脉搏所产生的益处是任何劳动、艺术都无法取代的。它犹如气候一般，可以毫不费力地滋养庄稼，这种作用是任何玻璃温房、灌溉、耕耘或者肥料都无法与之相比的。它犹如一个人在纽约或者君士坦丁堡这类城市里所获得的机遇，拥有了它，一个人就不再需要要弄交际手腕以获得资本，也不需要强行苦干以达到目的，资金、人才、劳动力自然会如洪水一般滚滚而来的。其实，奥妙就在于事物自身，只要它本身具备了吸纳这一切的条件，那么后来的发展就会水到渠成了。

---

① 公元985年，挪威航海家艾利克发现了格陵兰岛。
② 二者均为北欧海盗。

健康是大有裨益的——它是力量、是生命，它能够抵御疾病、毒害和一切敌人。它不仅具有保护力，而且也富有创造力。每一年春天，无论你是用白蜡来嫁接，还是用黏土来移植；无论你是用石灰水把树干刷白，还是施钾肥来处理，抑或是对树枝修修剪剪；最关键的问题在于，树木的生命力必须要旺盛。一株适应了土壤的优良树木，能够在白天黑夜、在各种气候与各种条件下生长。它不畏灾祸和虫害，甚至无所谓是否得到了修剪和照料。

三

一个人的性格可以划分为主动型与被动型，但是，更深层、更重要的则是他的气质和思想，即他究竟是属于积极创造型的人格，还是归于消极接受型的人格。后者只会注意篱笆围好的农场与建造好的房屋，而前者则会留心农场上的马匹。

当一个孩子进入到一所新学校的时候，当一个人在旅行中遇到陌生人的时候，当一个俱乐部来了一名新成员的时候，较量就发生了。这就好像一头陌生的公牛被驱赶进了一个成群的牛所栖息的牛栏或牧场，这个新来乍到者会立刻同牛群里最雄壮的牛展开角斗，直到最后决出谁才是牛群真正的首领。

弱势群体会发现，他们的智力或见闻并不适合这一斗争场合，他们曾经以为自己知识丰富，可是现在却发现自己完全没有获胜的希望，所有对手的刀剑都是那么的锋利。这时候，即便他的知识含量犹如一本百科全书也将无济于事，因为，这是在考验一个人的心志坚定与否、态度沉稳与否。

我们姑且认为，成功是内在性的。它有赖于精神与肉体的健康素质，有赖于工作的强度，有赖于勇气。这就像人们发现一件商品很难始终处于有利的销售环境之中，要想成功地销售这件商品，就必须要克服种种不利的因素。

一个伟人之所以伟大，是因为他发起并完成了某些伟大的壮举。拿破仑便是如此，他组建了一支六万人的军队，其中几乎一半士兵都曾是偷盗之徒。在和平的状态下，这些人或许正戴着镣铐，在卫兵的监视下蹲在监狱里服刑。然而，拿破仑却大胆地将他们一个个地拉了出来，赋予他们神圣的使命，并且利用他们的刺刀赢得了无数场战役的胜利。

当土著人米歇尔·安吉洛被置于文雅的环境之下、被置于技艺高超的艺术家的面前时，奇迹便出现了。当时他被强迫去在西斯廷的礼拜堂里画壁画。这个毫无艺术基础的人，居然走进了梵蒂冈旁的保罗花园里，用铲子挖出了赭色的、红色的、黄色的泥土，然后用胶和水将它们混合起来。经过了多次的试验以后，他终于感到满意了，于是便爬上了梯子开始画起来。日复一日，月复一月，他画出了女巫、绘出了预言者。

有位画家对此发出了感慨："假如一个人失败了，你会发现，那是因为他做梦的时间比他工作的时间还要多。"在艺术领域，只有当你脱下了衣衫，磨碎了颜料，像个铁路边的挖地工一样，每天持续地工作，你才能够获得成功。

四

成功总是与某种积极的或正面的力量同行：一盎司的重量必定与一盎司的重量相平衡。尽管一个人无法再重回母亲的子宫，带着新的活力获得重生，但是，有两种经济实用的方法可以作为最好的替代品。

我们应该果断地终止那些繁杂多样的活动，将精力集中在某一个或某几个重点上。就好像一个园丁通过严格的修剪，迫使树液集中到一两根粗壮的枝干上，而不是让它进入全部的树枝内。

圣贤有言："命里无时莫强求，分外之事莫勉为。"在生活中，集中精力乃是一种明智之举，而滥耗精力则无疑是一种有害的行为。无论我们的精力是分散在粗鄙的还是高雅的目标上，是分散在财产以及相关的事物上，还是分散在朋友或者某种社会习俗上，抑或分散在政治、音乐或节日盛宴上，那都没有多大的区别。任何事情，只要能够有助于我们多抛弃掉一件玩物，多丢弃掉一个不切实际的幻想；只要

能够驱使我们回到家中，激励我们多做一次脚踏实地的努力，那么它就是有益的。我们必须选择自己所要做的工作，必须接受自己的大脑所能接受的事物，同时放弃其他的一切。只有这样，生命的能量才能够积聚起来，才能够迈开由认识到行动的步伐。无论一个人具有多么深刻的洞察力，假如他没有采取从认识到行动的步骤，那么他就永远不会收获累累的果实。不少艺术家就是因为没有迈出这一步，因而也就丧失掉了一切。面对着豪气万丈的米开朗琪罗或切利尼，他们只能够望尘莫及。即便他们在思想上达到了一定的高度，但却缺乏那种全力以赴付诸行动的激情。诗人坎贝尔曾经说过："倘若一个人能够沉湎于工作，那么他将会胜任他所决心要取得的任何成就。对于他来说，工作而非灵感，才是必需。工作，便是推动他前行的缪斯女神。"

在政治、战争、贸易——简单而言，在人类一切事物的管理当中，集中精力都是成功的秘诀。有人曾经问牛顿说："您是怎样才能够做出那些伟大的发现的呢？"牛顿回答道："那是因为我的心里总是在盘算着下一步要做的事情。"假如你想得到一句政治学方面的引语，那么请你不妨记住普鲁塔克①的这句话："在整座城市里，人们只能够在一条街道上看见伯里克利②的身影，就是那条通向市场和市政大厅的大街。他婉言谢绝了所有的宴请，所有的聚会和交际。在他执政的整个时期里，他从来没有在任何一位朋友的餐桌上用过餐。"或许我们还可以从商贸方面寻找到一个范例。有一位好心人曾对罗斯蔡尔德③说："我希望您的孩子们不要过于热爱金钱和买卖，我肯定您也有同样的想法。"罗斯蔡尔德却回答说："恰恰相反，我希望他们能够如此。我希望我的孩子们能够将全部的精力、灵魂、心灵与肉体都投入到经商上来——因为，那才是达到幸福的途径。要想发大财，就需要有相当的勇气和相当的谨慎。而当财富到手之后，就需要以十倍的智慧去守护住它。假如我需要去倾听所有那些对我提出的建议，那么我

---

① 公元1世纪时期的希腊学者。
② 公元前5世纪时的雅典政治家。
③ 世界著名犹太财阀。

只会迅速地毁了自己。坚持干好一件事情吧，年轻人，坚持办好你的酿酒厂（他曾对后来成为著名酿酒商的巴克斯顿说过这句话），那么你便会成为伦敦最伟大的啤酒制造商。无论是做酿酒商、银行家、商人还是制造商，只要你集中了自己的全部精力，你就会成为这一行业的佼佼者。"

　　有许多人，他们不乏见识、悟性以及韧性，然而，他们之所以没有获得最后的成功，就在于没能迅速地做出决定。在我们纷繁的事务当中，我们必须要做出一项决定——如果可能的话，就做出最好的决定，但是，无论所做的决定是好是坏，都要聊胜于无。要去往某一个地点，可以有二十条道路，其中有一条是最佳的捷径，不过，你还是立刻动身踏上其中的一条吧。一个沉着镇定、能够在瞬间就调动起自己所有知识的人，抵得上一打虽然见多识广但却思索缓慢的人。议院里好的演说家，并不一定需要通晓所有关于议会策略的理论，而是需要能够即席做出决定。好的法官并不会对每一条辩词都去做条分缕析的判断，而只会去关注那些实质性的论辩。好的律师也不会对事件的每个方面都加以关注，而是投身于最核心的、对辩护的胜利至关重要的方面。

五

　　成功的另一个秘诀在于反复地练习，即习惯和永恒的力量。在化学上，稳定的直流电虽然缓慢，但却具有持续性，所以其能量可以与电火花的能量相等，是我们技术中一种更为理想的动能。人类的行为也是同样的道理。我们可以通过练习的连贯性来弥补其他方面的欠缺。我们并不是将力量浓缩在某一个时刻，而是把等量的力量铺展在相当长的时间上。在西点军校里，总工程师比福德上校用一把铁锤猛烈地敲打一门加农炮的炮耳，直到将它们敲烂。他又连续上百次地速射一门大炮，直到它的炮膛炸裂。那么，究竟是哪一次的敲击破坏了炮耳呢？答案是，每一次的敲击。究竟是哪一次的爆炸炸裂了炮膛呢？答案是，每一次的爆炸。亨利八世常说："勤奋是成功的途径，伟大则在于反复的练习。"约翰·肯布尔认为,哪怕是最蹩脚的一班乡下的专业演员,也会比最优秀的一班业余演员要强。巴兹尔·霍也常常向人宣扬说,哪怕是最糟糕的正规军,也能够打败最出色的志愿军。个中原因便是,职业人员有着正式的训练。

由此可见,练习的意义可谓是非同小可啊。对于演说家来说,不断地面向大众发表讲演就是最好的练习。所有的演说家一开始都是笨拙的。在经过了长达七年、遍及英伦三岛的演说之后,科布登[1]成了一位无与伦比的辩论家。而温德尔·菲利普[2]也在经历了十四年穿越新英格兰的旅行演说之后使自己的讲演技巧得到了极大的锻炼。学习德语的方法,便是上百遍反复地阅读那十几页相同的内容,直到你对每一个单词的发音都烂熟于心。没有哪位天才在第一次读一首歌谣时就能够像一个平庸之人在第十五次或者第二十次阅读它的时候那样能够将其牢牢地背诵下来。"更多的人是凭借着练习、而不是凭借天赋才成为栋梁之材的。"德谟克利特如是说。反复练习是大有裨益的,这便是为什么业余爱好者在与行家里手抗衡的时候会是如此的不堪一击了。每天在钢琴边弹奏六个小时,只是为了获得熟练的触键的技巧。每天在画布前挥动画笔六个小时,只是为了驾驭那些复杂的颜料、赭石以及画笔。机械师和职员的力量便在于:通过上千次的操作,学会工具的使用方法;通过无休无止的加减乘除,学会计算的技巧。

我曾经做过这样的评论,即在文人圈子里,那些德高望重的人物,比如作家、出版商、大学校长、教授、主教等等,很少是那些文才一流之辈,而通常只是才智平平的人。然而他们却将自己的力量用在了适当的地方。于是,庸才也可以超过许多上等之才。

---

[1] 英国著名激励大师,曾发表过许多旨在激励人心的演讲。
[2] 美国19世纪演说家,社会改革学家。

谨慎

一

我生来就不是一个谨慎的人，所以我有什么资格就这一主题发表意见呢？对于生活，我只是逃避和凑合，而不是对其中的问题进行创造性的求解。我没有什么新鲜的方法可以引导生活，我也没有物尽其用的天赋，更不是理财的高手。要是谁看见了我那凌乱的花园，一定会认为我应该再另建一个。可是，我热爱诚恳和实在，痛恨迂腐和圆滑，从这个意义上来说，我又有权利来论述谨慎了，就像我完全有资格去论述有关诗歌和神圣的主题一样。

二

假如一个人只是感官上的谨慎，那么他便是徒有其表。谨慎是内心生活最外在的表现，它将思想视为公正的上帝，按照事物的规律来推动事物，它乐于根据身体的条件来谋求身体的健康，根据智力的法则来谋求心灵的健康。

对人情世故的练达形形色色。就本题来说，我们指出三种也就足够了。有一类人活着是为了追求实用意义，把健康和财富尊为最终的利益。另一类人的生活目标则在这之上，他们活着是为了寻求美学意

义，比如诗人、艺术家、博物学家以及科学家就属于这一类人。第三类人的志趣又比追求美学意义更为高远，其生活的目的便是要追求那些被象征的事物的美，这一类人才是真正的智者。第一类人有常识，第二类人有风雅，第三类人则有精神上的领悟力。

这个世界充斥着种种卑劣的谨慎。这种谨慎热衷于物质，仿佛除了味觉、嗅觉、触觉、视觉和听觉之外，我们就再没有别的官能似的。这种人崇尚三个法则：绝不捐助他人，绝不无偿施予，绝不借贷于人。对于任何事情只问一个问题：它能带来面包吗？这种卑劣的谨慎，犹如一种皮肤不断增厚的疾病，到最后，所有原本充满活力的生命器官都会被毁坏掉。

严谨的生活本身就是一种能力，但如果只是将智慧与美德作为追名逐利的手段，那么就会产生巨大的破坏作用。假如一个人失去了外在生活与内在精神的平衡，只是一味地沉溺在商场或者感官刺激之中，或许他也可能会发挥出相当的作用，成为社会上有用的一份子，就像一架机器上某个齿轮一样，但他却不会是一个有教养、有品格力量的人。

虚伪的谨慎，将感官视为最终目的，所以它只是醉鬼和懦夫们的偶像。真正的谨慎，承认一个内在的真正的世界，因此便限制了这种感官至上的论调。真正的谨慎，会从一个从属性的地位来研究世界的秩序和境况。因为，很显然，我们的存在必须依附那普照大地的太阳、依附那盈亏往复的月亮，而且还会受到气候与地域的影响。

谨慎不会探索自然，寻根究底。它真诚地接受世界的种种法则，事实上，人的存在便是受到这些法则的制约，并且遵循这些法则。它尊重空间和时间，尊重气候、需要、睡眠、正负极的法则，生长和死亡的规律。

三

另一方面，大自然惩罚任何一种忽视谨慎的做法。如果你认为感官是决定性的，那么你就服从它们的法则好了。如果你相信灵魂，那

爱默生
散文精选

么,当满足感官的甜蜜果实在因果之树上尚未成熟的时候,就不要采摘它吧。与感觉迟钝而又不受约束的人打交道,无异于往眼睛里滴醋。

时空的美好法则,一旦被我们的笨拙弄错了位,就成了一块破旧不堪的旧布。如果蜂房被鲁莽和蠢笨之手搅乱,那么它回报给我们的,就不是蜂蜜,而是蜜蜂。假如我们想要自己的言行恰当的话,那么我们就必须要适时而行。六月的清晨磨镰刀的声音是悦耳动听的,然而,如果时间过晚,到了翻晒干草的季节,那么,还有什么比磨刀石或者割草机的声音听起来更让人觉得寂寞和凄惨的呢?懒散拖拉的人和不守时的人所损害的,不仅仅只是他们自己的事务,还有他人的利益。

在德累斯顿美术馆里,我见到了拉斐尔的一幅名画。画面上的圣子与圣母,神态安宁而平和。这种安静的美具有一种令人难以抵挡的感染力量,比那钉在十字架上的受难者更加打动人心。画面上所呈现出来的境界,正是我们所需要的人生态度。每一个人都应当踏踏实实地生活,不可虚与委蛇,不可给人一种飘忽、不实在的感觉;应当把外在与内在统一起来,做到表里如一。

然而,谁又有权利去指责他人的不谨慎呢?谁又称得上谨慎呢?我们所谓的那些伟大的人物,在这个王国里却是最为渺小的。在我们与自然的关系中,存在着一种致命的脱节。这种脱节使我们的生活方式遭到了扭曲,使每一种法则都与我们为敌。这一情形最终唤起了世界上所有的智慧与德行去思考"改革"的问题。我们必须要请教最高的谨慎,问问它,为什么现在健康、美、天才只是人性的例外,而不是人性的常规?我们违反了一个又一个的自然法则,到最后,我们将会发现,自己伫立在一片废墟之中。美就像情感一样,应当为每一个男女所拥有,健康的肌体应当是普遍的,天才应当是在每一个孩子的身上都能够寻找到的禀赋,然而实际上它们却都难得一见。出于礼貌,我们将半吊子的庸才叫作天才,把挣钱的能力称作天才,把今天努力只为了明天能够吃好、睡好的才能也叫天才。殊不知,天才总是苦行者,虔诚与爱也是如此。对于那些优秀的灵魂来说,欲念犹如一种疾病。而他们在对欲念进行抵制的仪式和境界里,发现了美的所在。

我们往往用一种美名来掩盖自己的淫欲。有才气的人喜欢将自己

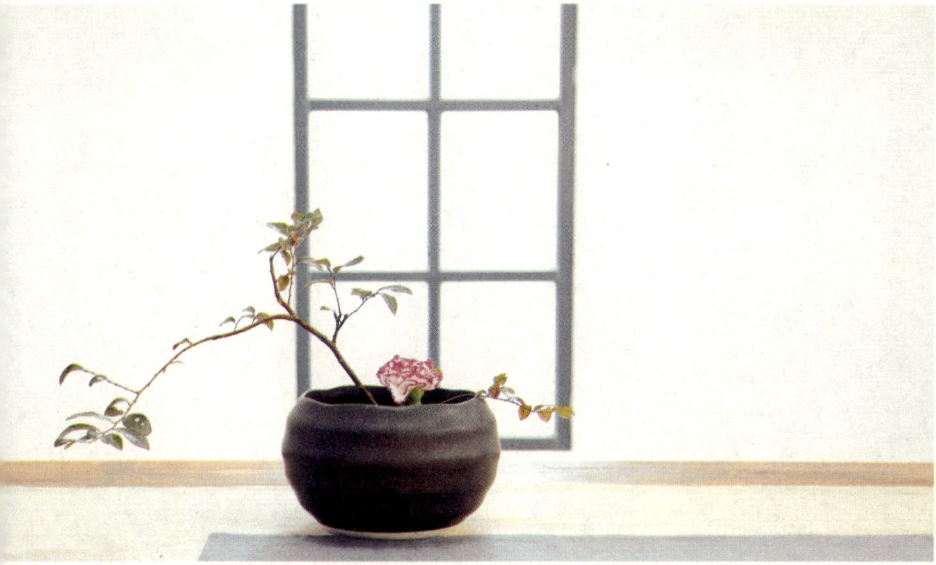

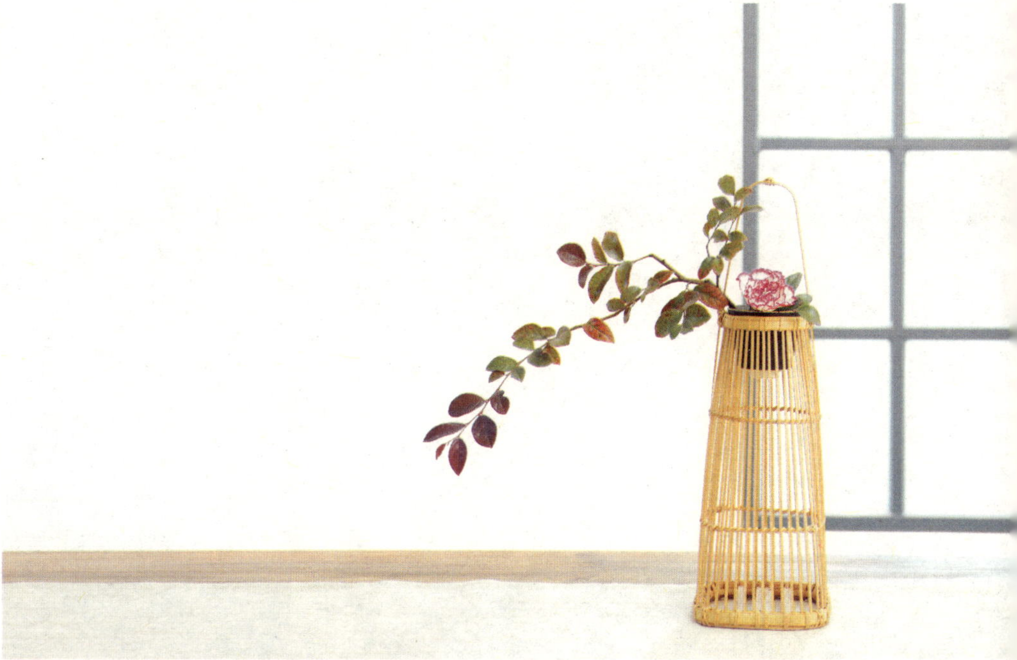

对于感官法则的种种违反称为区区小事，他认为，假如与他所献身的艺术事业相比，这种事情就不值一提。可是，他的艺术从来没有教会他放荡，教会他嗜酒，也没有教会他去妄想能够在未播种的地方有所收获。由于他身上的神性不断地在减少着，所以他的艺术也在日趋衰微。由于他瞧不起这个世界，所以这个被他小瞧了的世界便会向他展开报复。

这就正如中国古人所说的那样：不以善小而不为，不以恶小而为之。谁轻视区区的小事，谁就会遭到它的报复。那些依循社会的准则、踏踏实实、认真生活的人，将会获得人们的赞许。而那些仅仅追求感官上的刺激，不顾及社会的法则，随意放纵自己的人，则会令人们感到悲哀。假如一位天才人物，一个激情四射、才华横溢的人，置社会的准则于不顾，为所欲为，那么他很快就会为众人所不齿，被排挤在社会的边缘。而他自己也将会变得牢骚满腹、愤世嫉俗起来。

四

假如一个有才气的人能够保持生活的严谨，那么他就会受到人们的仰慕；反之，假如他言行不一，戴着面具过活，那么他就会遭到人们的斥责。那些被处以绞刑的犯人也是同样的道理：顺应社会的法则，他就能体面的生活；否则就会被社会所遗弃，甚至被处死。倘若一个人在放纵与无奈中慢慢地磨蚀掉了自己的才华，那么他就将自作自受。我们经常会看到这样的悲剧：一个才华过人、激情满怀的人，由于缺乏自制能力，或者受到外界的不良影响，虽然经过了多年的打拼，最终却一无所获、穷困潦倒、毫无作为。他或许会因一时的成绩而满足，然而，长此以往，他将只能是想象中的巨人。

一个人应当把大自然送给他的这一类最初的痛苦和屈辱，作为某种启示接受下来，亦即：他除了自己的劳动与自我牺牲所得的正当果实以外，断不可希冀其他的好处了，这样做岂不是更好吗？让他将自然视为一位终身顾问，将她的完美视为衡量我们的偏差的精确尺度吧。让他把黑夜当作黑夜，把白昼当作白昼，让他控制自己的消费习惯吧。

爱　默　生
散文精选

让他明白，打理私人经济所需要的智慧，并不亚于治理一个国家所需要的韬略，而从中汲取的智慧也是一样多的。世界的法则就书写在他手中的每一枚铜板上。即使它只是穷光蛋的智慧；或者是斗米进、升米出般的抠门；或者是农夫时不时地种植下一棵树苗，想让它趁自己睡觉的时候在一夜间成材的那种节俭和精明；或者是少挥动一下工具，少用一点时间，锱铢必较的谨慎，他知道了这些，对他也不会有什么害处。谨慎的眼睛永远不会闭上。铁器如果存放在五金店那里，就会生锈；啤酒如果不在合适的环境里酿造，就会变酸；船舶上的木料在海上不会腐烂，但如果搁置在岸上，则会变形、收缩、干朽。如果我们把钱攥在手里不用，就产生不了利润，而且还容易丢失；如果用于投资股票，说不定又会贬值。铁匠说：铁要锻打才会白炽；晒干草的人说：草耙要尽可能接近镰刀，马车要尽可能靠近草耙。我们北方人做生意就是以这种极端的谨慎而闻名的。谨慎地挣钱——好的、坏的、干净的、破烂的钱——而且要靠赚钱的速度来保全自己。这样一来，铁不会生锈，啤酒不会变酸，木料不会腐烂，印花布不会过时，股票不会贬值，就因为北方人将它们尽快地脱手了。是否能够安全地履过薄冰，全要看我们的速度了。

让我们学会一种格调更高的谨慎吧。让他明白，大自然中的万事万物，哪怕只是尘埃或羽毛，都是按照各自的法则来运行的，而不是依靠运气。让他明白"一分耕耘，一分收获"的道理。让他依靠勤奋克己来挣得自己的面包。这样一来，他就不必同别人弄得不共戴天或者虚情假意了，因为，财富的最大益处便是自由。人们在等待中磨蚀掉了多少宝贵的时光啊！让他不要令自己的同类苦苦等待。会话当中的承诺有多少空言啊！让他所说的话都是一言九鼎。让他通过持之以恒，使一个人的微小力量在历经了长久的年月之后仍然履行了自己当初的诺言。

五

人性不喜欢矛盾，而是注重匀称。我们切不可眼睛只盯着事物某

一个方面的特征而不及其余，更不能够就此得出关于它的全部特性。灵魂的谨慎与圣洁是一致的，外在的安宁与内在的严谨是一致的。严谨的生活牵涉到了具体的人在特定的时间与特定的存在方式里的方方面面，而且，由于每一种事实都扎根在灵魂之中，那么，一旦灵魂被改变了，那么事实就不复存在了，或者说，就会变成某种其他的事物了。因此，对外部事物的妥善管理，将永远依赖于对其缘由的正确理解。换言之，善良的人一定是聪慧的人，一定是忠贞不贰的人，一定是深谋远虑的人。违背真理，不仅对说谎者来说是一种无异于自杀的行为，而且也等于给健康的人类社会捅上了一刀。对于最有利可图的谎言，事物的进程立即会施加一种毁灭性的压力；而坦率则会吸引坦率，把双方置于一种便利的立场上，把他们的交往变成一种友谊。信任他人，他人就会对你坦诚相待；高尚地对待他人，他人就会表现得高尚起来。

所以，对于那些令人不快和棘手的事情，谨慎并非是寻找借口或者逃避，而是一种勇气。谁希望成为生活中的强者，谁就必须要抖擞精神，勇往直前，冷静地做出正确的选择。让他直面最令他感到惧怕的事物吧。他的勇敢和坚定常常会使他的担心显得毫无根据和滑稽可笑的。有一句拉丁谚语说得好："在战场上，首先被击败的是眼睛。"假如你能够沉着镇定，那么，一场战争对于生命的危险就不一定会比一场击剑或者一场足球赛更为危险。对暴风雨感到恐惧的，主要是船舱里的人们。牲口贩子和水手们，整天与风雨搏斗，他们的脉搏在雨雪中与在六月的阳光下一样的有劲。

恐惧是一名糟糕的顾问。每个人其实都是外强中干的。他本人自觉软弱无力，在别人看来则会认为他凶狠无比。你惧怕恐惧，殊不知恐惧也害怕你的勇气。即便是破坏你与邻居的安宁的亡命之徒，假如你奋不顾身地予以反击，那么他也会变得胆怯起来的。有些人之所以可以横行霸道、不可一世，就因为人们的容忍。只要我们敢于直面这些外强中干的家伙们，他们定会望风而逃的。

据说爱有时候是盲目的，然而仁慈对于人类来说却是极其必要的。宽容是一种伟大的品格与力量。假如你遇到了一个狂热的宗派主义分子，抑或是一个持不同政见的人，切不可只是一味地划清彼此的界限，而是要在仅存的一些共同点的基础之上努力地达成某种共识。求同存异在此时是极其重要的。只要太阳还在头顶上运行，只要雨滴还会从天上落下，双方的观点就会不断地增多，直到最后变成了同一阵营里的战友。分歧终会化解，界限终会消除。

一场各执一词的宗教辩论会令纯洁的灵魂变得卑鄙下流。他们相互攻击，抓住一点不及其余，甚至引经据典，强词夺理，只为己方的一点胜利而自鸣得意，不可一世，这是多么的可悲啊！这种辩论并没有让他们的思想因此变得更加深刻，也没有增添一分的勇气，而只会让他们变得渺小和伪善。

人与人之间的相处，不应该带着敌意和怨恨。或许你与他人的观点格格不入，甚至是针锋相对，然而，我们不应该只盯着差异之处，而是要正确地把握自己的思想，尽量站在别人的立场上来思考问题。这样一来，差异便会走向共通与融合，便会增进彼此间的理解，最终达成共识。即使与他人发生了争论，我们也要学会控制自己的情绪，用适当的方式来表达自己的想法，而不要蓄意地去攻击和憎恨他人。从本质上来说，尽管表面上的差异依然存在着，甚至相去甚远，但人们内在的灵魂却是共通的，对于智慧和爱的追求都是相同的。

智慧绝不会让我们跟任何一个人保持一种不友好的甚至相互敌视的关系。我们常常拒绝对他人表示同情、显示爱心，似乎只是在等待着别人来对我们示好一样。然而，这样的爱与友谊从何而来，何时才来呢？明天将会同今天一样。我们正准备着要严谨地生活，然而生命却在蹉跎中消逝了。我们身边的亲友们也相继地离我们而去了，但我们却并没有看到新的男女在朝着我们走过来。我们太老，再也不关心时代；我们太老，再也不指望能够得到任何更加伟大有力的人物的帮助。那么，就让我们吸吮我们眼前的爱恋与甜蜜吧。

要挑出一个朋友的缺点是很容易的，但要看出他的可贵之处也不难。那么，为什么我们不去想着他身上那些可爱的地方呢？每个人都有自己的朋友，正是这些朋友让我们的生活变得完整，也让我们的生命变得更有意义。可是，假如不能够与朋友肝胆相照、和睦共处的话，

那么是不会拥有真正的友谊的。如果你不按照友谊的法则去与自己的朋友们相处，只是凭借着一己的想法随意行事，那么你的品格将会日益低下，而你最后也将会沦落为一个对他人毫无吸引力的人。

因此，真诚、坦率、勇敢、爱、谦逊以及所有的美德，都与谨慎为伴，或者说，都是一种确保现世安乐的艺术。我不知道世间的物质是否都是由氢原子和氧原子所组成的，但是，这个信奉礼仪、崇尚行动的社会，却是由一种材料构成的，这一材料便是生活的严谨。谨慎是每一个人都必须要具备的品质，只要我们信奉这一信条，我相信，过不了多久，它便会成为我们所有人的座右铭。

修养

一

当整个世界都在疯狂地追逐权力、追逐作为权力标志的财富时，修养却在校正着有关成功的理论。在现实生活中，一个人常常会成为自己力量的"囚徒"：条分缕析的记忆力使他成了一本历书；能言善辩的才能使他成了一个爱好争论的人；捞钱的本领使他成了一名守财奴，更确切地说，使他成了一个金钱的奴隶。然而，修养却能够减轻这些病症，它通过求助于其他的力量来对付那种占据支配地位的才能，因为它所诉诸的，是一种更为高贵的力量。

有些人往往高估了自己在整个体制中的重要性，所以便产生了一种不可一世、狂妄自大的感觉，并且由此促成了个人主义。唯我独尊的个人主义是社会的瘟疫，它是一种犹如流感一样的疾病，侵袭着所有的体质。这是一种人人皆有的倾向，而乞哀告怜便是它那令人厌烦的形式之一。受难者展示着他们的不幸，他们从伤口上撕下麻布绷带，从而让你能够对他们抱以怜悯和同情。他们喜欢病痛，因为身体的疼痛可以迫使旁观者表现出些许的关切。如同我们从孩童的身上所看到的那样，每当大人进来的时候，假如他们发现自己受到了冷落，就会一个劲儿地咳嗽，直到咳得喘不过气来，以期望引起大人们的注意。

一名学生能够从他所汲取的修养当中获得一种无往而不胜的天

资，然后凭借着这一天资去阅读各类书籍，去从事艺术活动，去掌握各种技能，去优雅地参与社交活动，但又不会迷失于其中。他将是一个修养良好、目标高远的人。修养非但不会伤害这样的人，即便连上帝也不允许让他们有所损伤，相反，倒可以消除其人生路途上的所有障碍。

我们的学生必须要培养一种宏大的气派，树立一个高远的目标，必须要努力争取成为他自己专业领域里的行家里手。然而，一旦实现了这一目标，他就应当将其置于一旁，继续前行，争取实现更加伟大的目标。他必须要有一种宽容的精神，要有一种自由地思考问题以及不受约束地考察事物的权力。

修养来自某种大智慧的启示，它告诉我们：每个人都有他的亲近关系领域，借此他便能够调节来自任何权威的粗暴声音的干预。修养能够矫正人性的天平，促进社会关系的平衡，使智者与普通人和谐相处，重塑人类那美好的同情心，并且告诫人们离群索居和厌恶现实生活的危险性。

矫正这种自我主义的途径包括：了解世界，了解那些有长处的人，了解社会的各个阶层，了解那些卓越非凡的人物，了解那些和哲学、艺术以及宗教有关的高尚的娱乐——书籍、旅行、幽静的独居。

人的优点在于通过许多相关点在巨大的差异和各种极端之间便利地进行适应和转换。修养能够去除掉夸张，去除掉人们对乡村或城市的自负。

即使是最顽固的怀疑论者，在亲眼看见了一匹被驯服的马、一只训练有素的猎狗，或者是参观了一座动物园、观赏了一次"聪明的跳蚤"的展览之后，也不会否认教育的有效性了。柏拉图说："在所有的动物当中，小男孩是最邪恶、最凶猛的。"无独有偶，古代的英国诗人盖斯柯恩也说过类似的话："假如一个男孩不接受教育，那么还不如不出生。"我们知道，值得人们信赖的军队是由严格的纪律造就的，通过这种系统化的训练和教化，所有的人都可以被培养成一名英雄。罗伯特·欧文曾经说过："给我一只老虎，我也能教育好它。"对于教育的力量缺乏信心是不近人情的，因为，向善是一种自然的法则。

人们之所以受到尊重,正是因为他们奋力向前或者尽力发挥了向善的力量。

二

让我们把我们的教育变得更为大胆、更有前瞻性吧。政治不过是一种事后诸葛亮,一种可怜的修修补补。有朝一日,我们将学会用教育来取代政治。我们所谓的彻底改革,无论是对奴隶制、战争还是赌博、酗酒,都只不过是治标不治本。我们必须从更高的起点入手,那就是:从教育着手。

我们传授给初学者的那些方法和工具,能够让他们从中受益,就仿佛我们使他们的生命延长了10年、50年甚至100年。修养能够向每一个健康的灵魂提供一种良好的观念,而这种观念所能做到的,便是消除人们的邪恶欲求以及绝望的情绪。然而,我们所受的训练很可能是无果而终的,这是我们难以回避的现实;毕竟,所有的成功都只是众多探索和尝试当中偶然而又稀少的部分;我们所付出的辛劳与苦痛,大部分都会付诸东流。

书籍应当在我们有关修养的概念中永远占有一席之地,因为它包含着对人类智慧的最缜密的记载。古往今来,人类历史的舞台上曾经出现的最杰出的人物,诸如伯里克利、柏拉图、尤利乌斯·恺撒、莎士比亚、歌德和弥尔顿,都是博学多识之士。他们都受过良好的教养,他们才智过人,绝不会轻视书本的价值。在我看来,一位伟大的人物应当是一个擅长读书的人。或者说,其吸收能力应当与其天赋成正比。

但是,只有在一个孩子愿意读书的时候,书籍对他才是有用的。有时候,他迟迟不愿意读书。你把他送到一个拉丁语学习班上,然而他所受到的大部分教诲,却是来自他在前往学校的路上所看到的那些橱窗。你喜欢严厉的校规校纪,希望学期越长越好,可是他却发现,自己所受到的最好的教育,是他独自一人行走在偏僻小径上时获得的。他厌恶语法和格律辞典,却喜欢猎枪、钓竿、骑马和航海。既然如此,这个孩子就没有错。而且,假如你的教育理论忽略了他的体育锻炼,

那么你就不配对他行使教育和培养之职。剑术、板球、猎枪、钓竿、骑马和航海都是教师，都是能够使他获得身心上的解放的东西。舞蹈、服装、街谈巷议也是如此。只要这个孩子资质聪颖，气质高贵，天性纯朴，那么，所有这一切对于他的帮助不会亚于书本上的知识。

三

城市给予了我们碰撞的机会。据说，纽约和伦敦能够使一个人放弃那些愚蠢的胡言乱语。教育的一个重要作用，就是培养人们的同情心与交际能力。那些由见多识广与品位脱俗的人培养出来的青年男女，其言谈举止中就会显示出一种高贵与优雅的气质。富勒①曾说："德国纳赛公国的伯爵每一次脱帽，就从西班牙国王那里赢得了一个臣民。"倘若没有整个社会的如此温文尔雅，你是不可能拥有某个富有教养的人的。特别是女性——社会需要许多拥有良好教养的女性——那些沙龙里有不少明艳动人、端庄文雅、诗书满腹的女性，她们已经习惯于娴静安逸、彬彬有礼；她们已经习惯于公众场合、绘画、雕刻、诗歌和上流社会——这样你才能够得到一位斯塔尔夫人。②

我希望城市能够教给人们最重要的一课，那便是举止的端庄。自命不凡是许多美国年轻人的一个突出的弱点。饱经世故的人是绝不会喜好虚荣的，这是他们的标志。他们不发表演讲，处事低调，避免一切夸夸其谈；他们衣着朴素，从不空许诺言；他们严肃认真，做得多，说得少。他们总是用最谦卑的字眼来称呼自己的职业，以免招致那些恶毒的舌头的攻击。某个隐姓埋名、身着粗布衣衫的伟大人物从我们身边走过的轶事，是多么刺激我们的想象啊！拿破仑曾经在他那金碧辉煌的宫廷早朝上着一身朴素的平民服装；彭斯、司各特、贝多芬、

---

① 富勒（1608—1661），英国教士、学者，编著有《英格兰名人传》《神圣之周》以及《不列颠教会史》等。

② 斯塔尔夫人（1766—1817），法国女作家、文艺理论家，自幼以聪慧和谈吐优雅闻名。

爱　默　生
散　文　精　选

惠灵顿、歌德，或是任何一位能力超群的人物，都曾经被人们视为无名小卒。伊巴密浓达①便是一个"从不说话而永远在倾听"的人。歌德在同衣衫褴褛的陌生人交流的时候，总是喜欢选择一些琐碎的话题和使用一些普通的措辞，他的穿着也会比平时更加随便一些，行为也会比平常显得更为率性一些。一位古代的诗人这样说：

你越是贫穷和卑贱，
你就越是能够将这空寂看透。②

在我看来，华兹华斯之所以会在威斯特摩兰郡受到人们的赞颂，就是因为他为邻里们树立了一个榜样，让他们了解到，在不做炫耀、不事张扬的情形下，如何去过一种有教养的、舒适的家庭生活。尽管一个稚气的小伙子可能会头戴破旧的帽子、身着不合身的短衫，但这却并不会妨碍他在大学里获得人人垂涎的位置。在城市和乡村里都有贫穷的阶层，在他们的家里上演着许多自我克制和果敢的行为，这些都没有在文学作品里得到过表现，而且永远也不会被表现，然而，正是这些才使得世界变得甜美。他们可以穿得破旧，但却不放弃对孩子的教育；他们卖掉了牛马，却去建造好的学校；他们起早摸黑地工作，只为还清父辈们所拖欠的抵押款。

四

假如一个人立志要成为鼓舞和引领其同胞的伟人，那么他就必须要避免与他人的灵魂同行，避免在他们那日复一日的陈旧观念的束缚下去生活、呼吸、阅读和写作。毕达哥拉斯说过："在清晨，须独处。"只有这样，大自然才会向你说话，而她在人群中却永远不会像这样开口；只有这样，她的宠儿才会获得那些只向严肃和专注的思想

---

① 公元前5世纪时的希腊政治家、将领。
② 见博蒙特与赫奇尔的《被驯服的驯兽人》。

展示自身的神圣力量。毫无疑问，柏拉图、普罗提诺、阿基米德、赫耳墨斯、牛顿、弥尔顿、华兹华斯，都不生活在群体当中，而只是作为恩人不时地降临其间。博学的导师将会谆谆教诲年轻学子们记住这一点：在时间的部署和生活的安排中，一定要匀出独处的时间，并且养成独处的习惯。

道德高尚的人和诗人们虽然追求不受干扰的隐居生活，但其目标却是为了最广大的民众和全世界。修养的奥秘，就是要让人们更加关注社会和公众，而不是他的个人价值。

五

我们应当抱持着这样一个信条：修养能够开启人类的审美意识，让我们的审美意识觉醒。或许我们可以修改这句话里面的个别字眼，但信条的宗旨是不可更改的。假如一个人活着的目的只是为了蝇头小利，那么他就无异于一个乞丐。虽然他可以是社会这架机器上的一颗螺丝钉，但他绝不能够说自己已经实现了自我的价值。每天我都会为人们缺少对美的洞察力而感到痛苦。他们不了解那种可以美化一切时刻与一切事物的魅力的力量：风度的魅力、自制的魅力、仁慈的魅力。宁静与快乐是绅士的标志，那是一种具有力量的宁静。希腊人的战争诗篇便是静穆的。英雄们无论进行何种暴烈的行为，都会始终保持着一副气定神闲的模样，就如同我们对尼亚加拉大瀑布所做的描绘：它从容不迫地从天而降。一张愉悦而又睿智的面孔，便是修养的终极目标，也是成功的明证，因为，它象征着自然与智慧已然修成了正果。

当我们将更高的天赋应用于日常活动的时候，沮丧和不快就会让位给了自然而惬意的活动。壮丽的景色的感染、高耸的群山的威仪，能够平息我们的愤怒，抚慰我们的心绪。甚至一座高大的殿宇、一个内部装饰华丽的教堂，也会对我们的举止产生明显的影响。我曾经听说，当置身于高悬的天花板下面或者宽敞的大厅里时，即使是局促不安的人也多少会感觉到一丝平和。我认为，雕刻和绘画对于我们具有陶冶风度、消除急躁的功效。

爱 默 生
散 文 精 选

  然而，文化具有更为深刻的内涵，不仅对于那些识字不多的人是如此，而且对于那些专家们来说也是如此。对于一个勇敢者而言，这些都是深刻的教训。我们必须要看清自己那些戴着丑陋面具的朋友们，要知道，一个人一生中的最大的不幸，往往是来自他的朋友们。

  我们应当像平静的流水一样去努力地征服汹涌咆哮的急流。在这个世界上，追求自我实现的人必须要品尝百味的人生，他必须要容得下内心的仇恨，不去记恨任何人。他不会从外表上去判断他人，而是根据其能力的大小以及修养水平的高低来进行判断。

  这个世上的男男女女们，他们生活的时间越长，就越要学会去忍受人生的种种逆境和磨难。每一颗勇敢的心灵都必须带着宝贵的童真来对待我们的社会，绝不能够老于世故，让庸俗实用的风气来支配我们的社会。

六

  假如爱，就带着欢笑和泪水去投入地爱；假如求索，就带着苦难和执着去尽情地求索；假如发生战乱，就带着枪炮和勇敢去作战；假如信仰基督教，就带着一颗慈悲仁爱的心灵去对待生活；假如从事艺术，就要推出具有独创性的作品；假如致力于科学研究，就带着激情去穿越广阔的时空，只有这样，他那渐趋麻木的神经才能够再度鲜活地跃动起来。让蝴蝶破茧而出，让新的生命降临，并且获得自由——让我们开辟出新的生活之路，让我们高唱胜利的凯歌。

  四足哺乳动物的时代已经逝去了，大脑和心灵的时代到来了，一个理性的时代到来了。人类的修养源于一切事物，又能够改变一切事物。它能够将一切的障碍都转变为手段和工具，能够将所有的敌人都转化为力量。倘若你能够从大自然整体的向上与向善的努力中洞察到人类的未来，倘若你能够察觉到在人类的身上也同样具有向善的动力，那么我们就敢断言：没有什么是你所不能战胜和改变的。终有一天，修养将会消融混沌的世界与灼热的地狱。它将把复仇女神转变为缪斯，它将把地狱变为天堂。

风度

一

不少言语尖刻的批评家们都将矛头指向了美国人的风度举止，我认为，他们并非是怀有某种怨恨而对我们展开故意的攻击。相反，假如我们聪明一点儿的话，就应当认真地去听取他们的意见并且加以改正。

的确，关于风度这一话题，时常会引起社会上那些有识之士们的关注。谁不为优雅的举止而感到愉悦？风度的魅力简直是无法想象的，给予多么高的评价也不为过。对于那些具有真正的艺术鉴赏力的人来说，风度就是音乐、建筑和绘画。甚至可以说，优雅的风度要比美更为美丽。然而，想要克服不良个性所造成的障碍而获得良好的风度，又是一件多么艰难的事情啊！除非你自小便与那些有良好教养的人们生活在一起，你才能获得耳濡目染的熏陶。

我感激那些风度优雅的人，因为，正是他们使我第一次意识到：人的力量在于他的行为和举止，而不是矫揉造作的表演才能，更不是身外的财富。

文学作品里经常会塑造出这样一类的人物：他泰然自若地身处于诸多年轻有为却又思想冲动的人们当中，他自信而又坚定，从不像众人那样容易感情用事；他轻易不作发言，唯有在最关键的时刻，

爱默生
散文精选

他才会亮出他那独特而又高明的观点，掷地有声、一言九鼎；当周围的人们为他叫喊或鼓掌的时候，他却并不为之动容。拿破仑便是现代历史上的这类人物的典型代表，拜伦的诗歌里面也有不少主人公都在此类人物之列。然而，就我们当中的大多数人来说，谁何曾不是深陷于世俗的喧嚣之中，动辄就破口大骂、吹毛求疵和反唇相讥呢？

二

风度的形成依靠的是一种自然的力量，自然是优雅风度的最好训练者。即便是一个举止粗鲁的人，当他入睡以后，或者埋头工作抑或会心一笑的时候，也会展现出一丝优雅。在一个孩子学会阿谀奉承、卑躬屈膝之前，无论是在游戏中、家庭里还是在社会上，他都是那么的可爱和诚实。那个时候，他不可能会去想到要表现自己的言谈举止，也不可能去与人钩心斗角、争个高下。然而，当他长大以后，他可能就学会了在不同的场合里将自己的手、脚、声音以及表情都运用得恰到好处。然而，在这种温文尔雅、不温不火的风度里，却没有了思想，也没有了灵感。

众所周知，那些长期生活在象牙塔里的学者们往往会有一些不优雅的甚至令人啼笑皆非的举止。知识分子被认为迂腐、羞怯、笨拙，被认为同典雅的风度无缘。可是，假如优雅的风度也需要智力的话，那么这些敏捷的学者们立即就会展示出他们最为高雅的风度。令人惊奇的是，正是这些知识分子成了社会规则的制定者。当我们认为一个人无所作为而对他感到失望的时候，那只是因为他还没有找到适合自己的位置罢了。一旦将他放在了社会上一个适宜的地方，人们便会从他的身上看到极为优秀的品格，而他也将会取得丰硕的成就。在画廊里，绘画作品的摆放问题是至关重要的。社会也是如此，你选择什么样的人生位置，对于你的未来将起着决定性的作用。环境是一个重要的因素，只有当人们与适合自己的伙伴们相遇的时候，生活才会变得美妙诱人、丰富多彩起来。

有的人能够一呼百应，而有的人却无一人追随；有的人充满智慧、红光满面、魅力四射；而有的人却面色阴沉、声音喑哑、言语恶毒，有时候甚至会暴跳如雷。阴沉严苛的举止与和蔼亲切的风度之间的这种巨大差别，就像一位八十岁的老翁同一个稚气未脱的少女之间的差别一样。

三

　　风度可以将一个人的心灵与性格显露无遗。一个人无时无刻不在以其气质、身段、姿势、风采、脸庞、局部的表情来透露其性格与思想，就像时间总要将自己的流逝用钟表上指针的走动显示出来一样。或许我们多数人对于人们举止里的这些微妙的变化都过于迟钝、不大注意，可是有一些人却对此十分的敏感。吉卜赛人便能够根据一个人的表情和行动立即判断出他今天的运势如何。美国政治学家富兰克林这样告诫青年人：不要在你囊中羞涩的时候去同你的债主谈论有关还债的事情，因为，他会从你的言谈举止里看出你的窘迫，然后便会像对待一个乞丐那样对待你、甚至侮辱你。你应该努力地工作，再忍受一段时间的穷困，等到你的境况好转的时候，你再去见你的债主，用一种不卑不亢的口气同他交谈，而这时候他便会对你予以尊重了。

　　如今，我们都希望通过举止来显示出自己的高雅和风度翩翩。可是，我们美国的青年人太过急功近利了，无法做到轻松自如。甚至可以说，我们所处的这个社会就不是一个能够产生高尚行为、优雅风度的社会。对名利的疯狂追逐，使我们不得不承受太多的痛苦。只有抛却身外的浮华，方能达到高雅的境界。

四

  自制是雍容典雅的风度的基础。圣鞠斯特①说过："保持平静，你便能够征服所有的人。"年迈的法国外交部部长塔列朗也说过："一位绅士首先要做到的，便是头脑不要发热。"

  为什么在公众场合你会正襟危坐、道貌岸然，而在家里时却又是另外一番模样呢？假如从风度形成的角度来看，基督教贵格会教徒的习惯或许是最为可取的：每日三餐之前，他们都会默默地祈祷。这一习惯能够让人停下嬉闹，给自己留出一段时间来进行自我反省。如果我们也加以仿效的话，就会发现，我们的某些行为举止是多么的野蛮和粗俗——诸如勃然大怒、牢骚满腹、大惊小怪等等。

  避免夸大其词是培养优雅风度的另一个重要原则。当一个人竭力地对他人阿谀奉承、盲目崇拜的时候，他便会逐渐迷失自我，而他的风度也将会荡然无存。一个人可以通过激情和自信让自己摆脱低俗、走向高雅。为什么你要重复别人的观点，而不敢说出自己的想法呢？大胆地说出你的看法，不要害怕会出差错，因为，态度会比观点的正确与否更为重要。

  自控也是风度培养过程中一个不可或缺的方面。肉体的欲望常常会对你原本平静的心灵发起冲击，但你必须要压制住这一本能，并且将该能量转化为美好的事物，转化为一种能够推动高雅风度形成的力量。我们可以以笑声为例：人类经过了很长时间的进化才将吱吱尖叫或大声咆哮变成了优雅的微笑。切斯特菲尔德勋爵说道："我相信，既然我运用了我的理智，因此就没有人会听到我不雅的笑声了。"我们在生活中常常会面临着文明与野蛮的激烈冲突，我们那智慧的头脑里偶尔也会闪现出粗俗的念头，令我们防不胜防，所以，我们某些野蛮的原始本性应当在文明的进步过程中受到越来越严格的限制。

---

  ① 圣鞠斯特，法国大革命时期的雅各宾派成员之一，罗伯斯庇尔的助手，在热月政变中被处死。

既然讲到了这里，那么我还需要对人类的穿着也来说上几句。穿着能够很好地展示出人类文明的演进过程。穿衣戴帽其实包孕着深刻的道德含义。当一个年轻的欧洲移民经过了一个夏天的辛勤劳作，终于穿上了一件新衣的时候，他所穿上的不只是一身新衣，这身崭新的衣服让他意识到，从此以后他的举手投足也必须同这身衣服相配，于是他的行为举止便得到了潜移默化的改善。当然，有些人并不需要通过穿着来显示出自己的风度，比如一位国王或者将军便不必借助一件漂亮的衣服来凸显自己那显赫的地位。

假如一个人风度优雅、智慧过人，他反而很有可能在穿着方面不大讲究。只有当他的思想处于休眠状态的时候，他才会去注意一下自己的穿着。如果知识分子以及那些具有高尚情感的人们在穿着方面稍微在意一些的话，那么他们肯定会在服饰上穿出自己的风格，展现出独特的风度，并且成为旁人艳羡和竞相模仿的对象。可是，如果一个人缺乏坚定的意志和敏锐的感知力的话，那么他应当去一家高档的时装店把自己好好打扮一番。因为，精致华丽的服饰能够帮助他消除内心的不安，能够让他从外表中获得一份额外的自信。衣着为他设立了一道在社交中具有决定作用的壁垒，从而使他在以往或许是乏味和尴尬的谈话里变得谈笑风生、挥洒自如。我曾经听过一位夫人说过这样的一句话："一身漂亮精美的衣服能够让我获得一种心灵上的宁静，这种感觉甚至是宗教都无法给予的。"

风度的形成绝不仅仅只是衣着的得体和形体的适宜，这些仅仅只适于肉体的观察，我们还需要更为重要的东西，即思想与灵魂。我们需要知识、需要友谊、需要美德。幸福需要智慧的相伴，需要诚实的行为与优雅的风度。我们应当以理智和真诚的态度来与他人交谈，并且将他人作为反观自我的一面明镜。在生活中我遇到过一些品质优秀、修养良好的人。与他们交谈以后，你会发现，他们的举止是那么的安详，风度是那么的优雅；他们的生命是如此的丰富多彩，但却不带有任何的偏见、阴暗和怨天尤人。

爱默生
散文精选

五

　　风度在塑造人们举止文雅的过程当中所具有的重要作用，每一天都在得到验证。曾经的莽撞之辈，如今已经不再莽撞了；曾经的平庸之人，如今却渴望获得那些属于高雅阶层的文化状态。

　　当我们想到风度所具有的那种令人信服以及令人愉悦的力量；当我们想到风度是如何使一个人受到他人的欢迎；当我们想到风度是如何决定了一个雄心勃勃的年轻人的命运；当我们想到风度所传达的是一些多么宝贵的经验以及多么鼓舞人心的性格象征；当我们考虑到这一切的时候，我们就会看出这个论题的涉及面是多么的广阔，就会了解风度与力量和美具有怎样的关系。

　　我曾经见到过这样的情形：风度可以犹如美丽的容貌一般，给我们留下美好而深刻的印象，给我们同样的愉悦感受，并且使我们变得文雅高尚起来。而且，在一些难忘的经历中，风度会突然显得比美貌更为美好，从而令美貌显得多余甚至丑陋起来。不过，要想辨识出这种风度，就必须要熟谙真正的美，并且对其有着细微的感受力。这种风度一定会始终表现出一种自我克制：你不可假意迎合、低声下气，或是口风不严，你应该管束好自己的措辞；你的一举一动都应该显示出一种处于静止状态的力量。此外，这种风度必须由美好的心灵来加以激发。一个人若是怀有在人们的身边播撒欢乐而非播种痛苦的愿望，那么他就拥有了一位修饰面容、形体或者行为的最好的美容师。为一位陌生人提供一餐饭或者一夜住宿，无疑是一种善行。而热情地对待一位伙伴的善意和思想并且对其予以鼓励，则是一种更大的善行。我们不需要考虑特殊的箴言，因为，善行已经将所有的箴言都包含在内了。

六

　　每一个社会都需要有一个优等的阶层来保证它的正常运转。这一

阶层是由那些英明、温和、勇敢、光明磊落的人们所构成的，并辅之以尊严和成就来为其增光添彩。每一个国家都希望能够拥有这样的一个阶层，并且用自己不同的方式来促成该阶层的产生，使之为国家效力。在欧洲，无论是古代还是现代，各个国家都在通过由子嗣继承所形成的贵族世袭制度来竭力地保证一个较为优等的阶层的存在。然而，这一体制在近代却受到了普遍的质疑。尽管这套制度确实能够巩固家庭、维系传统习俗、让优秀的文化得以存续并且保持历史的连续性，可是，人们却无法保证一位英雄的父亲就一定会生下一个英雄的儿子，更无法保证会有一个英雄的孙子。而财富和安逸容易诱人堕落，这却是一个不争的事实。

在许多乡镇和城市里，我们都可以看到一些拥有公共意识的人。他们在教堂、学校或者其他的公共场所里提供着无偿的服务。我们中的有些人是在旧式学校里接受英国式的教育，所以他们会较有绅士风度。虽然我们有些人曾经见识过这群绅士，可是我疑心他们多已不复存在了。我们更为常见的，是那些急功近利、轻率浮躁的人。令我感到欣慰的是，这一令人忧心的状况正在发生着改变。我们又能够在周围看到一些风度优雅的人了。这些人浑身散发着无穷的魅力：他们有着坚强的意志、充实的心灵、悲悯的情怀、敏锐的洞察力以及温文尔雅的举止。无论走到哪里，他们都能够给人以美的享受。他们是最优秀的交谈者，他们是人类中最高贵的分子。假如这些人能够成为社会的中坚力量，那么这个国家一定会变得十分美好的。

我们制定法律来规范人们的生活，可是，每一天生活里都会有大量的违法现象发生而令我们烦恼不已。所以，我们必须要学会忍让和做出一些牺牲。良好的举止便是由这些小小的牺牲所构成的。

言谈、举止、劳动以及公共行为，构成了我们这个文明社会的基础。我们的社会中有太多的遗憾、太多需要完善的地方，可是我相信，等待我们的，一定会是一个更加美好的社会；良好的教育、高尚的生活以及优雅的风度，一定会为所有人所拥有。

礼貌

一

在现代历史上，还有什么事情能比绅士的造就更加引人注目的呢？那便是骑士精神，那便是忠诚。在英国文学中，一半的戏剧以及全部的小说，从菲利浦·西德尼爵士到沃尔特·司各特爵士，所描绘的都是这一类的形象。"绅士"一词就像"基督徒"这一词语一样，赢得了人们对它的普遍重视，表达了对某个人所具有的那种难以言传的特性的敬意。人们之所以会对这一词语具有持久的兴趣，必定是因为它代表了某些极为宝贵的特性。

绅士应该是一个实事求是的人，是一个能够支配自己的行为的人，并且将这一支配能力表现在自己的举止中，而不是用依赖和屈从他人的意见或他人的财产的方式表达出来。除了诚实与真正的魄力这一事实外，"绅士"一词还意味着温厚和仁慈。首先是侠骨，然后才是柔肠。在有关"绅士"的流行观念中，当然还得加上安逸富有这一条件。不过那是个人力量与仁爱的自然结果，因为他们应当拥有并分配这个世界上的财产。

二

按照流行的观点，要成为一位绅士，一笔丰厚的财产是必不可少

的。其实，最为基本的，并非是金钱，而是那种广泛的亲和力。因为，亲和力可以超越集团和阶级的壁垒，使各个阶层的人都能够感受到。苏格拉底、伊巴密浓达便是血统最为高尚的绅士，他们选择了贫困，尽管他们完全可以得到富裕。

在没有教养的人看来，彬彬有礼是令人生畏的，它是一种回避和恫吓的防身术。然而，一旦对方的技巧能够与之相抗衡，那么它就会立即垂下剑刃——其锋芒与壁垒都顿时消失了。这时候，青年人会发现自己置身于一种更加透明的氛围中，在那里，人生是一场较为得心应手的比赛，参赛者之间不会出现任何误会。礼貌的目的旨在促进生活，消除障碍，使人精神振奋、活力倍增。它有助于我们的行为和交际，就好像铁道有助于旅行一样，因为它排除了路途上一切可以避免的障碍，令人际交往的空间畅通无阻。这些礼仪很快被固定了下来，而良好的礼貌意识也随着人们的日益重视而得到了培养，于是，它就成了一种社会与文明等级的标志。风尚就是这样逐渐形成的，它强大无比、怪诞无比、也琐碎无比，人们对它既敬畏之至又趋之若鹜，无论是道德抑或暴力对它发动攻击，都会徒叹奈何。

人际交往最首要的要求便是实在。如果两个陌生人在经由第三方的彼此介绍之后，能够定睛对视，紧紧握着对方的手，想要记住对方的特征，那么这真是皆大欢喜啊。一位绅士绝不会躲躲闪闪，他的双眼会正视前方。可惜，人类似乎具有一种躲闪的天性，他最害怕的，莫过于和自己的同类对视，难道不是这样吗？教皇派往巴黎的使节——红衣主教卡普拉拉便曾经为了躲避拿破仑的目光而戴上了一副非常大的绿色眼镜。拿破仑注意到了这一情形，于是立即设法令他摘下了眼镜。然而，反过来，尽管有八十万大军作为后盾，拿破仑也同样不敢面对一双生来就自由的眼睛，而是用礼仪将自己团团围护了起来。我们从斯塔尔夫人那里得知，一旦拿破仑发现有人正在注意自己的时候，就会立即摆出一副毫无表情的面孔。然而，皇帝和富人绝不是讲求礼貌的大师，地租账簿和花名册都无法使偷偷摸摸、遮遮掩掩显得威风凛凛。礼貌的首要之点便是真诚，因为，各种良好的教养都强调这一点。

三

我刚刚在阅读由赫兹里特先生所翻译的蒙田的意大利旅行记，最令我欣赏的，莫过于当时崇尚自尊的时代风尚。由于是一位法国绅士的大驾光临，所以，他每到一处都会成为一件大事。无论他走到哪里，只要途中有哪位王子或知名绅士居住在此，他都会前去拜访，他将此视为对自己和对文明所负有的责无旁贷的义务。如果他在哪一座宅第里住宿过几个星期，那么，临走的时候他便会命人将他的盾形徽章油漆一遍并且悬挂起来，以作为该宅第的一种永久性的标注，因为这是一种绅士的习惯。

作为这种优雅的自尊的补充，作为良好教养的各种特点的补充，我认为，最需要强调和坚持的一点就是尊重。我希望每把椅子都成为宝座，上面所坐的都是君王。我对君子之交的喜爱胜过过于亲密的友谊，让我们彼此之间不要太过熟稔。在一个人进入他的房子之前，我倒情愿让他先穿过一个摆满了英雄和圣徒的雕像的厅堂，这样他就能够得到一种宁静与镇定的启示。在天地万物之中，我愿意拥有一座无人侵犯的孤岛。让我们像众神一样分席而坐吧，在环绕着奥林匹斯山的一座座山峰上遥遥相望，侃侃而谈，这是一种让对方保持亲切的迷迭香。爱人们应当保持相互之间的陌生感，假如他们过分宽容，那么一切就会滑入混乱与鄙俗的境地。要将这种尊重推向一种中国式的礼仪并不困难；但是，冷静恬淡、从容不迫，才是品质优秀的表现。绅士沉默如山，女士则平静似水。

四

礼貌之花是经不起拨弄的，然而，假如我们敢于再展开一片花瓣来研究它的构造的话，那么我们就会发现一种智力上的特点。通常，缺乏礼貌就等于缺乏一种美感，缺乏一种对优雅的感知能力。相对于精致优美的姿态和习俗来说，人的质地则未免太过粗糙了。对于良好

的教养而言，仁慈与独立精神的结合仍然是不够充分的。在我的同伴们中，我们迫切需要一种对美的感知与敬意。在田野和工厂里，还需要一些其他的美德。然而，在与我们行并肩、坐并股的人中间，一定的品位和情趣却是必不可少的。我宁肯同一个不敬重真理和法律的人一起用餐，也不愿意和一个衣冠不整、难登大雅之堂的人一同吃饭。尽管道德品质主宰着世界，然而，在近距离之内，感觉却处于支配地位。

　　精力充沛的阶层的普遍精神就是明智，当行则行，当止则止。它具有每一种天赋才能。爱好社交便是它的天性，因此，它尊重一切有利于人们团结的事物。它喜欢分寸。对美的热爱，主要就是对分寸与和谐的热爱。那种动辄尖声喊叫、言辞偏激或者面红耳赤的人，会把整个厅堂的人都吓得作鸟兽散的。假如你想获得人们的爱戴，那么就热爱分寸吧。在对分寸的把握上，如果你愿意藏拙，那么你就一定禀赋不凡或者将会大有作为。社会对于天才和有特殊才能者往往会宽容有加，然而，由于社会在本质上是一个集体，因此它热爱一切具有集体性质的事物，或者属于集合起来的事物，这就形成了礼貌的优与劣，也就是促进或者阻碍友谊的事物。因为，风尚的明智并不是绝对的，而是相对的；不是个人的明智，而是交朋结友的明智。它憎恶性格中的阴鸷、暴戾与刻薄；它讨厌争强好辩、自高自大、任性妄为、孤僻冷漠、郁郁寡欢的人；它憎恨所有对和睦融洽有所妨碍的事物。同时，它重视一切使人精神振奋的特性，因为这些特性与美好的友谊是协调一致的。除了全面灌输提升文明的智慧外，智力的光辉为社会的规则和信誉增添了最辉煌的光彩，因此，在优雅的社会中，它永远是受欢迎的。

五

　　要想在社会上取得成功，就必须要具备一定的热忱和同情心。如果一个人在群体中郁郁寡欢，那么他就无法在记忆中搜寻到适合这种场合的只言片语。如果一个人在这一场合中兴高采烈，那么他在每一次谈话中就都能够找到畅所欲言的机会。那些社会的宠儿，即被社会称之为具有"完整灵魂"的人，都是一些能人，是一些既具有智慧、更富有精神的人。他们没有令人不快的自高自大，然而，他们确实能够使那一段时光过得十分充实，也能够令在场的人们都感到充实，无论是婚礼还是葬礼，舞会上或是陪审团中，水上聚会或是射击比赛，他们都可以不仅做到让自己心满意足，而且也能够使他人感到满意。

  从最高的层面上来说，形形色色的礼貌都表现出了一种仁爱的精神。倘若这些礼貌从自私自利者的口中表现出来，用作牟取私利的手段，那会如何呢？倘若伪君子的连连鞠躬将真诚从世界上葬送掉的话，那会如何呢？倘若伪善者一个劲儿地向同伴彬彬有礼地讲话，令其他的人没有插嘴的机会，从而使他们感到被排除在外，那会如何呢？仁慈的感情最终会将上帝的君子和时尚的君子区分开来，这是无法掩饰的。

  总是有一些衣着朴素却又令人钦佩的人，从码头上跳入水中去营救那些溺水者。还有那些慈善团体的发起人，那些为逃亡的奴隶充当向导并且向他们给予安慰的人，那些对波兰的犹太人以及希腊的独立运动予以支持的人。总有那种热心地栽种好树木以便让子孙后代乘凉摘果的老人，还有那种尽管身负恶名却能自得其乐的正义之士，有那种以富有为耻、急于将自己的钱财赠予他人的热血青年。所有这些人都是社会的良心，都是社会的中流砥柱。他们就是风尚的创造者，而这种风尚便是构成行为美的一种努力。

  美丽的形体胜过美丽的面容，美丽的行为又胜过美丽的形体。比起雕刻和绘画来，它给予人们的乐趣要更为高尚，它才是艺术中的极品。在自然万物当中，一个人只不过是一个渺小的事物，然而，就他的面容所焕发出来的道德气质而言，他可以消除一切重大的顾虑，因为，他的礼貌可以与世界的威严相抗衡。

  任何称之为风尚以及礼仪的事物，在荣誉以及尊贵的创造者、即爱心的面前，都会自惭形秽。仁爱之心，犹如一团火焰，能够战胜并发展一切接近自己的事物。

  什么是富有？难道你富有得足以帮助任何人吗？难道你富有得足

以使那些瘸腿的乞丐、神志不清的患者、疲惫不堪的打工者们都能够在凄凉和冰冷中感受到你那与众不同的高贵仪态吗？难道你富有得足以使他们能够感觉到你是以一种满怀希望的声音在迎接着他们吗？假如没有一个富足的灵魂，那么财富就只不过是一个丑陋的乞丐。那位在王宫门口风餐露宿、一贫如洗的奥斯曼，却比施拉兹的国王更为富足。因为，奥斯曼是如此的宅心仁厚，尽管他的言语唐突，尽管他不太拘泥于《古兰经》中的教义。但是，那些无家可归的人、行为古怪的人、精神错乱的人、得意猖狂的人，莫不向他投奔而来——在这个王国里，他那颗博大的心灵，就犹如太阳一般温暖人心，将那些受苦受难的人们吸引到了自己的身边。难道这不是富有吗？难道这不是一种真正的富有吗？

谈话

一

真诚而愉快的谈话能够令我们力量倍增，这一点是毋庸置疑的。当我们将自己的想法与感受告诉他人的时候，我们自己也从与他人的交流当中获得了乐趣，我们的思路也变得更加的清晰了。有时候，倾听会让我们变得更加的睿智。人与人之间的交流是上帝赋予我们每一个人的才能和礼物，我们应该要充分地加以利用。有位智者曾经说道："所有我所认识的人，你也能够认识。"这句话的意思是说：他不需要费力地去将自己所认识的人介绍给第三者，因为，假如他们彼此之间有好感的话，那么他们自然会走到一起的，不必他去从中引荐。人与人的心灵应该是相通的，真正的朋友之间，必定有某种相互吸引的东西存在。

语言的诞生揭开了人类文明的帷幕。语言是一种巨大的力量，一种能够说服他人的力量，一种改变的力量，也是一种催生的力量。语言能够改变你对一个人的看法。运用语言，你可以成为美好与高尚的使者。

二

女性是谈话艺术的主角。倘若你回忆一下过往的生活，你的头脑

中将会浮现出一些优秀的女性的形象。她们的谈话艺术是何等的高超；她们的声音是何等的悦耳动听，胜过了一切优美的歌声；她们用语言传达着自己的真诚、个性、智慧与情感；她们妙语连珠，使谈话增添了迷人的光彩。她们不仅自身充满了智慧，而且也让我们变得睿智起来。不从女人那里学习，你就无法成为一名谈话的高手。她们的风度与灵感，是你成功的根本。英国作家斯梯尔这样评价他的情人："爱上她，使我在语言的运用上受益匪浅。"英国诗人申斯通也对女人所具有的这种影响力进行了精彩的描述："她有着这个世界上其他任何女人都无法与之相媲美的才能，这是一种智慧的力量。她能够使一个傻瓜妙语连珠，她能够拨动人们爱的心弦，她能够使毫无生气的肌体焕发出勃勃的生机。"柯勒律治也将有教养的女人比喻为"英国纯洁精神的守护人"。

法国女作家、文艺理论家斯塔尔夫人，被公认为是她那个时代最杰出的社交家，要知道，那个时代中显赫的男人和女人可以说是不计其数。她与英国、法国、意大利和德国的许多著名人物都有书信或社交的往来。斯塔尔夫人认为，只有语言的交谈才是最具有价值的。她同法国小说家、政治家本杰明·贡斯以及德国文学批评家、语言学家施莱格尔之间的交谈便能给人以惊心动魄、荡气回肠的感受。他们在谈话中亢奋不已，如痴如醉，以至于达到了一种将天气的恶劣与道路的泥泞完全忽略不见的忘我境地。德塞尔夫人曾经说道："假如我是王后，那么我就会命令斯塔尔夫人每天都必须同我聊天。"

三

交谈可以填平人与人之间所有的鸿沟，可以弥补所有的缺陷与不足。关于曼特农夫人[①]有这样一则有趣的轶事：有一次晚餐的时候，侍者走到她的身旁说："请再讲一则趣闻吧，因为，今天的烤肉已经没有了。"可见，优美的语言甚至能够抵挡饥肠辘辘的折磨。

---

① 法国国王路易十四的第二任妻子。

假如你想成为语言的巨人，那么就不要做行动的侏儒。谈话的最大益处，并不在于炫耀，并不在于征服你的对手——那样只会使你除了自诩以外一无所获——而是要去发现比你懂得更多的人，与他争论，直至完全被他说服，甚至由此毁掉你辛辛苦苦建立起来的所有知识架构和逻辑体系。这并不可怕，你必须要铭记：失败乃成功之母。只有经历了这样的失败，你才能够汲取对方的思想精髓，才能够运用曾经将你击败的艺术和手法去战胜对手，这也就是所谓的"以其人之道还治其人之身"。尔后，你便能够在交谈的领域里游刃有余、纵横驰骋。

四

态度和语气是交谈中至关重要的因素。让我们不要将目光仅仅停留在谈话的内容上面，而应当留意一下谈话者的姿态。假如我们承认交谈比沉默更为优雅的话，那么，美好的感觉便是交谈成功的一半。当有人来拜访我们的时候，为了显示出热情与友好，我们常常会愚蠢地东扯西拉、信口开河。然而，这种谈话却是毫无价值的。我们也千万不要摆出一副咄咄逼人的架势，这会令我们的交谈毫无优雅可言。我认识的一位夫人说道："与其说我对人们说话的内容感兴趣，不如说我对他们的说话方式要兴趣更大一些。"

与人交谈最为重要的，便是要说出你最真实的东西。正如牛顿所说的那样："事实能够战胜一切。"当毛雷纽克斯尝试着用地轴转动这一发现来推翻牛顿的万有引力时，艾萨克只是淡淡地说道："或许你的想法的确有一定的道理，可是却毫无实验和事实的根据。"

不过，生活里也存在着这样一些人，他们很少用言语来向人表达自己的真实感受，在大部分的时间里，他们都沉默不语，没有受过教育的乡野村夫或者某些性格孤僻的人便属于这一类型。当你与他们在一起的时候，他们的寡言少语会让你难以忍受。这些人偶尔也会说出一两句惊人之语，可是，大多数时候，他们都可怕地沉默着。

我们总是去谈论成功，但是，什么时候我们会去谈论真实、舒适以及愉悦呢？深刻的洞察力和理解力、卓越的才能、真实的洞见，以

及道德上的正直端庄，应当在人们的言谈举止当中占据核心地位。可惜的是，我们却总是同沉闷乏味、吹毛求疵以及自相矛盾的话语纠缠不清，白白浪费掉了我们大量的时间和精力。

此外我们还应注意，同人开玩笑务必要掌握分寸感。适当的幽默就如同饭里的作料一样，可以让我们的生活更加的轻松和愉快。然而，过量的或者不适当的作料却会糟蹋掉一顿美餐。不要开那些空洞无聊而又令人尴尬的玩笑。一旦你的玩笑让你的同伴感到不快甚至觉得受到了羞辱，那么你的处境就不妙了。真正的妙语佳句是令人心领神会并且回味无穷的。

在与人的交流当中，我们要尽量回避那些消极的方面。永远不要用你的痛悔或者对社会和政治统治的阴暗观点去无谓地增加他人的烦忧。即使你认为谈论疾病是无伤大雅的，但你也应该尽可能地去避免这一危险的话题。要知道，你在不经意之间所说的话，很有可能会使那些正在为自己的健康过分担忧的人们感到忧心忡忡甚至耿耿于怀。

餐桌上有一条规则，这便是完美性，即我们应当尊重每一位客人，应当让每一个人都感到舒适和满意。过分亲近一两位客人而疏远其他的客人，是一种极其不恰当的做法。我们在言谈举止中要遵循以下规则：不要扰乱他人房间的秩序，不要在背后说他人的坏话，不要当众询问他人的花费，不要侵犯他人的隐私。

在开口谈话以前，我们应当经过一番深思熟虑，避免去重复他人的观点。先思考一下自己想要说什么，假如还没有考虑清楚的话，那么索性什么都不要说。人们所关注的，是你传达出来的真正信息。当人们向你征询意见的时候，他们所希望的，并不是你手忙脚乱地去临时想答案，而是希望你能够凭借自身的经验与智慧去解决所面临的问题。我们应当避免卖弄自己的学术以及那些无谓的争论，因为，那些真正善于同人交谈的人，并不是在说出一个一个的词语，而是抓住问题的核心。

最后我们要谨记的是：风度第一，交谈第二。要知道，假如生活里没有了风度，那么也就没有了交谈的可能。

举止

一

表达灵魂的重要载体当然是清晰明畅的语言，但它也同样醒目地表现在生命肌体的仪态、动作和姿势当中。这种无声而又微妙的语言，就是我们的行为举止。

生命是一种表达。一尊雕像不会言语，也无须言语。一个优美的舞台造型，不需要借助任何华丽的辞藻来加以解说。身体浑身上下都是舌头，不经意就会泄露你的秘密，你的形体、姿势、风度、面容以及整个有机体的行为，都在述说着关于你的一切。

在生活中，无论做什么事情，都会有某种最佳的方式，比如煮鸡蛋时火候的掌握便很有技巧。行为举止即是一种最佳的处事方式。每一种行为举止，重复再三，即会成为习惯。在日常生活的大浪淘沙中，许多处事方式都逐渐地被淘汰掉了，它们当中只有很少的一部分在对自身的每一个细节进行不断地修饰和完善以后，获得了人们的普遍接受，从而成为了广泛流行的行为举止。

二

行为举止的力量可谓取之不尽、用之不竭。而且，假如运用得当，

那么它便能够发挥出巨大的力量。在任何国家，高尚的精神与高贵的气质都是无法冒充的，封建王国如此，共和制和民主制的国家也是这样。谁也无法抵挡高贵的影响。在一个文明社会中所习得的某些行为举止，有着非同凡响的威力。一个人只要具有了这些文明的行为举止，他就必定会处处受到欢迎和尊重，尽管他或许并不美丽、并不富有、也并非是天才。教给一个男孩高雅的谈吐与各种技艺吧，这样你就赋予了他一种无论走到哪里都可以掌握权力和财富的能力。让我们把那些生性腼腆、喜欢退缩的女孩子们送到寄宿学校、马术学校、舞厅或者任何一个可以让其结识和接近那些具有影响力的人物的地方去，在那里，她们可以亲自感受并且逐渐学会高雅的谈吐。

在人类历史的早期，当人们的道德观念还不太成熟的时候，行为举止的作用是极其有限的。尽管如此，但那毕竟是人类文明的开端，我的意思是说，它能够让我们彼此相互宽容和谦让。我们之所以会珍视优秀的行为举止，是因为它对人性具有初步塑造和去污的力量，从而使人们脱离四足动物的状态，为他们荡涤污垢，裹上衣装，使他们直立起来；它可以帮助他们蜕去动物的茧壳与习性，迫使他们保持洁净和清新；它可以威慑他们的恶意与卑劣，教导他们抑制卑鄙的情感而选择宽容的情绪；它可以让他们懂得，宽厚的情感和慷慨的行为要远比他们过去的所作所为高尚，并且令人感到愉悦。

法律对于那些不良的行为举止是鞭长莫及的。我们的社会里寄生着大量粗俗、玩世不恭、不安分和轻浮的家伙们。然而，由公认的社会观念凝结而成的良好行为举止却可以影响这些不良之徒们，发挥对于社会的调节作用。那些在公开场合以及私下里对社会规范持反对意见的人以及牢骚满腹的抱怨者们，犹如一条狗那样冲着所有的路过者大声狂吠。我曾经见过这样一些人，每当你反驳他们或是说了一些他们无法理解的东西时，他们就会像一匹马那样嘶鸣不已；还有那些鲁莽的人，他们会不请自来地出现在你的壁炉旁；还有那些喋喋不休的饶舌者以及那些自怨自艾的人。凡此种种，都是社会的祸害，即使是法官也无法对其进行医治，无法保护你免受其害。这些祸害必须交由习俗、谚语以及行为准则的限制性力量去加以管束。

爱默生
散文精选

在密西西比，几乎所有的旅馆手册里都写有这样一条要求："请绅士们务必衣着整洁地在公共场合就餐。"就连教堂的座椅上也贴有恳请礼拜者切勿随地吐痰的告示。我认为，这一课并没有全然白上，它将当地人恶劣的行为举止暴露了出来。其实，我们原本无须在阅览室里贴上一条告示，告诫人们不得在室内大声喧哗，更无须提醒那些观赏大理石雕塑的人们切莫用拐杖敲击石像。然而，即使是在那些文明程度最高的城市里的艺术馆和国立图书馆里，这一类的告示也并非完全多余。

三

在人类行为举止的演变历史上，一个主要的事实便是，人的身体成为了一种无与伦比的表达方式。身体犹如一台外罩透明的钟表，里面的所有机械装置都一目了然。一位智者能够从你的表情、步态以及言谈举止中洞察出你的个人历史。整个行为举止的本质在于表达。人们喜欢观看那清澈如镜的日内瓦湖面，因为它让人们清楚地看到了自己的一言一行在湖中的倒影。人本身也是如此。表情和目光足以透露出一个人内心的所思所想，足以反映出他的年龄状况，足以显示出他的人生目标与追求。

人的眼睛完全受头脑的支配。当我们陷入深思的时候，目光就会定格在远方的某一处；当我们列出法国、西班牙、土耳其这些国名的时候，每念出一个新的名字，眼睛就会眨动一下。目光是举世通用的语言。眼睛与舌头在人际交流的过程中发挥着同样重要的作用。不过，一个人的眼睛所表达的是一回事，而语言表达的却是另一回事。我们可以从一个人的目光里读出他是否所言非实、言不由衷。

如果说人的视觉器官是如此有力的生活媒介和工具，那么，人的其他面部器官也具有各自的功能。一个人面部那仅仅只有几平方英寸的狭小之地，却可以显示出他的全部个人历史以及内心的欲求。一位雕刻家会告诉你说，在一个人所有的体貌特征当中，鼻子占有极为重要的地位。鼻子的形状可以鲜明地反映出一个人的意志是柔弱还是刚

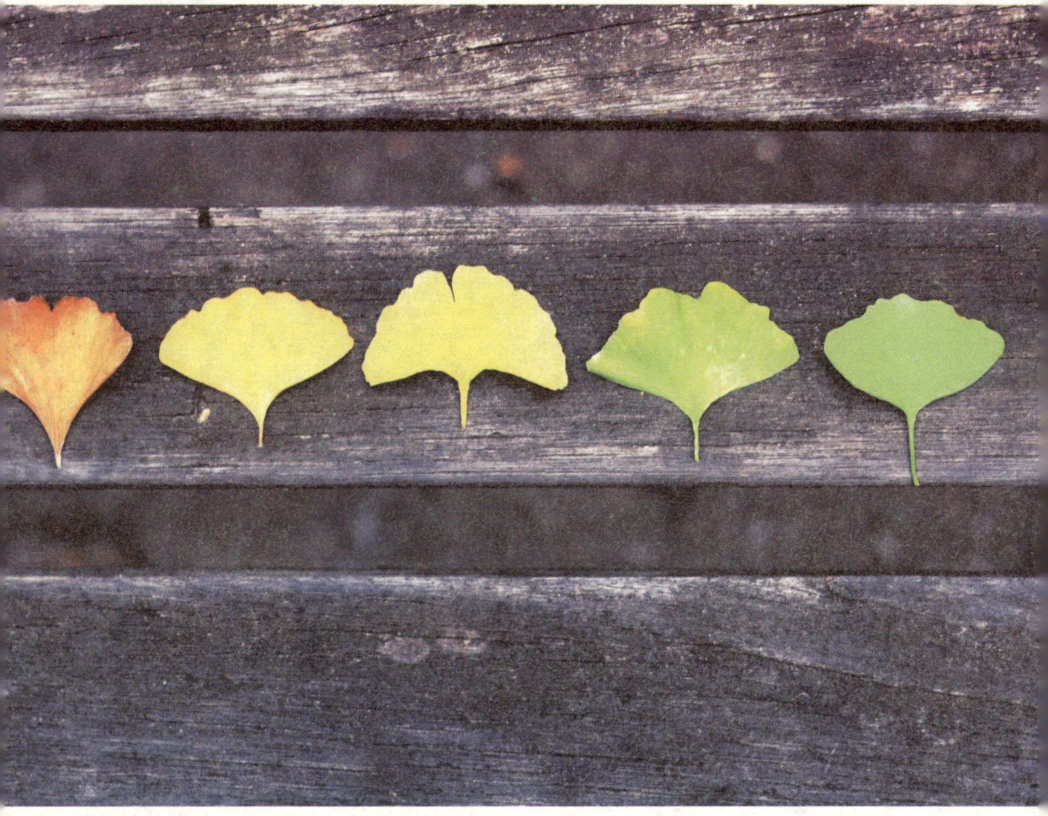

强，脾性是温和还是暴躁。恺撒、但丁和皮特等著名人物便长有一只鹰钩状的鼻子。牙齿也是十分精致的造物，它可以传达出丰富的内容。一个聪明的母亲会告诫孩子们说："小心别笑得太厉害了，因为笑会让你所有的缺点都暴露无遗的。"

在法国作家巴尔扎克留下的手稿中，有一章的标题为《步态的理论》。作家在这篇文章里说道："面容、声音、呼吸，以及行走的姿势或者步态，能够在同一时间、以不同的方式表达出人们的思想。但是，由于人们还没有具备同时看守住这四种不同表达方式的能力，所以，你只需要注意观察其中袒露出真相的那一种方式，你就会了解他的整个人。"

四

我们之所以会对宫廷抱有兴趣，主要是因为它能够展示出另一番景象。当那些骄奢淫逸的上流阶层寓居在宫廷里的时候，他们的言谈举止就会升华到一个较高的艺术水准。宫廷里有一句格言："行为举止即力量。"对于一位朝臣来说，沉着镇定的举止、优雅的谈吐、细节的修饰，以及善于掩饰一切不悦感受的艺术，都是他必不可少的基本素质。

行为举止可以显示出真正的力量，因而能够给人留下深刻的印象。一个目标明确的人，总是会表现出豁达与满足，关于这一点，每个人都可以从他的行为举止中读出一二。但是你却无法通过训练使一个人立竿见影地具备某种气质和行为举止，除非那种行为举止是其天性的自然流露。假如一个人出于某种自私的目的在做着某件事情，那么他的眼光里就会流露出功利的色彩；而当他无私地做着奉献的时候，他的眼光便会洋溢着爱的温馨。古往今来，都是如此。

凡事若是为了装点门面，那么在人们的眼中就只是为了装点门面。当我们走进一所房屋的时候，假如主人局促不安、唯唯诺诺，那么，即便他的房屋再宽敞、庭院再美丽，也将毫无意义。相反，如果这位主人镇定自若、举止得当的话，那么，他的房屋就会如天宇一般的轩

爱 默 生
散 文 精 选

敌。即使那实际上只是一间简陋的屋子，即使那位主人只是一个衣着朴素的普通人，你也会觉得他身材伟岸，犹如埃及巨人一般的威严。

自立是举止的基础，因为它是力量不至于在过多、过滥的炫耀中被耗费掉的保障。在这个学校教育极为普及的国家里，我们有一种肤浅的文化。我们大量地阅读、写作和表达，我们在诗歌和演说中炫耀着自己的高贵，但却没有将这种高贵逐渐转化为一种幸福。古往今来一直都有这样一句至理名言，只有那些能够领悟到它的人才可以聆听得到："凡事若只有你一个人知道，那么它就必定具有极大的价值。"雅各比说："当一个人淋漓尽致地表达完自己的思想以后，那么思想也就或多或少不再属于他了。"这是一条定律：一个人只有在迫不得已、非说不可的时候所说的话，才有助于我们和他自己。然而，一旦他敞开思想的目的只是为了炫耀，那么他的思想就会使他腐化堕落。

社会犹如一个大舞台，而各种行为举止便是这个舞台上的一幕幕演出。我们发现，有些人将行为举止有机地融入到了自己的生活之中，而有些人则成为了各种行为举止的附属品，他们整天沉迷于对各种行为举止的追逐和模仿中。所以，前者上演的是一出精彩的剧目，而后者上演的则是一场拙劣的表演。

经验

一

  我们从哪里寻找到自我？是在我们不知道它的极限、并且也深信它根本就没有极限的极数里。一觉醒来，我们发觉自己正站在阶梯上；往下看去，有许多级的阶梯，我们似乎就是打那儿登上来的；朝上望去，也是许多级的阶梯，它们越升越高，似乎没有尽头。然而，那位自古便有的守护神正把持在我们要进的入口处，他给我们喝下那忘川之水，于是，我们便无法回忆起任何的往事。

  假如我们当中有人能够知道我们现在的作为或者将来的去向，那么，当我们思考的时候，我们便会了如指掌了。今天，我们并不知道自己究竟是忙碌还是悠闲。有时候，我们会认为自己无所事事，然而过后却又发现我们已经是成绩斐然了，许多事情都已在着手开展之中。我们所有的日子，在它们一闪而过的时候于我们是毫无裨益的，因此，假如我们在某时某地获得了被我们称之为智慧、诗歌、美德之类的东西，那就太不可思议了。我们绝不是在某一个确切的时间里得到它们的。

  梦幻将我们交给梦幻，而幻觉是永无止境的。生活是由一连串的喜怒哀乐所构成的，就如同一条珠串。当我们穿行而过的时候，它们又分明是一组五光十色的透镜，用各自的色彩将世界点染，而它们各

爱默生
散文精选

自所显示出来的，又只不过是焦点上的一个极其细微的部分而已。当你立足于山间的时候，你所看见的，依然是山峦。我们给我们能够赋予活力的事物以活力，我们看见的，也仅仅只是被我们赋予了活力的事物而已。自然与书籍，只属于那些能够看见它们的双眼。一个人能否看见西下的夕阳或者一首优美的诗篇，完全取决于他的心境。太阳每天都会西沉，然而，只有在少数宁静的时刻，我们才能够欣赏到自然的美。而欣赏的多少，则取决于这个人的心理结构或者气质。气质便如同串起珠子的那根铁丝。对于一种冷漠的、有缺陷的天性来说，运气或才能又有何用处呢？假如一个人狂妄自大，假如一个人一心只想着金钱，那么，即便他拥有某种天赋异禀，又有什么用呢？

气质也充分地进入到了错觉体系之中，将我们关进了一座我们无法看见的玻璃监狱里。我们对于所遇见的每一个人，都存在着一种错觉。事实上，他们都是具有特定气质的生命体，这种气质将在一种特定的性格中表现出来，人们永远也无法越出它的界限。性情胜过时间、地点、条件所造就的一切，即使是宗教的烈焰也无法将它烧毁。尽管道德情感会助长某种改变，但个性却起着决定性的作用。

二

我们之所以会产生一种虚幻之感，那是因为我们缺乏某种心境或者目标。我们正打算抛锚，然而停泊处却是一片流沙。有时候，大自然的这种恶作剧简直令我们难以承受。当我凝视着那在夜空闪烁的点点繁星时，我感到自己似乎是静止的，而它们却好像来去匆匆。我们热爱实在，这就促使着我们去寻找某种永恒。但是，身体的健康在于运动，思维的健全在于联想的敏捷。我们需要变换目标，仅仅关注一种思想很快便会令人感到厌烦。我曾经是那么地喜爱蒙田的作品，以至于我甚至认为自己再也不需要任何其他的书籍了；然而，在此之前我所喜爱的是莎士比亚，之后则是普鲁塔克，再然后是普罗提诺，

然后一度曾是培根；在此之后，又是歌德，甚至还喜欢过贝蒂尼①。但是现在，当我翻阅他们的书页时，却是这般的无精打采，不过我仍然珍爱他们的天赋。我们不仅对书籍会这样，对绘画也是如此。每一幅画作都会一度得到我们的垂青，尽管我们十分乐意将这种欣赏态度延续下去，然而，好景终将不长。当你将一幅画饱览一番之后，你便会离它而去，甚至再也不会看它一眼了，这样的体验对我来说再深刻不过了。对于一本新书或者一桩新鲜事件的看法，即便是由一位智者发表的，也必须要打一定的折扣，因为他只是将自己对这一新事物的某种模糊的猜疑透露给了我们，所以我们绝不能够相信这种看法就是那位智者与那一事物之间的永久关系。因此孩子会问母亲说："妈妈，昨天你给我讲这个故事的时候我还非常喜欢它，可是为什么今天我就不那么喜欢它了呢？"他不知道，自己是为整体而生的，而这个故事却只是一个细节、一个局部而已。

　　我发现，许多艺术作品都缺乏灵活性，许多艺术家也是如此，这令我感到痛心不已。人的身上还没有具备一种充分发展的力量。人们常常站在思想与力量之洋的边沿，却从来不肯向前挪动一步，将自己带入到这片海洋之中去。一个人就像是一块晶石，你把它拿在手里转来转去，它不会呈现出任何的光泽，直到你将它转到了一个特殊的角度，它才会闪射出深邃美丽的光彩来。一个成功的人，其优势就在于，他能够灵敏地把握自己在何时、何地能最频繁地进行那种转动。

　　我们会与如此之多的愚蠢和缺陷打交道，但我们也将从中学到某些东西。总之，无论如何，我们都是赢家，因为，神性就掩藏在我们的失败和愚行的背后。尽管孩童的游戏纯粹只是一种胡闹，然而却是具有教育意义的胡闹。最宏伟、最庄重的事物也是如此，商业、政治、宗教、婚姻等等莫不如此，甚至每一个人的面包的来历以及他获得面包的手段也是如此。就像一只鸟儿从来不肯在一处停歇太久，而总是不停地从一个枝头跳跃到另一个枝头，力量也从来不会在任何一个男人或女人的身上久留，而总是时而在这个人的身上显露一下，时而又

---

① 贝蒂尼（1785—1859），即伊丽莎白·冯·阿尼姆，德国作家。

在那个人的身上出现一会儿。

三

  我们的母亲常常会说:"孩子,吃你的东西,不要多说话。"这句浅显的话却蕴含着深刻的哲理。把时光填满,这便是幸福的真谛;把时光填满,不要为懊悔留下一丝空隙。我们生活在世界的表面,而生活的真正艺术便是在这个表面之上优美地滑行。一个天生具有魄力的人,即使身处于最古老、最陈腐的习俗之下,也能够像是在最新兴的世界里一样成功地发展自己。他能够在所处的环境中始终保持着主动,无论在任何地方,他都可以站住脚跟。生活本身就是一个力量与形式的结合体,不过,假如其中任何一方稍有超重的话,它便会无法承受。把握住机会,学会在所走的每一步中去发现整个旅行的目的,享受更多的美好时光,这便是智慧。

  有人说,既然人生如此短暂,那么我们就不必过多地去考虑,在这段如此短暂的时间里,我们是循规蹈矩地活着呢还是去及时行乐呢。说这话的,不应该是普通人,而只应当是狂热分子或者数学家。既然我们的工作与分分秒秒都密切相关,那么,就让我们好好地珍视它们,惜时如金吧。对于我而言,此刻的五分钟,与下一个千禧年里的五分钟具有同等的价值。现在就让我们泰然自若,明智谨慎,回归自我吧。假如一个人生活在幻想之中,那么他就会如同一个双手虚弱、浑身颤抖不已的醉汉一样,无法做成任何一件事情。这是一场幻想的暴风雨,我知道,唯一能够使这一风暴平静下来的办法,就是关注此时此刻,把握住眼前的时光。

  在各种令人头晕目眩的炫耀和政治活动中,我更加坚定了这样的信念:我们不应该拖延、不应该推诿,也不应该期待,我们只需要在自己所处的地方充分地享受当下。无论我们与谁交往,接受我们现实中的同伴和环境,不管他们是怎样的卑微或丑恶,把他们视为神秘的使者,宇宙将它的一切快乐都托付给了他们,以便通过他们向我们传达。

不少涉世不深的年轻人会对生活产生鄙视之感，然而，对于我，对于那些像我一样在精神上没有患上消化不良症状的人们，对于那些认为时光是如此美好的人们，鄙视生活是一种不正确的人生态度。假如我一个人独处，我会像品味一杯陈年老酒一样尽情地品味每一刻的时光以及它所带给我的快乐。我感谢生活所给予我的每一个小小的恩惠。有一次，我同自己的一位朋友交流各自的想法。他期待着人世间的一切，每当有某样事情不太完美的时候，他便会大失所望。然而我却发现自己处在另一个极端，我无所期待，结果，一旦我获得了某种适度的利益，我便会开心不已并且心生感激之情。

其实，一切好东西俯拾皆是。有一位收藏家到欧洲所有的画廊里去寻找普桑①的一幅风景画和萨尔瓦多②的一幅蜡笔画，然而，《耶稣显圣容》《最后的审判》《圣哲罗姆的圣餐》③ 以及其他一切像它们一样出类拔萃的画作却都挂在梵蒂冈、乌菲齐美术宫或者卢浮宫的墙壁上，在那里，即便一位仆人也可以看到它们；更不必说在每条街道上所展现的大自然的图画了，那每天都呈现在人们眼前的日出日落的图画，那永不消失的无数的人体雕刻。最近，另一位收藏家在伦敦的一次公开拍卖中以高价买下了莎士比亚的亲笔签名，然而，一个小学生却能够分文不花地阅读莎翁的名作《哈姆雷特》。我想，除了下面这几本最普通的书籍以外，我不会再去看其他的书了——《圣经》、荷马史诗、但丁、莎士比亚以及弥尔顿。

人生本身就是一个泡影、一场酣梦。即便如此，你——上帝的宠儿，留心你自己的美梦吧，不要嘲弄人生，不要变成怀疑主义者。待在你自己的小房子里，辛勤地劳作吧。你要知道，你的一生就如同白驹过隙，只不过是供留宿一夜的帐篷。所以，无论你是健康抑或疾病，都应该完成上帝指派给你的人生定额。

人类的生活是由两种要素构成的，即强大的力量与规范这种力量

---

① 普桑（1594—1665），法国古典派画家。
② 萨尔瓦多（1615—1673），意大利风景画家。
③ 这三幅画的作者分别为拉斐尔、米开朗琪罗和多梅尼奇诺。

的形式。假如我们希望使生活愉快而惬意，那么我们就必须要使二者的比例保持不变。其中任何一个因素的过剩或者不足，都会造成祸害。

四

　　假如命运允许，我们就会轻而易举地永远保持这些美好的界限并且彻底地调整我们自身，使我们顺应已知的因果王国的精确计算。在大街小巷里，在报纸杂志上，生活似乎是一件简单明了的事情，因此，只要你在任何情况下都能够刚强果敢、照章办事，那么你就会稳操胜券。但是注意，很快就会有那么一天，世上千年的结论将被推翻！常识是天才的基础，而经验则是每一项事业的手和脚。生活是由一连串出其不意的事件组成的，如果它不是这样的话，那它就不值得我们去体验了。

　　上帝喜欢在每一天孤立我们，将过去和未来隐藏起来，不让我们看见。我们总要在四下寻找，他却彬彬有礼地在我们的面前与身后分别拉下了一幅无法穿透的天幕。"你既不能记住什么，"他似乎在说，"也不能预料什么。"所有精彩的谈话、优雅的风度以及正义的行为，都来自一种忘记惯例并弘扬当前的自发性。大自然厌恶老谋深算之徒，她的方法是突如其来、心血来潮的。人随脉搏的跳动而生存，我们的有机运动也是如此，思想在斗争中前进，没有突发，就不会有兴旺发达。我们的兴盛，全靠偶然，我们的主要经验，全都出于偶然。人不可能预测出生活的结果。一年一年的时光所教给我们的，是许多一天一天的时光无法教给我们的。

灵感

一

我们也许可以用金钱购买到权势，却无法购买到智慧与灵感。在人类的历史上或许存在着这样的一个时期：人们的头脑都极为活跃，所创造出来的知识也无限的丰富，可以满足每一个人的需要，人们对知识的获取可谓是易如反掌。这时，人们根本就不需要去苦苦地追求智慧，更不会产生用金钱去购买智慧的念头，因为，智慧与每一个人都紧密相连。这样的情形，就犹如北美那积雪融化时的春天，又像是置身于北美的大平原之上，在如此美好的季节里，根本就不需要特意去寻找狩猎的场所。因为，无论是在东西或是南北，也不论是河流或是森林，到处都是狩猎者的天堂。然而，这种美妙的时刻仅仅限于大平原之上，仅仅限于某些特殊的季节当中。

在我看来，人类的灵感也就仿佛北美的春天那积雪消融的时刻，就仿佛大平原上那狩猎的黄金季节，尽管稍纵即逝，但却是那般的美好。可是，在我们那些原始土著兄弟们的头脑里却是无法产生出灵感的。因为，原始人的意识是低层次的、初级的，即便是进入了文明时代的人们，其思想的发展水平也会有高低之分，最高等级的阶层也可能会出现精神贫乏与低下的情形。

凡是第一次听说的事物，都会给我们留下深刻的印象，并且常会

爱默生
散文精选

有出乎意料的思想火花在我们的头脑里闪现出来。那些最新的发现也会提供给我们类似的思想体验。我们将头脑中这种对新事物的非常规的思维反应以及瞬间扩大的能量，称作灵感。我认为，事物的伟大和永恒正是由人类的灵感以及某种神秘的第六感所造就的。

灵感就仿佛酵母。在你的思维活动中，或许会有许多个这样的酵母正在催发着你的意识。你可以用其中的某一个来实现你的目标，也就是说，每一个熟练的工人，不论他属于哪一个工种，他对于如何完成自己的任务都是了如指掌的。他之所以能够做到这一点，依靠的便是经验与单纯的技能，而灵感的酵母在他那里并没有多大的用武之地。然而，对于我来说，情形则不同。每当我打算就某个主题来写点什么的时候，假如没有灵感这剂酵母的话，我根本就不知道能够从哪本书或者哪个人那里寻找到思想的动力和源泉，也不知道我离这个主题有多远的距离。

力量是最美妙的事物。一位勇猛的骑士能够驯服一匹野马，可是，假如他能够赋予一匹普通的马以野马一样的神速，难道不是可以更好地显示出他的能力吗？一个酒鬼可以不必打听就寻找到去酒馆的路，而一个诗人却连自己饮酒的酒杯都分不清楚。每一个青年人都应该对自己的前途有一个清醒的认识，就如同钻井工人知道如何能够从地底下将水汲取上来一样，就如同工程师知道如何去使用他的蒸汽动力一样。

思想那奔腾不息的激流，只是我们大脑充满活力的一种表征，而灵感才是这一激流的推动力。倘若失去了灵感，那么我们思想之流也将会停止奔涌。在我看来，无论是华美的服饰、成群的随从、豪华的别墅、宽阔的庭院、抑或是崇高的社会威望，都无法掩饰一个人思想上的贫瘠。

二

人类的灵感是如此的捉摸不定，那么，我们能够在多大程度上捕捉到灵感的火花呢？要是我们可以知道如何去驾驭灵感的话，那将会

是多么的美妙啊！美国政治家、科学家富兰克林曾经试图用风筝或避雷针去捕捉思想的火花，然而他的风筝和避雷针如今又在何处呢？富兰克林从上帝那儿得到了电流，并且将其转化为了人类生活的艺术。他所具有的对于科学的灵感以及为灵感所做的献身，激励着我们去超越自我，激励着我们去从世俗的平庸与琐碎中挣脱出来，去探索世界的各种奥秘，从而真正地领略到大自然所蕴含的深切含义。即使是那些形而上的学者们，对于灵感再现法则的了解也是极其有限的——甚至可以说，其实我们对于灵感的奥秘一无所知。可是，从那些热爱思考的人们那里，我们却可以获得一些有关灵感产生条件的某种认知。柏拉图便曾经在他的第七封《使徒信笺》中谈道：洞彻事物的灵感，只能够来自对这一事物长时间的冥思苦想，"然后便有一束灵光忽然在灵魂里闪亮，并且逐渐地扩大，最后放射出无比奇妙、耀眼夺目的光芒。……而那些囿于自我的人们，只能够徒劳地敲打着诗歌殿堂的大门。"

艺术家必须要具有一种对于艺术的献身精神，这就如同蜜蜂必须要为自己的叮蜇付出生命的代价一样。让我们试想一下，一个没有激情的人，怎么可能会有所作为呢？只有那些为了某个目标而不惜献出全部的身心甚至生命的人，才能够真正担当得起"激情"这一称谓。在我们的灵魂之外，还存在着更为伟大、更为崇高的思想。假如我们想要进入这个神圣的思想殿堂，那么我们就必须要具有一种飞蛾扑火的精神。斯维登堡[①]敢于向那些困扰自己的问题发出挑战，尽管他知道，自己极有可能要为此付出头脑发疯或者遭人杀害的沉重代价。

天才与美德和智慧是密切相连的，超越诸多伟大作品之上的，是人类虔诚的信仰与高尚的灵魂。美德与人类的历史一样古老，但它又像每一天都会冉冉升起的朝阳一般常新。阿拉伯、波斯和印度的神话传说，与西方世界的基督教拥有着同样的信念。我们所熟悉的一些伟人，比如苏格拉底、默孚、孔子以及琐罗亚斯德等人，都满怀着热忱与渴望去聆听思想之神带给他们的启示。

---

① 斯维登堡，18世纪时的瑞典神学家。

爱默生
散文精选

　　我们期待着灵感的出现，我们就这样天天等待着来自天国的神启。所有诗人的头脑里都有过这样的时刻：灵感来到了他的身上，令他文思如泉涌，创作出了不朽的诗篇。而这种情形在正常的状态之下是无法想象的。所以，有位诗人曾经告诉我说，他的诗作并不是由他所创作出来的，而是来自天神。

　　雅各布写道："灵感往往稍纵即逝，艺术只能接受灵魂的指引。所以，假如你仔细观察的话就会发现，作家的手常常会不自觉地颤抖，那是因为灵感来临时内心受到了强烈的震动。作家往往会为获得了一个灵感而狂喜不已。虽然我能够以平和的心态来尽可能准确地表达我的思想与情感，但是，很多时候，激情与灵感的火焰灼烧着我的灵魂，使我陷于焦躁不安之中。我的手和笔甚至无法跟上灵感的步伐，因为它来去如疾风骤雨一般。我在短短的一刻钟里所知晓的关于世界的奥秘，比多年在学校里所积累的知识还要多。"

　　灵感超越了人们对它的浅薄理解。尽管灵感的闪现在我们的头脑里只是转瞬即逝的，然而它却能够使我们领悟到自然的真谛。灵感的产生并不取决于你所接受的教育，与你所掌握的某种熟练的技能也没有关系。它是人类精神火山的一次总爆发，一旦产生便会势不可挡。拿破仑曾说："当我在制订一项军事计划的时候，我比任何人都要怯懦和优柔寡断。我常常会极力地渲染和夸大所有的危险以及那些可能会出现的失误，从而处于极度的痛苦和焦虑不安之中。然而这一切并不会妨碍我在周围的人的面前表现出绝对的自信和镇静。一旦拿定了主意，那么我就会忘记了周遭的一切，直到赢得最后的胜利。"

　　可以肯定的是，这种由灵感所激发出来的对于事物的某种预感，也是有一定风险的，这就如同使用乙醚或者乙醇需要担负风险一样——"伟大的头脑往往会与疯狂结成同盟军，它能够给予我们荣耀，但同时也可能会带给我们贫穷。"

　　古希腊哲学家亚里士多德曾说："所有天才的头脑无不是与疯狂相连的，那些崇高、卓越的语言，是绝对不可能从一个平庸之人的口中说出来的——除了那些激动不安的灵魂。"我们或许可以说出生命中某些令人难以忘怀的时刻，但是，在这些时刻，与其说是灵感存在

于我们之中，倒不如说是我们处于灵感的激情之中。

三

人们或许会问：那么，灵感产生的源泉是什么呢？应该说，这是一个仁者见仁、智者见智的问题。不过，就实际情况来说，我认为，灵感的产生源泉有以下几个方面：

灵感得以产生的第一个源泉便是健康。这一源泉包括清新的空气、优美的风景以及体育锻炼对大脑所产生出的神秘作用。阿拉伯人说："安拉会在你奔跑的时候紧紧地跟随于你。"意思便是说：只有当一个人拥有健康的时候，神灵才会给予他灵感和启示。柏拉图也认为："锻炼身体可以治愈一个人的邪恶灵魂。"英国作家史密斯写道："假如你养成每天散步的习惯，那么你的演讲将会更加铿锵有力。"

而睡眠则是保证健康的重要条件。生命力的循环有其周期性，我们很快便会陷入疲劳状态，可是，一觉醒来以后，我们又能够恢复活力与生机。

灵感的第二个源泉是写作以及经验。你是否有过这样的经历：假如你长时间不思考、也不动笔写作，甚至连日记也不写的话，那么你会发现，你的头脑以及手中的那支笔都无法像过去那样运用自如了，甚至连给朋友写封信也会感到极为费力。这便是所谓的"拳不离手，曲不离口"。

灵感往往会青睐那些勤勉的和有准备的头脑。也就是说，我们的头脑就如同一面镜子，我们必须要每天都去精心地擦拭它，只有这样，它才能够清晰地映照出这个世间的万事万物。

一个宁静的生活环境是灵感的第三个源泉。这是因为，我们每一天都需要留出一段时间用来恢复活力、振奋精神，这对于灵感的产生来说是尤为重要的。在这个波谲云诡的世俗世界里，人们艰难地挣扎着，身心备受煎熬，常常会有精疲力竭之感，因此就迫切需要有一个能够让自己那疲惫的身心得以停泊的宁静港湾。而灵感的产生便需要这样一个安宁的港湾。

爱默生
散文精选

我所知道的这方面的一个最好的例证，便是德国历史学家尼布尔的故事。在他中断了历史研究、过了几年平静悠闲的生活之后，突然有一天他又奇迹般地恢复了在解释历史方面的先知卓见。另外一个例子便是英国玄学派诗人赫伯特。由于健康状况不佳，他被迫停止了写作。人们都认为他已经丧失了写作能力，不可能再有灵感了。可是，经过了短暂的平静生活以后，他又恢复了精神与活力，创作出了优秀的诗作。许多作家都有过类似的体验：原以为文思已枯竭，原以为要永远地告别自己所钟情的艺术。然而，经过了一段身心上的休整期之后，最终跨越了精神的寒冬，重新获得了勃勃生机，迎来了艺术与灵感的第二个春天。那段宁静的生活对于他们来说实在是太重要了，因为，正是在这宁静安逸的精神家园里，他们那伤痕累累的灵魂才得到了慰藉，从而恢复了信心。

意志的力量是灵感的第四个源泉。意志常常会在危急关头给予我们巨大的帮助。在面对降临到自己身上的致命的疾病时，古罗马哲学家、政治家和剧作家塞内加这样说道："每当我想到我那可怜的父亲将无法承受我的离去这一重大打击的时候，我就会感到万分的痛苦，我就会命令自己说——我一定要坚持活下去。"晚年的歌德在同德国学者、作家爱克曼谈话的时候说道："在生命力上升的时候，我的工作会比在生命力衰竭的时候要更加容易一些，既然我明白了这一点，那么，当我的生命力走向衰竭的时候，我就会更加努力地工作，去与病魔展开斗争，而我的努力终于成功了。"

确实，那些拥有坚强意志的人，往往会更加接近自然的法则，更加接近灵感的殿堂。这就像你花费了好几个月的时间来对某个问题进行思考，但却百思不得其解，可是，一经他们指点迷津，你就会立刻茅塞顿开、豁然开朗。

独自与大自然进行交流也有助于灵感的获得，这是灵感的第五个源泉。啊！春日的暖阳、夏日的黎明、秋日的树林！大自然赋予你的美妙语言，是绝对无法从图书馆里寻找到的。你是否对每日辛苦的劳作感到精疲力竭了？你的心灵是否已经很长时间没有受到诗歌的润泽了？那么你不妨做一个小小的风铃挂在你的窗前，这样你便能够聆听到大自然所奏出的美妙乐章,任何艺术家的竖琴都无法与之相媲美。当你在某个夏日的清晨漫步于林中,抬头远眺,满眼碧绿,这个时候,你怎能不激情澎湃,诗兴大发呢?对于艺术家来说,这种与大自然之间的交流是至关重要的。所以,激发艺术家的灵感的一个重要源泉,便是独处这一习惯。我发现,独处对于我的创作有着极大的裨益。

每年夏天,我都会去乡间的旅馆住上一阵子。因为,在这些旅馆里,不会再有任何人和事干扰到我,我能够获得绝对的舒适与放松。而在家里,我必须要处理许多琐碎之事,许多的送来迎往、许多的牵挂,将我的时间分割得支离破碎,我甚至都没有时间去构思一句诗。

当然,我知道有些学者能够在车水马龙的大街的方凳上心无旁骛地伏案写作,我对这些学者钦佩万分,但是我却无法达到他们的那种境界。思想需要有自己的空间,而世俗的喧嚣和琐碎会将这一空间挤压得越来越狭小。所以,伟大的艺术家都习惯于独处和隐居。

法国著名散文家蒙田便喜欢独自去旅行,为自己的思想寻找一片可以驰骋的空间。巍峨的山峦、广阔的海洋、奔腾的激流、亭亭玉立的树木,这一切无不在催生着灵感的产生。

良好的谈话也是一件令人十分陶醉的事情,它是灵感产生的第六个源泉。

你最好的哲学老师,不是亚里士多德、不是康德,也不是黑格尔,而是谈话。一个明智之士善于同他人交谈,他将自己的智慧传达给别人,同时又从别人那里汲取思想的营养。假如思想仅仅只是局限在头脑中的话,那么它就是僵死的。只有与朋友们进行交谈,你才可以将自己的思想激活,甚至产生出新的灵感。我们的思想,一方面是来自我们自身,另一方面则是从他人那儿得来的。真理往往只掌握在少数人的手中,而其他的人则只有通过不断的探索才能够寻找到它。我们可以分享彼此的思想,而谈话正是担负起了这一桥梁的作用。

荷马写道:"当两个人走在一起的时候,其中一个人会对另一个人怀着一种忐忑不安的期待。"那是因为,这个人在心里认为,对方有着比他更为高明的思想和见解。而为了提高交谈的水准,我们需要新的生活方式、新的书籍、新的伙伴、新的艺术和科学。

爱　默　生
散 文 精 选

　　灵感的最后一个来源便是诗歌。我曾经听有些写诗的人说，要想创作出好的诗作，只用去熟读那些过去的经典诗篇就可以了。借鉴、吸收前人作品中的精华为己所用，是步入文学殿堂的一个捷径。

　　在旅途中我总是会带着一两本好书，无论是古罗马诗人贺拉斯、马提雅尔，还是歌德的作品，都能够让我从中获得启发。只有汲取了这些伟大作品里的丰富的养料，我们才能够找到灵感的源头。

　　以上所述，便是灵感产生与形成的几个源泉，但绝不是全部的来源，我们无法将其穷尽。想要在灵感这一抽象、玄妙的问题上达成共识，几乎是不可能的。可是，一处风景、一抹色彩、一位友人、甚至一句美妙的话语，都有可能会构成人们灵感天空里的一道闪电。我们几乎无法触摸到思想脉搏的最轻微的跳动。对灵感进行分析是一件最困难的事情，因为，就在你下结论的那一刹那，灵感早已如秋日的落叶，凋零在了理性的大地之上。

有灵感就有孤独

读书

一

如今,粗制滥造的书籍可以说是随处可见。它们或者是对前人作品的抄袭,或者是内容一知半解、观点模糊不清,这样的书籍对于我们毫无意义可言。

但是,不可否认,在我们身边仍然有一些好书的存在。好书犹如良药,可以医治人们思想上的疾病;好书犹如亲人,在我们的生命中占据着举足轻重的地位。

千百年来,那些世界上最具才华和智慧的人们是那么可望而不可即,他们大多离群索居,不喜欢被人打扰,他们甚至对其亲友也不曾谈及自己的思想。然而,他们却通过自己的著述,以最流畅清晰的语言,将自己的思想向另一个时代的陌生人毫无保留地表达了出来。

优秀的书籍会让我们受益匪浅,因为它们是高级脑力劳动的结晶。书籍是一个时代的文化载体,所谓的大学教育,其实就是读书——读那些被学者们公认为迄今为止最能够代表科学文化发展水平的好书。比如在几何学领域你就必须要去读欧几里得和拉普拉斯的书,否则你便没有资格发表关于几何学的任何看法。当那些思想盲目和固执的家伙们发表谬论的时候,我们便会问他是否有读过柏拉图的作品,因为,在他的书中,这些浅薄之见早已被彻底地驳斥过了。假如他不曾读过这些书，那么他就没有理由再去浪费我们的时间了，还是让他自己到书里去寻找答案吧。

二

然而，尽管大学里都设有藏书量巨大的图书馆，可是却没有专门的教授去指导我们应该如何去读书，而在我看来，掌握正确的读书方法才是最为重要的。

最好的读书方法应当是顺其自然，而不要去对阅读的时间和页数做出机械性的规定。顺其自然地读书，人们就能够根据各自不同的兴趣来满足自己的求知欲，而不是随便地翻来阅去，强迫自己通过读书来打发时间。要读那些适合自己的书，而不要在质量欠佳的庸俗之作上面浪费自己的时间和精力。正如《圣经》在欧洲大部分国家的宗教信仰以及文化中都占据着主导的地位。例如，哈菲兹是波斯人眼中的天才，孔子被中国人尊为圣人，塞万提斯则是西班牙人心目中的智者。因此，假如我们对这些经典之作进行深入的研究，那么我们便会获益匪浅，便会取得巨大的进步。让学生们按照自己的意愿进行少量的精读或者大量的泛读吧，他们都会学有所获的。17世纪的著名诗人琼森曾经说过："当你还站在那里思考着该让自己的孩子阅读哪些书籍的时候，其他的孩子们已经把书都读完了。"我们每一天都应该花上五个小时来阅读书籍，无论读什么都可以，这样一来，你很快便会成为一名博学之士的。

在读书这个问题上，我们应该服从自己的天性，因为，凭着个人的兴趣去阅读，才是最佳的读书状态。自然界总是泾渭分明的，自然的法则会对世间存在的一切进行过滤和筛选。书的作者是在经过了千挑万选以后才脱颖而出的。所有堂堂正正摆在世人面前的书籍，都出自那些成功人士之手。他们拥有十足的信心以及进步的思想，他们通过自己的著作，表达出了千千万万的人们想说却又不知如何诉说的感受与想法。阅读那些古老的、举世闻名的书籍不失为一种节省时间的好办法，因为，不是优秀之作是难以被保存下来并且流传至今的。我

认为，泰伦提乌斯①、开普勒②、伽利略、培根以及莫尔，都是不同于普通文人的优秀学者。然而，在当代，想要分清书籍的良莠、辨明作者的优劣，却并不是那么容易的事情。

既然如此，我们就一定要远离那些浅薄的、毫无益处的书籍，我们要尽量去回避那些琐碎的街谈巷议，也不要去读那些在大街上或者火车上不用问便可以知道的东西。琼森曾说，他经常出入高档的旅店——有头脑的旅行者会选择最好的旅店，因为，尽管他们会多花一点儿钱，但却有机会结识到高层次的同行者，也会获得大量宝贵的信息。同样的道理，在那些名著中，从头至尾都是深刻精辟的思想以及生动翔实的例证。虽然我们偶尔也会在破烂的、不起眼的街道里发现稀世珍宝，但这种可能性非常之小。然而，在最好的环境里却肯定能够寻找到最有价值的信息。

在这里，我有三条行之有效的读书方法希望能够与大家一起分享：第一，不要阅读当年出版的新书；第二，不要阅读名不见经传的图书；第三，不要阅读自己并不喜欢的书籍。正如莎士比亚所说的那样："做一件自己无法从中体会到乐趣的事情是不会有所收益的。"也就是说，一个人应该去学那些最能够让你感兴趣的东西。

三

蒙田曾经说过："书籍带给人们的愉悦感是含蓄、渐进的。"但是，我发现，有一些书籍是极富生命力和感染力的，它们不会让读者在原地停滞不前，在合上书页的那一刻，你便已经成为了一个更有思想的人了。我很乐意去读这样的书，我也非常愿意将这些好书列举出来，即使我因此要去撰写大堆的入门书、语法书也是心甘情愿的，因为，这会对我们那些学识还并不是十分渊博的读者朋友们十分有益，

---

① 泰伦提乌斯（约公元前190—前159），古罗马戏剧家。
② 开普勒（1571—1630），德国近代著名天文学家、物理学家、数学家和哲学家。

他们也会为此心存感激的。

我的阅读经验告诉我,在浩如繁星的古希腊作品中,有五位作家的书不可不读。

第一位便是荷马。尽管有蒲柏以及其他众多的博学之士存在,但荷马却可以堪称是其中真正具有智慧与才华的人物。他的作品语言简洁生动,非常适合普通读者的阅读口味。但与此同时,他的著作也是希腊文化的真正源头。正如历史是无法被更改的一样,荷马作品的重要地位也是无可替代的,他的作品,贯穿在了整部古希腊的文学史之中。荷马的作品不仅有用希腊文写成的,也有用希伯来文以及梵文书写。人们通过莎士比亚来了解英国的文学;日耳曼民族通过叙事诗《尼伯龙根之歌》来了解他们古老的文化;西班牙人则是凭借《西德》来了解他们的历史。《乔治·契布曼文集》是荷马最伟大的译作之一,尽管其中最精彩的篇章只是对原作者的散文进行的翻译。

不应错过的第二位作家则是著名的希腊历史学者希罗多德。在他所记载的历史中,有大量弥足珍贵的轶闻趣事,这曾经使他本人及其著作受到了某些人的轻视与侮辱。然而现在人们却已经意识到,关于历史,最令人难忘的恐怕就是这些轶闻趣事了。希罗多德的历史著作具有很强的趣味性,也获得了普遍的赞许以及公正的评价。

不应错过的第三位作家是埃斯切拉斯。他是希腊三大悲剧作家当中最杰出的一位。他所谱写的诗歌《普罗米修斯》,与希伯来人的《约伯》以及挪威人的诗集《埃达》,具有同等重要的地位与影响力。

第四位作家是柏拉图。关于是否应该谈论到他,其实我一直都有所犹豫。因为我害怕,一旦开了头就会难以收住了。柏拉图与荷马具有一些共性,不过他的思想更为成熟和深刻,因为他已经从一位诗人转变为了一名哲人。

与荷马的诗作相比,柏拉图那充满了音乐灵性的对话属于更高一个层次。他就像是一位经验丰富的成年人,而荷马则处于他的青年时代。柏拉图所创作的对话,不仅立意大胆,而且几乎可以称得上是完美无瑕。他用那把似乎得自遥远天国的竖琴弹奏着优美的诗章,美得无懈可击。

他不仅总结着过去，而且还开启着未来。在他那里，你可以从欧洲的起源与发展历程中去探索当代的欧洲。学识渊博之人是能够预言未来的，柏拉图便是其中的一位。他能够知道在革命浪潮中所涌现出来的每一位新人，他也可以了解当代人文科学里所出现的每一个新的见解。无论你是想全面地了解某个问题，或者是想知道关于世界知名人士的评价，抑或是想对一些空谈家予以毫不留情的揭露，以及发表对至高无上的真理和宗教的看法，你都可以从柏拉图那里寻找到满意的答案。

不应错过的第五位作家是普鲁塔克。即使是在最小的图书馆里，我们也能够找到他的书籍。这首先是因为，他的著作十分的有趣，而且通俗易懂，这一点是非常重要的；其次则是因为，他的作品能够抓住问题的要害；再次是因为，他的书非常的鼓舞人心、可以催人奋进。

普鲁塔克在其作品里所展现出来的智慧，充分地体现出了希腊文化的精髓所在。于是，你的大脑便会被那些抒情的诗句、精深的哲学思想、英雄们的壮举以及神灵的威严所充实和激励。

能够反映出古希腊社会生活风貌的三部曲，就是分别出自柏拉图、色诺芬以及普鲁塔克笔下的《宴会》，这些作品可谓是人类文学史上的瑰宝。尽管普鲁塔克的作品缺乏历史的真实性，但是书中有关七大圣贤聚会的场景则是对古代礼节的最好反映，其描述就如横笛的声音一般的清晰，又像法国小说一样的生动有趣。色诺芬对于雅典礼仪的描述是学习柏拉图的，同时又添加了一些苏格拉底的写作特色。而柏拉图的作品则是集中了各家之所长，生动地描绘出了智者相聚的场景，丝毫也不逊色于阿里斯多芬，同时他还运用了苏格拉底式的、具有讽刺意味的颂词。

四

现在让我们来谈一谈历史。我们应该以古罗马时代为起点，引导学生们踏上这段学习之旅。学习的方法多种多样——我们可以让他们阅读罗马历史学家李维的书籍，这会是一个相当不错的选择。可是，

爱默生
散文精选

我们也要选择一本短小精炼的概要性作品来阅读，比如戈登·史密斯或者佛葛逊的书籍都可以，因为，他们的概要囊括了普鲁塔克作品的精髓。贺瑞斯是奥古斯丁时期的代表性诗人，泰西塔斯则是一位博学的历史学家。马索尔能够让学生们了解到罗马人的礼节，其中有一些是罗马帝国前期的——然而，即使是这样，马索尔的作品仍然值得一读，而且最好是阅读原著。阅读过这些书籍以后，我们就应该指导学生们了解一下吉本的作品。吉本用众多趣味盎然的故事来向我们讲述历史，引导着我们从一千四百年前一路走来，将沿途的所见所闻向我们娓娓地道来。吉本博览群书、思维敏捷，而且富有很强的逻辑性，所以他的书是一定要去读的。尽管他的作品并不十分深奥，却是人类文明发展历史中的一个坐标。他的《自传》《日记摘录》以及《读书文摘》，都是读者们不应该错过的佳作。我们可以从这些惊世之作中获得激励，即便是最懒惰的人，也会从此发奋图强的。

现在，就让我们的学生们沿着历史的轨迹一路走来，停留在君士坦丁堡被攻陷的那一刻吧。此时，他们处在了一个极好的处境之中，因为，有一些值得信赖的人正希望对他们给予帮助，将欧洲历史的主要内容传授给他们。

但丁的诗歌是一把开启人们对中世纪的意大利进行了解的大门的钥匙。薄伽丘的《但丁的生活》是一部出自伟人之手的作品，而它所讲述的，则是另一位更为伟大的人物的生活。历史学家西斯门第的作品《意大利共和国》，同样会让我们受益匪浅。安格鲁的十四行诗和书信，也是值得一读的作品。通过阅读海拉姆的《中世纪》，我们可以了解到有关宗教以及封建时代的法律方面的知识，这部作品可以对那些可读性很强、通俗易读、但却略显浅薄的历史纲要进行一些补充，使之更加翔实和生动。

作家罗伯特逊的作品《帝王查尔斯五世的生活》，是我们解读15世纪英国历史的关键。罗伯特逊、哥伦布、路德、弗朗西斯一世、亨利八世、伊丽莎白以及亨利四世都同处于一个时代，那是一个播种与成熟的历史阶段，而我们今天的文明，便是其所结下的丰硕果实。

英国是现代历史风云变化的产物，这些历史的变化，蕴含在斯特

莱逊的《小埃达》、艾利斯的《带韵律的抒情小调》以及阿塞尔的《阿尔弗莱德的生活》之中。在历史的长河里，伊丽莎白时期是英国历史上思想最为活跃、最为丰富的阶段。这一时期涌现出了大量的伟大人物，包括莎士比亚、斯宾塞、西德尼、罗利、培根、契布曼、琼森、福特、波蒙特、赫伯特、多恩、哈瑞克，以及稍晚些时候的弥尔顿、马威尔和德莱敦。

五

最优秀的书籍中自然少不了一些自传性的作品，比如圣·奥古斯丁的《忏悔录》、塞利尼的《人生随想》、蒙田的《论文集》、哈伯特公爵的《回忆录》、卢梭的《忏悔录》，以及吉本、休姆、富兰克林、彭斯、阿尔菲耶里、歌德和哈登等人的自传。

另外一些与此密切相关的书籍，便是那些被称为随笔的作品。其中，路德的《随笔》、奥布里的《生活琐记》、斯宾塞的《趣闻散记》、塞尔登的《随笔》、艾克曼的《与歌德的谈话录》、柯勒律治的《随笔》，以及海斯特为劳斯科特所写的传记，都是值得我们一读的作品。

还有一些书籍是我个人极为欣赏和推崇的：佛罗萨所写的编年史、骚塞所写的有关德意志历史的书籍、塞万提斯的小说、蒙田的回忆录，以及拉伯雷、弥尔顿、伊夫林、托马斯、伯朗尼、奥布里、史特恩、贺瑞斯、卡莱尔的作品，还有才华横溢、整整影响了一个时代的巴尔扎克、兰姆、兰道与德·昆西。

除此之外还有一类图书，我将其称为词汇书，例如波顿的《解析忧郁》便是一本信息量庞大的图书。阅读它，就仿佛是在一本浩瀚的字典中漫步一样。这本书犹如一张存货清单，告诉了我们大量的事实，并且对于学习过程中可能会走上的各种歧途进行了深入细致的剖析。其实，阅读字典是一个相当不错的主意，因为，字典里面没有伪善的言辞、冗长的阐述，有的只是大量的建议与事实，而这些便是我们进行诗歌以及历史作品创作的素材。

对于我们这个时代而言，有一类书是极为重要的，那便是科幻作

爱 默 生
散 文 精 选

品。我们应当用一种适当的形式来协调想象力、洞察力、理解力与意志力之间的关系。带有神秘色彩与浪漫情调的诗歌便是一种最能够体现想象力的文学形式。

即便是最拙劣的故事,孩子们也爱听,在他们的眼里,这些故事充满了乐趣。成年人通常希望阅读小说,这样他们便有几个小时能够从现实人生中抽离出来。年轻人渴望读诗,而愚蠢平庸之辈只会去剧院看场电影。一个人,假如没有智慧和思想,那么在我的眼里,他就只不过是一个贫穷的、赤裸的、颤抖的生物而已。智慧和思想,是一个人的外衣,能够带给人温暖与美丽。

世界上最好的书籍,便是那些与《圣经》一样拥有重要的地位与作用、值得我们崇奉的宗教类图书。这些书籍是每个国家思想文化的结晶。在信奉基督教的国家里,那些庄严、神圣的书籍里,通常都会有希伯来以及希腊《圣经》中的片断。那些信奉印度教的国家里则有《奥义书》《护持神普拉那》以及《薄伽梵歌》。而在中国,则有体现着孔孟之道的文化经典《四书》,还有大量佛教方面的书籍。除此之外还有一些宗教色彩略淡、但却凝聚了最为精深的民族思想和情绪的作品,比如艾彼科蒂塔斯和马库斯·安东尼斯的《语录》、托马斯的《模仿基督》以及巴加斯的《思想》等。

所有这些书籍,都是对于普遍真理的精彩表述,它们对于我们每个人的日常生活所具有的意义,要远远大于当年的年鉴或者当天的报纸。然而,这些书籍是需要坐下来、静下心去认真咀嚼与品味的,书中的种种妙处是难以言传的。它们会令你脸颊红润、神采飞扬;它们会使你情绪高涨、心跳加速,然而,你却寻找不到恰当的语言来表达自己的感受。

在与友人交流完思想与体会之后,作家往往喜欢独处一段时间,以便让这些想法逐渐地沉淀、日趋成熟,最后再通过作品中的人物将它们表达出来。书籍中所传达的思想,不会受到白纸黑字的限制与约束,而是活生生的、有生命力的,能够为不同国度、生活方式迥异的人们所理解与诠释。

人的生命是如此短暂,纵然每日不倦地阅读,也无法将所有的好

书都一一阅过，所以我们需要他人的帮助。年轻人可以从法语协会和英语协会里借到一些辅助读物。这些机构都分为若干个部门，每个部门都有各自的研究范畴。所以，在这类文学俱乐部里，学生们能够得到那些在某一特定的领域内颇有建树的专业人员的帮助。每个人都会有所收获，然后我们再将这些成果拿出来共同分享。这样一来，决定一本书是否值得花费时间和精力去苦读就不再是难题一桩了。

自然

一

当我们立在大自然的门口时,即便是那些老于世故的人也会感到无比的惊讶,从而不得不摈弃都市里有关伟大和渺小、聪明和愚蠢的所有评判。他一迈进这扇神奇的大门,便会卸下身上所背负的习俗的包袱。这里的圣洁令我们的宗教都自惭形秽,这里的伟大令我们的英雄都自愧弗如。在这里,我们发现,大自然会使别的一切事物都相形见绌,她犹如一位神灵,审判着所有接近自己的人。

我们从自己那狭窄、拥挤的房舍里走出来,进入到白昼与黑夜之中,于是我们发现,自己每一天都被崇高无比的美拥抱着。我们多么渴望摆脱那些有损于这一美色的障碍,多么渴望挣脱老于世故和瞻前顾后的庸俗作风,多么渴望听任这令我们心醉神迷的大自然的差遣。大自然那柔和的光辉犹如永恒的清晨,振奋人心、壮丽雄伟。她那古老的魔力逐渐地爬上了我们的心头。松树、铁杉、橡树的树干散发出了夺目的光芒,照耀着我们兴奋的双眼。这些无言的树木开始说服我们放弃那种烦琐的世俗人生而与它们一同生活。在这神圣的天空与永恒的岁月之中,不会有历史、教会和国家。我们轻松地走进那不断展开的风景里,被那一幅幅新鲜的画面以及纷至沓来的思绪重重包围着。到了最后,就连那思家的念头也会被挤出脑海之外,一切的记忆都会被抹去，全凭大自然引领着我们。

　　大自然的魔力具有药物的效力，她可以荡涤我们的头脑，可以疗治我们的身体。我们恢复了自己本来的面目，我们的眼睛、手足，再也无法离开那岩石和土地了。都市没有给人的感官提供足够的空间，因此我们需要大自然提供给我们开阔的眼界，正如我们需要水来沐浴身体一样。

　　大自然的影响力程度不一，她既能使人遗世独立，也能给人的想象力和心灵以极为珍贵、极为重要的帮助。口渴者可以从清泉里汲一桶凉水，瑟瑟发抖的跋涉者可以奔向那燃烧的柴火求取温暖。我们依偎在大自然的怀抱里，就如同寄生虫依靠着她的谷物和根茎来生存。日月星辰对我们频送秋波，将我们召唤到幽静处，向我们预言最遥远的未来。

　　自然景物就在我们的身边。那悄然降落的雪花，片片晶莹；那纷飞的雨雪，扫过茫茫的水面与平原；那一望无际的麦田里翻滚着层层麦浪，犹如一片泛起涟漪的海洋；那树木花草倒映在波平如镜的湖水中；那馥郁、缠绵的熏风，仿佛是一把风琴将一株株的树木吹奏；那炉火中的铁杉或松木噼啪作响，火光迸射，将起居室的墙壁照得通明透亮——它们是最古老的宗教，最悦耳的音乐，最和谐的图画。

　　在这自然之美的吸引下，我来到了小河之滨，荡起了船桨。于是，那些琐碎的俗事便都被统统地抛掷在了脑后。我进入到了温柔的晚霞与似水的月光的王国里，这里冰清玉洁，一切恶俗都无法入内。这难以置信的美渗透进了我的全身，我的双手浸泡在这如画的境界里，我的目光沉浸在这缤纷的光与影的世界里。那如诗的霞光，那隐隐闪现的星斗，用它们隐秘的、难以言喻的顾盼，将最盛大、最快乐的节日呈现在了我的面前。我这才恍然大悟，原来我们的都市、我们的宫殿，都是那般的丑陋。于是我再也不愿意去过那种远离自然、奢侈浮华的生活了，我再也不愿意去附庸风雅了。

　　谁懂得土地、流水、草木、天空的甘美，以及如何获取它们的魔力，谁便是最富有的人。只有将大自然召来做其后援，那些主宰世界的人物才能够真正地攀至辉煌的峰巅。一个孩童在山间听到了远处传来的牛角号的回响，于是，整座山峦都变成了一架美丽的风琴。这小小的音符却可以响彻云霄、优美非凡。这种大自然的奏鸣，将他带回到了多利安人的神话以及阿波罗和狄安娜等男女猎神的时代。

二

　　我们将大自然当作天堂一般来热爱着。在风景里出现同她一样优美的人的形象以前，自然之美一定会显得虚无而缥缈。倘若存在着完美的人，那么我们就不会对自然如此的着迷了。假如国王待在宫殿里，那么就不会有人对四周的墙壁左顾右盼了。只有当国王离开的时候，宫殿里才到处都是侍从和观望者，我们才能够转过身去背向众人，从对绘画和建筑的欣赏中、从对伟人的联想中，寻求解脱和安慰。有些批评家们认为，我们对于如画的风景的追求，是同我们对于虚伪的社会的抗议密不可分的。人类堕落了，而大自然却依旧挺立着，并且被当作一支温度计，检验着人类是否具有神圣的情操。由于我们的迟钝和自私，因此我们会仰慕自然；然而，当我们脱胎换骨之后，自然便会仰慕我们。我们凝视着水花四溅的溪流，感到无比的愧疚；可是，假如我们自己的体内流淌着正义的生命之泉时，我们便会令溪流感到自惭形秽。不幸的是，人们常常将大自然当作了牟利的手段，进行着唯利是图的研究。在利己主义者的眼中，天文学变成了占星术，心理学变成了催眠术，而解剖学与生理学则成为了骨相术和手相术。

　　运动和静止，或者说，变化和同一，是大自然的第一奥秘与第二奥秘。大自然的全部法则，可以篆刻在一个大拇指的指甲或者一枚戒指的小印章上面。河面上那回旋的水沫，让我们懂得了天空的秘密。沙滩上的每一个贝壳，都是开启这一秘密的钥匙。杯中转动的水，解释了贝壳的形成。物质年复一年地增加着，终于获得了最复杂的形式。然而，尽管大自然身手不凡，但是，从宇宙的开始到终结，她都仅仅只有一种材料。无论她如何去进行调配，星辰、沙粒、火、水、树木、人类，都仍旧是一种材料。它们所表现出来的，都只是同样的一些特性。

大自然总是首尾一致的，尽管她佯装违背自己的法则。她恪守着她的法则，却好像要超越它们。她武装了一只动物，让它在泥土里找到了自己的生存位置。然而与此同时，她却又武装了另一只动物，让它去摧毁前者。空间的存在就是为了分离各个造物。给鸟的两肋插上几片羽毛，大自然便赋予了它一种可以去往各处的能力。

植物是世界上的年轻一代，犹如充满了活力和健康的人，它们永远都在向上探索着。树木则犹如没有发展完善的人，它们仿佛在哀叹自己那遭受禁锢、扎根地下、无法自拔的悲惨命运。动物则是处于更高阶段的新手和见习生。人类，尽管很年轻，但因为他们从思想之杯中品尝到了第一滴水，便已经开始放荡了。

事物总是息息相关的，因此，我们可以根据任何一个事物来预言另一个事物的作用或者性质。这种同一性使我们合而为一，将我们所惯常的巨大差距化为了乌有。我们谈论着种种背离自然的生活偏向，认为人为的生活便是不自然的。殊不知，在宫廷里最圆滑的鬈发廷臣的身上，有着某种动物的天性，他们与白熊一样骄横、野蛮，为了达到自己的目的而无所不用其极。因此，假如我们意识到了自己身上其实包孕着许多的属于自然的因素，那么我们就不会认为，只有当我们露宿野外、以草根为食的时候，我们才能够同那些恬淡的自然物一样的崇高了。

三

当我阅读和写作的时候，尽管身旁无人，但是我却并没有感到孤独。然而，假如一个人愿意独处，那就不妨让他仰望星辰好了。那一道道来自天宇的光芒，将流泻在他与其所触摸的事物之上。你不妨设想一下，空气因此而变得分外的透明，只有置身于天地之间，人们才能够领略到崇高的永恒的存在。星辰唤起了人们的某种敬畏之心，因为，尽管它们时时出现在天幕之上，却是可望而不可即的。然而，当你敞开自己的心灵，与天地万物交相感应之后，大自然便会给人以亲近之感。

爱　默　生
散 文 精 选

　　大自然从来都不会以平庸的面孔出现。即使是最聪明的人，也无法穷尽她的奥秘，也不会因为洞察到了她所有的完美而失去了对她的好奇之心。对于睿智的心灵来说，大自然从来都不是他们的赏玩之物。

　　实际上，并没有几个成年人真正地看见到了大自然。大部分的人甚至都没有细心地留意过太阳，顶多只是瞥一眼罢了，并没有真正地用心灵去感悟它。对于成年人来说，太阳只是照亮了他们的双眼，然而在孩子的眼里，它的光芒却可以直达他们的心灵深处。对大自然怀有无比热爱之情的是这样的一类人：他的内心感受与外在的感觉和谐一致。即使当他步入了成年以后，他也依旧会童心未泯。他与天地万物进行着相互的交流与感应，这已经成了他每日需要摄取的精神食粮的一部分。在大自然的面前，即使他遭遇到了深沉的悲哀，他的心中也依旧会充满狂喜；无论他遭受了怎样的无妄之灾，他也仍然会乐于与大自然相伴。大自然犹如一道背景，在这里，既适合上演喜剧，也适合上演悲剧。当你身心健康的时候，空气就会变成妙不可言的甘露。当你身处于森林之中的时候，你就会青春常驻。在森林里，我们又重拾了理性与信仰。站在林中的空地上，我沐浴在怡人的空气里，我抬头仰望着无垠的苍穹——所有卑琐的、自尊自大的念头都会消失得无影无踪。这时候，我感觉自己化为了虚无，但却又明察了一切。宇宙的气流在我的体内循环着，我成为了上帝的一部分或者一粒微尘。此刻，即便是最为亲密的友人的名字，听起来也会感觉到陌生和怪异。兄弟、熟人、主人或是仆人，此时都会显得琐碎和无聊，令人心情烦躁。我为这种自由自在的不朽之美而倾倒。在茫茫的荒野上，我发现了某种比在街道上或者村落里更为可爱、更为可亲的事物。在静谧的风景中，尤其是在遥远的地平线上，人们会看到某种像他的天性一样美丽的事物。

　　田野与森林所激起的喜悦，暗示着人与自然之间具有一种玄妙的关联。我并不是孤独一人，我并没有遭到冷落。它们向我点头致意，我也对它们报以颔首。那些在暴风雨中摇撼的树枝，对我来说既新鲜又熟悉。它们固然令我感到惊讶，但也并非是那么的陌生。这种感觉，就如同当我自认为思想明智、行为端方的时候，却被一种更为高尚的

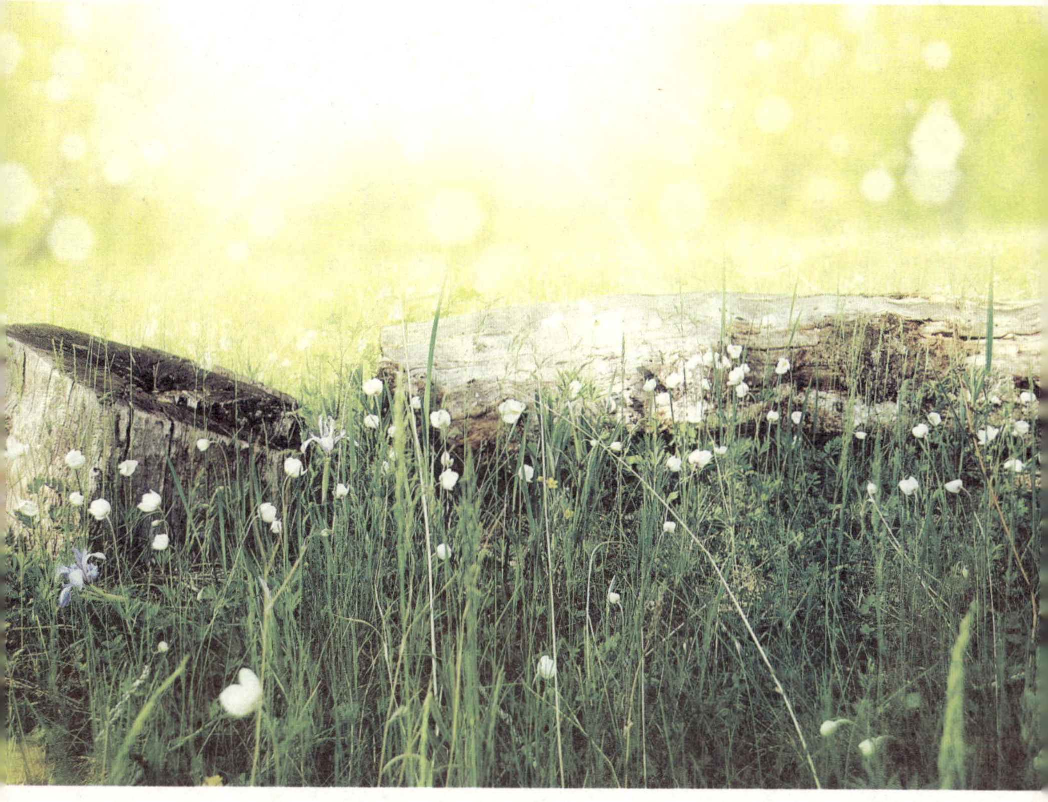

思想、一种更为完美的情操所攫住一样。

然而，有一点是可以肯定的，那便是，产生这一喜悦的力量并不是蕴含在大自然之中，而是来自人类，或者说，来自人与自然的和谐。我们必须要以审慎、节制的态度来享用这种快乐。因为，大自然并不会总是以节日的盛装来打扮自己。同一处场景，可能昨天还是芬芳满溢、绚丽明亮，犹如是林中仙子的嬉戏之处，今天却可能会笼罩着一片阴郁之气。大自然总是会带着一种情绪的色彩。对于一个因遭遇不幸而忧心忡忡的人来说，他自身的苦难情绪便会给大自然涂上了一层悲伤的色调；而在那位刚刚痛失亲友的人的眼中，此刻的自然景色则具有一丝讽刺的意味。当天空为一个平民百姓垂首默哀的时候，它昔日的壮丽也会黯然失色了。

自然是一种思想的化身，然后，她又会转化为另一种思想，就如同冰会变成水和汽一样。她将自己的笑靥给予了晨曦，她将自己的精华化为了雨水。每一个时刻、每一个物体都具有启迪作用，因为大自然在每一种形式里都注入了自己的智慧。她化为了血液，流入到了我们的身体里；她化为了痛楚，令我们痉挛和抽搐；她化为了欢乐，融入到了我们的生命之中。直到许久以后，我们才能够猜透她的本质。

历史

一

所有的个体都拥有一颗共同的心灵,而每一个人便是通向这一共同心灵及其各个方面的一个入口。一个人一旦被赋予了理性的权利,那么他就成为了一个拥有全部财富的自由的个体了。他可以思考柏拉图的所思,他可以体会圣徒的所感,他可以理解任何时候降临到任何人身上的遭遇。一旦谁进入到了这一普遍的心灵之中,谁就参与到了一切现实的或可行的活动之中,因为,这是一种独一无二的、至高无上的力量。

历史便是对这一心灵历程的记录。历史的精神是由整个漫长的岁月来阐明的。而人的精神则只有依靠自己的全部历史来予以解释。人的精神从一开始就从容不迫、无止无息地把属于他的每一种才能、每一种思想以及每一种情感都体现在了相应的事件当中。然而,思想总是先于事实,所有的历史事实都以规律的形式预先存在于心灵之中。反过来,每一条规律又都是由起主导作用的环境造成的,而自然的限制使得一次只能够让一条规律发挥作用。一个人就是一部完整的有关事实的百科全书。一片郁郁葱葱的森林的产生,就孕育在一棵橡树的种子里面;而埃及、希腊、罗马、高卢、不列颠、美国,便包孕在地球上所诞生的第一个人的身上。一个时代接着一个时代,氏族社会、

王国、帝国、共和国、民主政治，仅仅是将一个人的多方面的精神应用到了这个多姿多彩的世界上罢了。

  历史是由个体的心灵书写的，而这颗心灵又必须要阅读自己所谱写下的这段历史。司芬克斯必须要解答自己的谜语。假如整部历史体现在一个人身上，那么这部历史就必须要从个体经历的角度来予以解释。我们生活中的每时每刻与千百万年的历史之间都是息息相通的。因为，我所呼吸的空气，是从大自然的储藏库里汲取而来的；我所阅读的书本上的光亮，来自那距离我有亿万光年之遥的星体；我身体的稳定，有赖于离心力与向心力的平衡。同样的道理，每个时刻都受时代的引导，而时代则应由每个时刻来说明。因此，每一个个体都是这一普遍心灵的另一个化身，这一心灵的所有特点都体现在了他的身上。其个体经历中的每一件事实，都折射出了千万人的行为之光；其个体生活中的危机，又与整个民族的生死存亡休戚相关。每一场革命，起初都只是在某一个人的内心所萌生出的一种思想，而当同一种思想在另一个人脑海里出现的时候，它就能够成为开启那个时代的一把钥匙了。每一次革新，起先都只是某个人的一己之见，而当同一种见解在另一个人的内心里出现的时候，它就能够成为解决那个时代的问题的一剂良方了。他人所描述的事实，必须要与我身上的某些情况相吻合，那样才显得可信，才能够使我理解。当我们阅读历史的时候，我们必须要成为希腊人、罗马人、土耳其人、牧师和国王、殉道者和刽子手，必须要把这些形象同我们个体经历中的某些真实事件紧密地联合在一起，否则，我们就无法正确地掌握任何知识。阿斯德鲁巴①或恺撒就是关于心灵的力量与堕落的最好例证，而心灵的这种情形同样也发生在我们自己的身上。因此，从所罗门②、亚西比德③和喀提林④这些古

---

  ① 阿斯德鲁巴，迦太基将军和西班牙总督，活跃于公元3世纪。
  ② 所罗门（？—公元前932），以色列国王，以智慧著称。
  ③ 亚西比德（约公元前450—前404），古希腊雅典政治家与将领，以挥金如土、作战勇猛闻名。
  ④ 喀提林（约公元前108—前62），罗马共和国末期的贵族，曾因竞选失败而在罗马策划纵火，并在意大利全境发动暴乱。

人的身上，我也可以冷静地观察到我自身所存在的罪恶。

二

这个世界之所以存在，正是为了教育我们每一个人。我们每个人的生活，与历史上的某个时代、某种社会形态、某种行为方式，多少都有些吻合之处。每一件事物都倾向于用某种奇妙的方式来浓缩自己，并且将自身的优点贡献给他人。人们应当明白，自己可以亲身地体验历史。

"历史是什么？"拿破仑回答说，"不过是一则意见一致的寓言罢了。"今天，在我们生活的四周，到处都黏附着埃及、希腊、高卢、英国、战争、殖民主义、教会、法庭、商业的痕迹，就如同点缀着许多的花朵以及杂乱无章的饰品，严肃者有之，轻佻者有之。我对此不会予以过多的重视，我所相信的是永恒。我能够在自己的心灵里发现希腊、亚洲、意大利、西班牙以及英伦三岛，发现每个时代以及所有时代的天才和创造性原理。

我们总是在自己的个体经历中提取着引人注目的历史事件，并且就地加以证实。这样一来，一切历史都成为了主观；换言之，严格说来，没有历史，只有传记。每一个心灵都必须要亲自汲取全部的经验和教训，必须要亲自重温全部的课题。凡是它没有看见的，凡是它没有经历的，它就不会知道。为了便于人们去掌握，以前的时代已经将一些事情概括成了一个公式或者一条法则。然而，那条公式或者法则被一堵高墙阻隔着，于是人的心灵就无法亲自对其加以检验，并且从中获得裨益。在某种场合，在某个时候，心灵将会要求补偿这一损失，而办法就是亲自来从事这一工作。弗格森①所发现的诸多天文学上的知识，其实都是人们早已熟知的，然而他本人却从这种发现当中受益匪浅。

历史必须如此，否则它就不值一提。国家所制定的每一条法律，

---

① 弗格森，18世纪英国著名机械师与天文学家。

都说明了人性中的某一项事实，如此而已。我们必须要在自己的身上看到每件事实不可或缺的理由——看出它能够怎样以及必须怎样。我们应当以这样的方式及态度来看待每一件公事和私事，来看待柏克①的一篇演说，看待拿破仑的一次胜利，看待托马斯·莫尔爵士②、锡德尼③、马默杜克、罗宾逊④的殉难，看待法国大革命时期的硝烟与恐怖，看待萨勒姆镇女巫事件⑤的荒谬与残忍，看待宗教复兴的狂热，看待巴黎或者普罗维登斯的催眠术⑥。我们假定自己在同样的影响之下受到了同样的感染，假定我们应当取得同样的成就；我们的目的，便是要在智力上把握好前行的步伐，然后达到我们的同伴所攀登上的高峰或者所堕入到的深渊。

一切对于古代的探索——对于金字塔、对于被发掘出的古代城市的遗址、对于"悬石坛"、对于孟菲斯⑦所抱持的好奇心——都是一种欲望，我们要结束这种野蛮、荒谬的"彼地"或"彼时"，而应该用

---

① 柏克，英国近代著名思想家。

② 托马斯·莫尔（1478—1535），英国空想社会主义者，著有《乌托邦》。尽管亨利八世时期他身居高位，但是他却看不惯国王掠夺百姓以及腐败的生活作风，多次与国王意见相左。1532年，他因为反对国王离婚及其宗教政策而被关进了监狱，后来以"叛国罪"被送上了断头台。在断头台上，托马斯表现出了视死如归的非凡勇气，在刽子手放下斧头之前，他小心翼翼地将自己的胡子从砧板上面移开，低声讽刺道："为什么连这个也要砍去呢？它又没有叛国。"

③ 阿尔杰农·锡德尼（1622—1683），审判查理一世的法官之一，后来被查理二世以叛国罪处死。

④ 马默杜克·斯蒂文逊与威廉·罗宾逊，1659年被清教徒处死的两位贵族。

⑤ 1692年，在北美马萨诸塞州一个名叫萨勒姆的小镇上，一位牧师的女儿生病了，结果有一群曾在林中裸体嬉戏的少女被认为为巫术所困。在宗教团体与政府的威逼之下，这些少女们纷纷诬陷他人以自保，结果致使十九人被作为女巫送上了绞刑架。

⑥ 1887年，美国一位名叫保奈的传教士突然失踪了，他于1月17日离开了普罗维登斯市，3月14日，他莫名其妙地出现在了宾夕法尼亚州的一个小镇上，他说这两个多月的时间感觉就像是一个夜里发生的，他也不记得自己为什么以及如何会来到这里的，于是心理学家希望通过催眠术解开谜团。

⑦ 古埃及的首都，有五千多年的历史，曾经繁荣一时，如今已是断壁残垣。

爱默生
散文精选

"此地"和"此时"来取而代之。贝尔佐尼①在底比斯②的木乃伊坑和金字塔里不断地挖掘和测量，到了后来，他发现那项工程与他自己竟然难分彼此了。最后，他使自己坚信：这项工程的建造者是一个与他极为相像的人，有着相同的装备、相同的动机。这时候，问题就迎刃而解了。他的思想与一座座的庙宇，一尊尊的狮身人面像、一个个的地下墓穴紧紧地联系在了一起，并且心满意足地在它们之中游历了一番。对于他的心灵来说，它们再一次地复活了，或者说，它们由"彼时"成为了"此时"。

人与人之间之所以千差万别，就在于他们所奉行的联系原则大相径庭。有的人对事物进行分类所依据的是其颜色、大小以及外形上的其他一些附属特性；而有的人所依据的则是事物内在的相似性，或者是因果关系。越有智慧的人，越会注重内在的原因，而不会关注表面上的差异。在诗人、哲学家和圣徒的眼中，万物都是友好的、神圣的，万事都是有益的；每一天都是圣日，每一个人都是圣人。因为，他们的目光所投向的是事物的实质，因此对于外在的环境便不会予以过多的重视了。每一种化学物质、每一株植物、每一个动物，都处在发展和变化之中，是它们使我们懂得了事物内在的一致性以及外在的多样性。

有位画家曾经告诉我说，假如一个人仅仅只去研究孩童的体形轮廓，那么他将无法绘出一幅有关孩童的优秀画作。只有当他花费了一段时间去仔细地观察孩童的动作和游戏，只有当他真正地掌握了孩童的性格特征，他才能够挥洒自如，将一个孩童的各种形态生动地绘于笔端。由此可见，相同的是精神，而不是事实。艺术家之所以具有将他人的灵魂唤醒去参与某种活动的魔力，主要依靠的便是一种深沉的领悟力，而不是辛辛苦苦地去练就种种技艺。

---

① 贝尔佐尼，著名发掘家，1817年前往埃及发掘古墓和财宝。
② 公元前14世纪古埃及新王国时期的都城，是一座充满神秘色彩的古城。

三

当我们阅读文明史和自然史、艺术史与文学史的时候，都必须要从个体历史的角度来进行解读，否则就必然是一派空言。没有一件事情不与我们具有关联，没有一样事物不令我们产生兴趣——王国、大学、树木、骏马、甚至铁蹄。万物之根源，皆在于人。圣克罗齐教堂与圣彼得大教堂的圆顶，只不过是对某个神圣的原型所做的模仿。真正的诗歌便是诗人的心灵，真正的船只便是造船者本人。假如我们能够对一个人进行解剖的话，那么我们就会在他的体内看到他的作品中的每一丝纹路和理由，这就犹如海贝的每一根壳针、每一种色彩，都预先存在于水生动物的分泌器官里一样。

还有另外一种历史也在与人类的文明史一道天天地向前迈进着——那便是外部世界的历史——而人与这部历史也同样紧密相连。人是时间的纲领，人是自然的相知。人之所以能够具有无穷的力量，就在于他拥有众多的姻亲，就在于他的生命与整个有机物和无机物的链条是纠结在一起的。在古罗马，起自于首都广场的官道向东西南北四个方向辐射开去，通往帝国的各个行省的中心，从而使首都的士兵们可以直达波斯、西班牙、不列颠的每一座城镇。同样的道理，也有一条道路从人的心中延伸而出，通向自然界中每一个物体的心里，迫使它们向人类的统治屈服。一个人就是一团根蒂，从这里开出的花、结出的果，便是整个世界。他的各种本领与其身外的种种自然现象都具有关联，并且预示出了他将要居住的世界，就如同鱼的鳍预示了水的存在、雏鹰的翅膀预示了空气的存在一样。没有世界，人将无法生存。假如把拿破仑投入一座孤岛上的监狱里，使他的本领无处施展，那么他也将会成为一个只知道捕风捉影的愚不可及的人。但是，假如我们将他送到一个泱泱大国里去，送到一个人口稠密、利害关系错综复杂、势力相互敌对的环境里去，那么我们就会看到一个真正的拿破仑了。

哥伦布需要一个星球来决定他的航程，牛顿需要一个星辰密布的

爱默生
散文精选

天宇来推出他的理论。我们不妨说，一个有着引力作用的太阳系已经被牛顿的心灵预见到了。难道胎儿的眼睛预示不了光明？难道韩德尔①的耳朵预示不了和声的魅力？难道瓦特、富尔敦②、惠特莫尔、阿克莱的手指预示不了金属那可熔、可锻的本质，预示不了岩石、水和木头的特性？难道小女孩的可爱预示不了文明社会的文雅和装饰？一个心灵苦思冥想无数个年月所得到的自我认知，还比不上它从仅有一天的爱的激情中所收获的启示。假如一个人没有对暴行感到过义愤填膺，没有听到过口若悬河的讲演，没有与成千上万的人们一起分享过举国欢腾时的激动，那么他如何能够了解自己呢？

现在，我不想再做进一步的笼统陈述来探讨这种一致性了。总之，我们对历史的阅读和书写，应当遵循两个原理，即，心灵是唯一的，大自然与之是息息相关的。掌握这两点就足够了。

四

这样一来，历史便不再是一本沉闷的书。它将体现在每一个明智之士的身上。你不必一一告诉我你阅读过哪些书籍，它们是用何种语言写成的，书名叫作什么。你应当让我感觉到，你经历过了哪些历史时期。一个人应当是一个名人堂。他应该像诗人笔下所描写的那个女神一样，身着一件描绘着神奇事件和经历的长袍行走着——而他自己的形体与面貌，则将因其高超的智力而成为那件五彩斑斓的祭袍。我将在他的身上看到洪荒的"史前时期"，在他的童年中看到"黄金时代""智慧的苹果""英雄阿尔戈的远征""亚伯拉罕的天命""圣殿的修筑""耶稣的降生"、中世纪的"黑暗的时代""文艺复兴""宗教改革"、新大陆的发现，以及新科学的开拓与人类身上新领域的开发。他应当是潘神③的祭司，将晨星的祝福与天上人间一切有记载的

---

① 韩德尔（1685—1759），巴洛克后期著名的德国音乐家。
② 富尔敦（1765—1815），发明了汽船等机械的著名发明家。
③ 潘神，希腊神话中半人半羊的山林以及畜牧之神。

福祉，带进蓬门荜户中去。

　　这一要求是不是有点儿过于自负了呢？那我就把我所写的全都抛弃算了，因为，假装知道我们其实并不知晓的事情又有什么用处呢？让我们听一听墙角里的老鼠、看一看篱笆上的蜥蜴、瞧一瞧圆木上的地衣吧。对于这些生物界里的任何一种生命体，我们究竟知道些什么呢？这些动物与高加索人种一样的古老——或许要更为古老——它们在人类的身旁保持着沉默，它们传递过何种语言、有过何种暗示，从来都没有被我们的历史记载过。我羞于看到我们所谓的"历史"成为了一个肤浅的村野故事。为什么我们一定要将罗马、巴黎、君士坦丁堡挂在嘴边呢？对于这些邻近的生物体系来说，罗马的教廷、奥林匹克的竞技会和法国的督政府又算得了什么呢？

　　因此，倘若我们想要更加真实地去展现这个我们所身处的关系广泛的世界，而不是去展现这个我们已经着眼太久、只是记录着人类的自私与骄傲的陈旧年表的话，那么我们必须要将我们的历史写得更加博大精深一些——从开展一种伦理上的革新出发，从灌输一种万古常新、疗效无穷的良心出发。要知道，与解剖学家或者文物工作者相比，白痴、印第安人、孩童、大字不识的农夫，反倒站在距离大自然的光照更为接近的地方。

艺术

一

因为灵魂是一直在向前迈进的，所以它从来不会重复自己，而是在每一个行为中力图创造出一种新的、更加美好的事物。这一点也适用于艺术作品。艺术的目的，并不在于模仿，而是创造。画家不是仅仅描画出他所看到和所知道的，而是在现实的基础上加以提炼。他删去大自然的枝节与平凡，将自然的精神与壮丽呈现给我们。他知道，风景画之所以在他的眼里具有一种美，那是因为它向世人传达出了一种有益的思想，而艺术家能够通过自己的眼力在风景中洞察到这一点。他将对自然本身给予高度的评价，并且在自己的作品中表现出来。在一幅肖像画中，他必须要刻画出人物的性格，而不是仅仅只对五官进行描摹。

艺术需要推陈出新，新的艺术形式总是从旧的艺术形式中发展出来的。时间在艺术作品中刻下了不可磨灭的印记，表达出了难以用言语来描绘的优美。只要时代的精神被艺术家所掌握，并且在其作品中得到了表达，那么这样的作品就一定是一幅巨作，对于未来的人而言，它就意味着一种神圣。没有人能够完全脱离他的时代与国家，没有人能够创造出一种与他那个时代的教育、宗教、政治、习俗、艺术毫不沾边的形式，没有人能够在其作品中抹去时代的印记。正是时代的风

尚使其作品具有了一种独特的魅力，而这种魅力是单纯的个人才能所无法赋予的，因为艺术家的画笔与斧凿仿佛被一只巨手操控着，在它的指引下在人类的历史画卷上绘出美丽的图案。正是这种时代的风尚赋予了埃及的象形文字以一种独特的价值，赋予了印度、中国和墨西哥的雕像以一种独特的价值，不论它们是多么的粗糙，它们都表现出了那一时期人类的灵魂所达至的高度。

因此，从历史的角度来看，艺术的功能便在于训练人们对美的知觉与感受能力。我们沉浸在美当中，然而我们的眼睛却并没有清楚地看到这一切，所以艺术的功效就在于将某个物体从其周围那些目不暇接、纷然杂陈的物体中分离出来，直到一个物体脱离了与诸多物体的关联，才会产生出喜悦与沉思。

二

绘画与雕刻的功能似乎仅仅只是一种最初的功能。最优秀的画作只不过是由几个神奇的点、几条神奇的线与几种神奇的色彩所构成的草图。绘画之于眼睛，有如舞蹈之于四肢。当躯体能自控、轻快和优美的时候，舞蹈大师的舞步便会被忘却；当画笔能表现出色彩的绚丽和形体的精准时，我便会看到画笔的丰富多彩以及艺术家在从可能的形体中进行随意选择的时候所表现出来的冷漠。随后我睁开了眼睛，于是便看见了大自然在街道上所画出的永恒之作——来来往往的人群，有的披红，有的戴绿，有的着蓝，有的穿灰，有的长发披肩，有的两鬓斑白，有的面孔白皙，有的皮肤黝黑，有的洋洋得意，有的分外淘气——这是一幅立于天地之间的无比广阔的画卷。

陈列馆中的雕像能够更加简单明了地说明这一道理。绘画讲的是着色，雕刻讲的是形体解剖。当我在欣赏完了优美的雕像后走进了一个公共会场的时候，我才明白了这样一句话的含义："当我在阅读《荷马史诗》的时候，所有的人看上去都像是巨人。"绘画与雕刻是一种眼睛的体操。一个变化无穷的活生生的人，要比任何一尊雕像都要完美。我所进入的这个公共会场，是怎样一个非凡的艺术展馆啊。没有一位艺术家能够雕刻出神态如此各异的群像。丢掉你的油彩和画架吧，丢掉你的大理石和凿子吧；除非你睁开了双眼，看见了艺术那双永恒的、充满神力的手，否则它们就都是假冒的垃圾。

三

所有的艺术创作最终都与某种原始力量有关。这种关联揭示出了一切艺术精品都具有的一个共同特质——它们应该是能够被普遍理解的；它们令我们回归到了最单纯的心境；它们都是宗教性的。因为，无论艺术作品表现出了怎样的技巧，都是对原始精神的再现，都是纯净之光的闪耀，所以它对造化的产物也会产生类似的印象。当我们心情愉悦的时候，大自然在我们的眼中就犹如一个巧夺天工、尽善尽美的艺术品——一位天才艺术家的杰作。假如一个人对于崇高的人性感召具有单纯的趣味并且极为敏感，那么他便是最优秀的艺术批评家。如果我们不将美随时携带在身边，那么，即便我们觅遍了天涯、踏破了铁鞋，也是无法寻找到美的。至高无上的美是一种高超的魅力，这是表面的技巧与艺术规则所无法教会的。也就是说，它是具有人性的艺术作品所散发出来的光芒——是通过石头、帆布，或者音响对我们天性中最深沉、最单纯的特质所做的神奇再现。所以，那些具备这些特质的人是最能够心领神会的。在希腊人的雕刻中，在罗马人的砖石建筑中，在托斯卡纳和威尼斯的大师们的绘画中，最吸引人的魅力就在于，它们所说的是一种普通的语言。一种道德性的直白，一种纯洁、爱与希望的直白，从它们身上散发出来。旅游者游览梵蒂冈，从一个展室到另一个展室，穿过一个个摆放着雕塑、花瓶、石棺、枝形烛台的陈列室，穿过那些用最华丽的材料呈现出来的形形色色的美，这时候，他便会产生这样一种危险：他有可能会忘记产生出这一切艺术作品的原理的单纯性，也可能会忘记它们的思想与法则其实就来源于他自己的心中。他研究这些神奇的文化遗产的技术规范，却忘记了这些作品并非总是这样群星荟萃；忘记了它们其实是多少年代、多少国家的共同贡献；忘记了每一件作品都出自某个艺术家的呕心沥血。

我记得，年轻的时候我就曾经听闻过意大利绘画的奇观，当时的我便想象着这些大作看上去一定是非常的陌生，一定是把色彩与形式惊人地混合在一起，一定是某种异国的奇迹，金镶玉嵌，艳丽绝伦，就犹如民兵的矛戟与军旗在小学生的眼里和想象中会显得耀眼和炫目一样。于是我打算去看一看和学习一下这些我所不了解的事物。而当我终于来到了罗马，目睹了那些画作的时候，我发现，天才们的作品将浮华、怪异和炫耀都抛给了初学者，而他们自己则直奔朴素与真实，它是那么的亲切与真挚，是我在众多的形式中所遇到过的古老而永恒的真实——我就生活在其中。我在那不勒斯的教堂里就有过同样的经历。在那里，我发现，除了地点以外，一切都没有改变。于是我自言自语地说道："你这个傻小子，难道你远渡重洋来到这里就是为了发现和自己的家里全然一样的东西吗？"而我在那不勒斯的雕刻馆里又看到了完全相同的事实。而后，当我来到了罗马，来到了拉斐尔、米开朗琪罗、萨基、提香、达·芬奇的画作跟前时，我又发现了这一事实。我在这一路的旅途中所见到的，全都是这种情形。因此，我现在要对所有的绘画提出这样一个要求：它们应当使人感到通俗易懂，而不应该令人觉得眼花缭乱。一切伟大的行动都是简单纯朴的，一切伟大的画作也是如此。

拉斐尔的《基督显圣容》便是这一特点的突出例证。整幅画呈现出了一种宁静、仁慈的美，直接照射进了观者的心扉，它简直是在呼唤你的名字。耶稣那恬静而庄严的面容，令人叹为观止。然而，这对那些心存绚丽浮华之期待的人们，则无异于冷水浇头！这种熟悉、简朴、拉家常似的面容，就仿佛是在会见一位友人。画商们的知识自有其价值，但是，当你的心被天才打动的时候，就不要再听他们的评头论足了。因为，这些作品并不是为他们而画的，而是为你创作的，是为那些双眼能够被单纯和崇高的情感所吸引的人们而创作的。

四

如果艺术不是与世界的最强音齐头并进，如果它是不实用的或者不道德的，如果它与良知毫无关联，如果它不能够使贫穷和愚昧的人感受到崇高之声的鼓舞，那就说明这一艺术尚未达到成熟的境界。艺术工作要高于技艺，因为，技艺只是一种不完善的或者是受损害的天才的早产儿，而艺术则需要一种创新的精神。由于艺术的本质是如此的广大和普遍，所以它无法容忍跛足而行，或是缩手缩脚地工作，无法容忍制造出残疾和畸形，所有的绘画与雕刻都是如此。一个人应当在艺术中为其全部的精力寻找到一个出口。只要有能力，他就应该绘画、雕刻。艺术应当使人获得愉悦的感受，并且从各个方面破除一切形式的壁垒，还要在观赏者的心中唤起作品在艺术家的心里所激起的那种普遍联系与力量的相同感受。而艺术的最高境界，便是要造就出新的艺术家。

　　真正的艺术绝不是僵化的，而应该是流动的。最美妙的音乐，并不是在圣乐当中，而是在人的声音里，如果它从瞬间的生命中说出了温柔、真实或勇敢的音调的话。一切艺术作品都不应该超然于物外，而应当是即席表演。一位伟人的每一种姿势、每一个动作，都是一尊雕像；一位美人本身，其实就是一幅会令观赏者为之倾倒的图画。生命可以如抒情诗一般的美丽，也可以如史诗一般的宏伟。

五

　　可惜，在现代社会中，创造和美的源泉已经近乎枯竭了。今天的通俗小说、剧院或者舞厅，都让我们觉得自己是这个世界的贫民所里的乞丐，没有尊严、没有技巧、没有勤奋。艺术也是同样的贫困和低劣。假如对于艺术之美的寻觅，不是出于宗教和爱，而只是为了单纯的快乐，那么艺术就会遭到贬低。于是，我们再也无法从帆布、声响或者抒情作品里获得那种高尚的美了，充其量只是一种阴柔的、谨慎的、病态的美，实际上已经不是美了。因为，手能够完成的事物，永远都不会比由性格所激发出来的事物要高妙。幸运的是，仍然有一群艺术家们渴望在艺术中表现出自己的才能，或者将艺术作为逃避现实种种苦难和罪恶的避难所。他们将自己的良知用一首歌曲、一尊雕像、

一幅绘画传达了出来。

　　我们应当牢记：艺术绝不是一种肤浅的才能，它必须是从人的内心深处激发而出的，否则艺术就会遭到贬斥。在大自然中，一切都是美的。它们之所以美，因为它们是活的、运动的、有生殖能力的。假如我们希望能够寻找到某位天才去重复古老艺术中的奇迹，那将会是一种徒劳。我们应该在那田间、在那路旁，发现鲜活的美与神圣。

政治

一

当我们论及国家这一课题的时候，我们应当牢记，尽管它的一切制度早在我们之前便业已存在了，但是，它们并非是固有的，而且也绝不应该凌驾于公民之上。相反，它们中的条条款款，曾经都只是某一个人的行为表现，各种法律和习俗，也都只是人们在应对某些情况时的权宜之计。因此，它们都是可以模仿、可以变更的。我们能够使它们日臻完善，也能够令它们锦上添花。

共和国里有许多青年公民，他们认为，是法律创造了城市；他们认为，政策和生活方式的重大改变，以及居民的职业、贸易、教育、宗教，都可以通过投票来进行决定和取舍；他们认为，任何措施，尽管荒唐可笑，但是，只要它能够获得足够多的赞同而被订立为法律，那么我们便可以将其强加在一个民族的头上。然而，只有那些圣贤之人才懂得：愚蠢的立法，有如一条由沙结成的绳子，一经扭曲，便会消失不见。国家必须要遵循而不是领导公民的性格与进步，即使是最强悍的君主，也会有轰然倒塌的那一天。而唯有那些依赖思想的人，才会永远立于不败之地。

二

　　政治理论的要旨在于，政府存在的目的有二——一是保护人身，一是保护财产。人人都享有平等的权利，因为他们的天性是相同的。然而，尽管人的各种权利是平等的，但是，由于他们接近理性的途径有所不同，因此他们的财产所有权也就大相径庭了。有的人仅仅拥有一两件衣衫，而有的人却富可敌国。之所以会有这种巨大的差别，主要在于个人手段的高低以及德行的优劣，其次还在于所继承的遗产的多寡。而这种情形就会导致一种不平等，于是，所得的权利也会有天壤之别。一般来讲，个体的权力是相同的，因此就需要一个基于人口的比率而建立起来的政府。举个例子：拉班放牧牛羊，他希望自己的牧群能够得到边境官员的关照，以防止米甸人的掠夺，因此他便需要向相关的部门缴纳税款。雅各没有牛羊，所以就用不着害怕米甸人的来袭，当然也就用不着向官员们纳税。在选举官员方面，拉班和雅各都拥有平等的权利，以保护他们的人身安全。然而，只有拉班、而不是雅各，才有权利去选举负责保护牛羊的官员，这似乎是顺理成章的事情。

　　在原始社会，所有者创造了自己的财富。在任何一个公正的社会里，只要财富是由所有者亲手获得的，那么，关于财产就应该制定财产法，关于人就应该制定人权法。于是这样的主张便应运而生了。

　　然而，尽管人们乐于接受财产应当制定财产法、人应当制定人权法这一原则，但是，想要将该法则充分地体现出来却并非是一件轻而易举的事情。因为，人和财产在一切交易当中相掺杂、相混合。最后，问题似乎就这样得到了解决——根据斯巴达人所谓的"公正的即是平等，平等的不一定就是公正"这一原则，有产者应当比无产者享有更多的公民选举权。

　　可是，这条原则似乎已经不再表现得像以前那样不证自明了。部分原因在于，人们已经开始怀疑：法律是否过于重视财产，是否在我们的惯例中允许了一种富人剥削穷人、并且使穷人永远贫穷的结构。

然而，主要原因在于，人们本能地意识到，按照当前的财产保护权，关于财产的一切法律都是有害的，对于人的影响也是败坏性的。事实上，国家所要考虑的唯一利益应该是人，财产总是跟随于人的。政治的最高目标，便是要提高人的文化素养。假如人人都能够接受教育，那么制度便会随着人的提高而获得改善了。

社会总是主要由青年以及愚人所组成。那些年长的人早已看穿了法庭和政客的伪善，而他们死后却并没有给子孙后代留下任何的智慧。青年人往往会对媒体十分笃信，而他们的父辈们在他们的这个年纪里也是如此。由于大多数公民是无知和轻信的，因此国家不日将趋于崩溃。但是，还存在着一些统治者的野心和愚蠢所无法超越的限制。人有人的法则，物有物的规律，万事万物都不容小觑。财产应当受到保护。不播种、不施肥，庄稼就不会生长。但是，假如农民没有百分之九十九的收获可能，那么他也不会去播种和锄草。一个人的天性、才智，以及道德力量，将会在任何法律或者灭绝人性的暴政之下发挥出自己的威力——或者公开，或者隐蔽；或者合法，或者违法；或者依赖公理，或者诉诸强权。

我们有必要去保护人权以及财产权，以防止它们遭受到地方官吏的狠毒或者愚行的侵害，而这种必要性便决定了统治的形式和手段。每一个民族及其思维习惯都有其特有的形式和手段，绝对不能够被随意地转嫁给其他的社会形态。我们美国人对于自己的政治制度深感自负，它们的确是独一无二的，它们萌生于民众的性格和状况。因此，我们对于它们的喜爱程度，要胜过对于历史上任何其他的社会制度，并且将它们说得天花乱坠。然而，它们并不见得就要比别的制度更为优越，只不过对于我们更加合适罢了。或许我们善于去维护现代民主体制的优势，可是，对于其他的社会形态而言，由于那里的宗教尊崇君主体制，所以，对于他们来说，更为方便的是那一种体制，而不是我们所采用的这一种。民主制度之所以备受我们的欢迎，是因为它与当代的宗教情感更为和谐一致。而我们的父辈们，由于生活在君主观念之中，因此，相对而言，那一制度在当时也有其合理性。但是，尽管我们的制度与时代的精神相吻合，但却并没有消除那些使其他社会

体制失信的实际缺陷。现存的每一个国家都是腐败的。诚实的人切不可过于虔诚地遵从法律。古往今来，"政治"就是"奸诈"的代名词，这向我们暗示出，国家只不过是一场骗局而已。因此，对于政府的讽刺，有什么能够比"政治"这一字眼所传达出来的责难更为严厉呢？

每一个国家都分为若干个党派，它们分别充当着政府的反对者和拥护者。而这些党派也存在着同样的利弊。在我们这个国家里，主要党派的弊端便是，它们没有扎根于其应有的深厚而必要的土地之上。现在，两大政党几乎分治了整个国家：在我看来，一个具有最伟大的事业，另一个则拥有最优秀的人才。哲学家、诗人，或者宗教人士，无疑会和民主党人一起去投票支持自由贸易和普选权，赞成废除刑法中的残暴行为，赞成千方百计为青年和贫困者们提供致富、掌权的途径。然而，当所谓的人民党将这些人作为自由主义的代表向他们推荐的时候，他们却难以接受了。因为，在那些人的灵魂深处，根本就没有"民主"这一字眼所包含的希望与美德。我们美国的激进主义精神具有着某种破坏性和盲目性；没有仁爱，没有远大而神圣的目标，只有出于仇恨和自私的破坏性。另一方面，由那些最稳健、最能干、最有涵养的人们所组成的保守党却胆小怕事，仅以保护财产为己任。它不维护任何的权力，不追逐任何的实利，不指责任何的罪行，不提出任何慷慨的政策。它不创造，不倡导艺术，不推广宗教，不兴办学校，不促进科学，不解放奴隶，不帮助穷人、印第安人和外国移民。无论由这两党中的哪一方来掌权，我们都无法期望能够在科学、艺术或者人道主义方面获得与我们国家的国力完全相称的收益。

但是，我不会因为这些缺陷就对我们的共和国丧失信心的。我们不会任凭机缘随意摆布。我们会发现，在野蛮的党派之争中，人性总是会受到人们的珍视。那些封建国家的臣民们对于我们"堕落"成了无政府主义状态的民主制度感到大为惊恐。我们当中的那些年长者以及谨小慎微的人们，也正学着欧洲的样子，怀着某种恐惧之情来观望着我们这股汹涌澎湃的自由浪潮。费希尔·艾姆斯将君主制与共和制作了一番比较，从而更为巧妙地阐明了两种制度的实质："君主制就像是一条一帆风顺的商船，可有时候它也会触礁沉入海底；而共和制则好比一条永远不会沉没的木排，不过你的脚却总是泡在水里面。"当我们受到事物法则的眷顾时，任何制度都不会重要到会令人感到危险的程度。只要肺部的压力足以承受，那么，无论多少吨的大气压顶，对我们而言也都无关紧要。只要反作用力和作用力是相等的，那么，即便质量增大百倍、千倍，我们也无法被摧毁。极有阴极、阳极之分，力有向心、离心之别，两极和两力无处不在。每一种作用力都会能动地产生出自己的反作用力。自由放任会产生出钢铁一般的良心；而缺少自由，势必就会加强法规和礼仪，于是便会导致良心的麻木不仁。哪里的领袖越是飞扬跋扈、越是唯我独尊，哪里的私刑就越会盛行肆虐。

三

因此，我们进行的统治越少越好——统治越少，法律便会越少，私人授权也会越少。要消除合法政府的这种弊端，只有依靠个性的影响以及发展，依靠主事人出面来替换代理人，依靠圣贤的出现。必须承认，现存政府只不过是对圣贤的蹩脚模仿而已。国家之所以存在，就是为了培养出圣贤。圣贤一出现，国家便会随即消亡。圣贤无须军队和城堡，因为他爱民至深；圣贤无须用贿赂、筵席、宫殿去笼络人心；圣贤无须凭借天时地利；圣贤无须教堂，因为他就是先知；圣贤无须法典，因为法律由他制定；圣贤无须金钱，因为他就是价值本身；圣贤无须道路，因为他以四海为家；圣贤无须私交，因为他具有吸引全人类的祈祷和虔诚的魔力。

时代的倾向偏爱自治的观念，尽管存在着法规，但我们还是去让一个人听命于他自己的组织的奖惩吧。这种自我的奖惩所能发挥的作用，会巨大到让我们难以置信的程度的，可惜我们却还在愚蠢地依赖着那些人为的约束力量。

每个人都应该享有被雇用、被信任、被热爱、被尊重的权利。我们真正的立国之本，应当是仁爱的力量，只可惜，它还未曾得到人们的尝试。假如我们不去强迫那些棘手的抗议者们也必须参与到某项社

会公约之中的话，我们的一切就不会陷入如此混乱的境地了；当暴力统治末日临头的时候，我们也不会再为修筑公路、传送信件、保障劳动成果而提心吊胆了。难道我们现行的体制竟是如此的优越，以至于一切的竞争都会归于枉然吗？难道就没有一个充满仁爱的国家，能够设计出一种更为理想的制度吗？哪里有自私自利之徒，哪里便会有暴力政府的存在。然而，当人们心地纯洁到足以抛弃那本暴力法典的时候，聪慧的他们便会看到，邮局、公路、商贸、博物馆、图书室，以及科学艺术机构等公共目标将会得到建立和满足。

我们生活在一个低劣的国家里，我们还在违心地为暴力政府高唱赞歌。在宗教色彩最浓厚、文明程度最高的国家里，那些最虔诚、最有教养的人们相信：即便没有人为的条条框框，社会也能够维持得有如太阳系一般的井井有条；即便没有关进监狱和私产充公的惩罚，百姓们也会通情达理，成为一个让人满意的好邻居。

旅行

所有受过教育的美国人,都对旅行深深地着迷,他们心驰神往的,是意大利、英格兰,以及埃及。而这种对于旅行的迷信,恰恰是一种自我修养不足的表现。

我并不是十分倡导出外旅行。我注意到,有些人因为在本国混得不太如意,于是就跑到别的国家去,随后又因为在新的环境中一无所获,最后又只好打道回府了。在很大程度上来说,只有那些浮躁无能之辈才会出外旅行。你怎么会没有一件工作能够使你留在自己的家中呢?我知道,有很多人都认为我关于旅行的看法是一种吹毛求疵的言论,然而,我只是在公允地评判此事罢了。我认为,在我们的民众身上存在着一种不安定的倾向,这是一种缺乏个性的表现。许多受过教育的美国人都跑到欧洲去了,这或许是因为他们将欧洲视为自己的精神家园,但这也是我们这个国家所具有的一种病态的习惯。一位女子学校的资深教师曾经对我说:"女子教育的核心就是:她怎样才适合去欧洲。"难道我们永远都无法将这条害虫从我们同胞们的头脑里清除掉吗?假如一个人在自己的国家里找不到合适的岗位或者无法完成担负的责任,那么,即便他去往了国外,也将会面临同样的境况。他去国外,只不过是在一个更大的人群里掩饰自己的渺小罢了。你该不至于会认为,你在国外会发现在自己的国家里所无法见到的东西吧。所有的国家,其本质都是相同的。你难道会以为,有哪个国家的人们

不用牛奶锅煮牛奶，不用襁褓包裹婴儿，不用砍下的树枝燃火吗？在此地千真万确的事情，在彼地也将会一样。就让他到他愿意去的地方吧。他在那儿所寻找到的美和价值，不会比他随身带去的美和价值多。

当然，对某些人来说，旅行可能还是有用处的。毫无疑问，对于一个有理性的人而言，旅行可以提供一些益处。他会懂得好几种语言，结交许多朋友，掌握多门技艺。这样一来，他就拥有了数倍于他人的力量。他可以将外国作为一个参照物，从而对自己的国家做出一种客观的判断。旅行的另一个用处便是，到另一个国家去，可以见识到不同的人。因为，就像自然界让不同的纬度生长着不同的水果一样，她也会让远方的人们身上蕴含着不同的知识与道德品质。因此，我们每个人都渴望能够在世界的另一端寻找到一两个良师益友。

灵魂绝不会是一个旅行者。明智的人会安居家中。假如他有需要、有义务走出家门，或者被迫背井离乡，那么他也会像在家里时一样。而且，他的表情会告诉你，他造访一座城市的目的，旨在传播智慧与美德。这时候，他就犹如一位尊贵的君王，而不是一个贸然的擅入者或者仆从。

我并不是在武断地反对为了追求艺术的、学术的，以及慈善的目的而周游世界，而是主张人们首先应该要宜室宜家，或者不要抱着扩大知识的目的而出国。假如你是为了寻开心而旅行，为了获取自身所没有的事物而远足，那么你就是踏上了一段背离自我的征程。当你身处于底比斯、帕尔迈拉①的时候，你的意志与精神也会像这些古老的城池一样，变得暮气沉沉，成为一片荒芜。

旅行是愚人的天堂。当我们一踏上旅途便会发现，到哪里都会无甚差别。当我在家里的时候，我梦想着那不勒斯、罗马，我以为自己会为那里的美所陶醉，会忘却我的悲伤。于是我收拾好行囊，拥别了亲友，乘船出海了。然而，等到我最后在那不勒斯醒来的时候，伴随着我的，依然是那个严酷的事实，依然是那个忧伤的自己，与那个我想要逃离的自我并无二致。我探访着梵蒂冈的宫殿，我似乎陶醉在那

---

① 帕尔迈拉，叙利亚的一座古城，据说为所罗门所建立。

209

些美丽的景色之中，然而事实上，我并没有真正地陶醉于其中。无论走到哪儿，原来的那个自我都如影随形地跟着我。

但是，旅行的狂热是一种影响整个心智的顽症。心智是飘移不定的，而我们的教育体制却鼓励这种游荡。虽然我们的身体被迫留在了家中，但是我们的心灵却在外飘荡着。我们仿效着他人，然而，除了心灵的飘荡之外，这种仿效还有什么呢？我们的房屋是按照外国的风格建筑而成的；我们的书架上摆放着的是外国的装饰品；我们的观点、我们的趣味、我们的才能，都是在步"过去"与"远古"的后尘。

艺术在哪里繁荣，心灵便在哪里创造艺术品。正是在他自己的心灵里，艺术家才寻找到了其创作的原型。一个人应当运用他自己的思想来做应该做的事情、来观察周围的环境。可是，我们为什么要模仿陶力克式或者哥特式的原型呢？美、思想的伟大，以及奇情异趣，距离我们与距离他人的远近都是一样的。

假如美国的艺术家们愿意以满腔的希望与热爱来研究他所要着手的确切的事物，思考一下本土的气候情况、地理条件、民众的需要、政治的特征，那么他就能够建造出一所人人都会满意的房屋出来。

礼物

据说世界正处于濒临破产的境地，它欠自己的债已经到了无力偿还的地步，所以应该去法院进行拍卖处理。虽然这种普遍的破产状况多少有些涉及普天之下的老百姓们，然而，我并不认为这就是人们在圣诞、新年或者其他时候为送礼犯难的原因。因为，尽管还债会让人大伤脑筋，但毕竟慷慨总会令人感到开心。不过，选择礼物的时候总会遇到一些麻烦。假如我在某个时候突然想到要送某某一件礼物的话，我便会左右为难，拿不准应该送什么才好，到头来竟然错过了时机。

鲜花和水果永远都是合适的礼物。因为，鲜花仿佛是在骄傲地宣称自己是一道价值胜过世上所有实用品的美丽的光芒。它们那明艳的气质与一般物品的严峻面孔形成了鲜明的对比，后者犹如是从济贫院里传来的音乐声。大自然并不喜欢娇纵我们，对于我们来说，一切都应当遵循严格的普遍规律而行，做到不偏不倚。然而，这些娇嫩的鲜花看上去就像是爱与美的嬉戏。喜欢被人恭维乃是人之常情，因为它表明我们是举足轻重的人物，应当受到人们的奉承，尽管我们并不会被这些恭维所蒙骗。这就有几分像鲜花给我们带来的那种快乐，这些甜美的花儿似乎在暗示着：我是一位重要的人物呢！水果也是深受众人欢迎的礼物，因为它们是物品之精华，并且允许你给它们附加上某种不同凡俗的价值。如果有谁打发人来请我从百里之外去拜访他，并且在我的面前奉上了一篮子上等的夏季水果，那么我就会觉得自己的

爱 默 生
散 文 精 选

辛苦劳顿与所获得的回报还是相称的。

说到赠送礼物的原则，我的一位朋友是这样规定的：除了必需品之外，我们可以送给他人一件完全符合其性格，而且容易与他在思想上产生联系的东西。然而，我们表示尊重与爱意的纪念品往往都是一些粗俗不堪的东西。戒指和其他的珠宝并不是礼物，而仅仅只是聊以充数的礼物的替代品罢了。最合适的礼物，应当是你自己的一部分，你必须要为我付出心血和汗水。因此，诗人带来了自己的诗作，牧人奉上了自己的羔羊，农夫奉出了他所播种的五谷，矿工献上了他所开采的宝石，水手送来的是珊瑚和贝壳，画家给出的是他的画作，姑娘送上的是她亲手缝制的手绢。这些才是恰当的、令人愉悦的礼物。然而，当你到商店里去为我买点什么东西时，它所代表的，并不是你的而只是金匠的生活与才能，所以这仅仅只是一种冷冰冰的、毫无生气的交易。把金银制品当作礼物来赠送，只适合国王以及有钱人，因为这是一种象征性的赎罪祭①，或者是对敲诈的报偿。

恩惠的法则是一条难行的航道，需要小心仔细地航行，需要船只坚固结实。接受礼物并不是一个人应有的职责。你怎么敢送礼呢？我们希望自给自足。我们不大原谅一位赠送者。所以，给我们送礼的那只手有被咬伤的危险。然而，我们可以接受爱所给予的任何东西，因为那是在接受我们自己的东西，而不是在接受一个强行送礼的人所给的东西。

谁能够很好地接受一份礼物，谁就必定是一位好人。对待一份礼物，我们要么高兴，要么遗憾，而这两种情绪都不得体。我认为，当我们面对一件礼物感到欣喜或难过的时候，就等于在歪曲或者贬损感情。当我的独立受到侵犯，当我收到的礼物是来自那种与我格格不入的人时，我就会感到十分的遗憾，因此，这样的行为我是不会赞成的。如果所送的礼物令我大喜过望，那么送礼者便会看出我的心思，看出我所爱的是他赠送的物品，而不是他本人，那么我就会对此感到羞愧。说真的，礼物必须是赠予者流向我的水，与我流向他的水是一致的。

---

① 赎罪祭，源出《圣经·出埃及记》。

当水位于同一水平面上的时候,我的物品就传给了他,他的物品就传给了我。他的一切都是我的,我的一切也全是他的。我对他说,当你的油和酒就是我的油和酒时,你为什么要把这壶油、这瓶酒送给我呢?这件礼物似乎在否定我的哪一种信念呢?所以说,适合做礼物的,是美丽的东西,而不是适用的东西。这种礼物是一种断然的侵犯,因此,当受惠者毫不领情,根本不考虑礼物的价值,而只是得陇望蜀的时候,我宁可赞成受惠人的做法,而不会同情施予者的愤怒。因为,期待他人对自己感恩戴德是一种卑琐的心态,所以会不断遭到受惠者无情无义的惩罚。我要送给人们一句金玉良言,这正是佛教徒令我推崇备至的地方。佛教徒从来不会表示感激,而是说:"不要阿谀奉承你的施主。"

  我认为,导致这些矛盾的原因,在于人和礼物之间的不相称。对于一位宽宏大度的人,你可什么礼物也不能给。你刚刚给他效过劳,他又立刻用他的宽宏大度使你对他欠下了一份人情债。相比他的朋友正准备回报给他的帮助来说,一个人所能报答给朋友的效劳是微不足道的,就跟他尚未开始帮助他的朋友时一样,也跟现在一样。与我对朋友所怀有的善意相比,我所能报答给他的益处似乎是不足挂齿的。况且,我们相互之间所起的作用,有好有坏,是如此偶然和随意,所以,每当我们听到有人为了一点好处要来感激我们的时候,难免会感到问心有愧。